Brigitte Buch-Edition *Die Liebesromane*

Deutsch von Peter Ruhff
Neu durchgesehen von Klaus Völker
Mit einem Vorwort von Francois Truffaut

JULES UND JIM

Henri-Pierre Roché

Brigitte Buch-Edition *Die Liebesromane*

Brigitte Buch-Edition *Die Liebesromane*

Band 11

HENRI PIERRE ROCHÉ – EIN LEBEN IM VERBORGENEN

Als Henri-Pierre Roché am 9. April 1959 im Alter von achtzig Jahren starb, meldeten nur wenige Zeitungen seinen Tod; man schrieb nur ein paar Zeilen über ihn, denn dieser außergewöhnliche Mann war nie berühmt gewesen. Vor kurzem allerdings widmete ihm Georges Auric ein Kapitel seines Buches »Quand j'étais là …«, und die Überschrift zu diesem Kapitel lautet: »Henri-Pierre Roché – ein Leben im Verborgenen«.

Da sein Vater sehr jung gestorben war, wurde Henri-Pierre Roché von seiner Mutter zugleich autoritär und liebevoll erzogen. Er schrieb sich an der Hochschule für Politische Wissenschaften ein, aber da er eher der Malerei zuneigte als einer Beamtenkarriere, studierte er lieber Zeichnen an der Académie Jullian; er zweifelte jedoch bald an seiner Begabung und gab auf. Er begann, eine Gemäldesammlung aufzubauen, und übersetzte chinesische Gedichte, die von Georges Auric, Albert Roussel und Fred Barlow vertont wurden.

Roché ist sein ganzes Leben ein Dilettant geblieben, denn stets zog er die Werke anderer seinen eigenen Arbeiten vor. Albert Sorel, sein Lehrer an der Hochschule für Politische Wissenschaften, hatte ihm einen

Rat gegeben, den er exakt befolgte und den man Wort für Wort in *Jules und Jim* wiederfindet:

»Was wollen Sie werden?«

»Diplomat.«

»Haben Sie ein großes Vermögen?«

»Nein.«

»Können Sie mit einer gewissen Glaubwürdigkeit ein Adelsprädikat vor Ihren Familiennamen setzen?«

»Nein.«

»Nun, dann verzichten Sie auf die Diplomatie!«

»Aber – was soll ich dann werden?«

»Ein Neugieriger.«

»Das ist doch kein Beruf!«

»Das ist *noch* kein Beruf. Aber es wird bald einer sein. Den Neugierigen von Beruf gehört die Zukunft. Die Franzosen haben zu lange innerhalb ihrer Grenzen vegetiert, anstatt zu reisen. Darum werden Sie immer Zeitungen finden, die Ihre Eskapaden bezahlen.«

Während einer Reise durch Deutschland, wahrscheinlich im Jahre 1907, machte Roché die Bekanntschaft des jüdischen Schriftstellers Franz Hessel; sie wurden Freunde, und Hessel diente später als Vorbild für die Figur des Jules in *Jules und Jim*. Weiter war Roché, der fließend deutsch reden und schreiben konnte, mit Peter Altenberg, Eduard Graf von Keyserling und Arthur Schnitzler bekannt bzw. befreundet.

Was im Zusammenhang mit Roché am häufigsten erwähnt und was – wahrscheinlich am meisten von ihm selbst – als sein größtes Verdienst angesehen wird, ist die erste Begegnung zwischen Gertrude Stein und Picasso (vermutlich 1910), die auf seine Vermittlung zustande kam. Um dieselbe Zeit wurde er Berater und

Einkäufer des amerikanischen Kunstsammlers John Quinn. Ihre Zusammenarbeit und Freundschaft währte bis zu Quinns Tod im Jahre 1925.

Bei der Mobilmachung 1914 erklärte man Roché für untauglich, doch er wurde das Opfer einer anonymen Denunziation: Unter dem Verdacht, für die Deutschen als Spion tätig zu sein (allein begründet auf die Tatsache, daß er seit Jahren regelmäßig Post von jenseits des Rheins bekam), wurde er festgenommen und für zwei Wochen eingesperrt. Dieses Abenteuer verarbeitete er später zu seinem ersten Buch, einem Bändchen von fünfzig Seiten, das bereits seinen lebhaften und lockeren Stil verriet: »Deux semaines à la Conciergerie pendant la bataille de la Marne« (Attinger Frères Éditeurs, Paris 1916).

Doch ich habe den Eindruck, daß es in Rochés Natur lag, große Emotionen zu verbergen, und daß diese Ungerechtigkeit nicht unschuldig war an seiner plötzlichen Abreise in die Vereinigten Staaten (ermöglicht durch einen Auftrag des französischen Hochkommissariats in Washington). Und hier, in New York, fand er auch seinen Freund Marcel Duchamp vor, welcher gerade an seinem Hauptwerk arbeitete: »La Mariée mise à nu par ses célibataires, même«.

In diesen Jahren des Ersten Weltkrieges wimmelte es in New York nur so von emigrierten Künstlern, die die Kunstszene der Stadt umstürzten und durch ihre Verwegenheit frappierten. Francis Picabia zählte zu ihnen, ebenso seine Frau, die Musikerin Gabrielle Buffet, Edgar Varèse und der extravagante, boxende Dichter Arthur Cravan (wahrscheinlich ein Verwandter Oscar Wildes; 1918 ist er auf mysteriöse Weise in Mexiko verschollen).

Nach dem Tode John Quinns setzte Roché seine Tätigkeit als Entdecker und Käufer von Gemälden fort, jetzt aber im Auftrag einer legendären Persönlichkeit, des Radschahs von Indore, welcher ihn häufig auf lange Reisen nach Indien mitnahm. Beeinflußt von Jules Laforgue, dessen »Moralités légendaires« er seit jeher bewunderte, veröffentlichte Henri-Pierre Roché 1920 sein zweites Buch, »Don Juan«; es erschien bei den »Éditions de la Sirène«, die damals auch Jean Cocteaus »La Noce massacrée« verlegten. Bei »Don Juan« handelt es sich um eine Sammlung von achtundzwanzig kurzen Erzählungen, die alle das Thema »Verführung« variieren (»Don Juan und die Reisende«, »Don Juan und Denise«, »Don Juan und die Baronin« etc.). Unmittelbar vor der Veröffentlichung dieses Büchleins stieß Roché damit bei seiner Mutter auf Ablehnung, und aus Rücksichtnahme auf sie entschloß er sich, dieses Werk unter dem Pseudonym Jean Roc herauszugeben.

Der Zweite Weltkrieg und die Besetzung Frankreichs durch die deutsche Armee zwangen Roché zu einer besonneneren Lebensweise. Er entschied sich endlich für ein geregeltes Eheleben, sein Sohn Jean-Claude wurde geboren, und er nahm eine Tätigkeit als Französisch-, Zeichen-, Schach- und Gymnastiklehrer in der Drôme auf, weil er in Dieulefit ein Haus gekauft hatte. Wahrscheinlich war es zu dieser Zeit, daß er mit der Arbeit an seinem ersten Roman, *Jules und Jim*, begann, der erst 1953 erscheinen sollte. Nach dem Krieg veröffentlichte Roché Aufsätze über Malerei und Ausstellungsrezensionen. Picassos wie auch Duchamps Ruhm erreichte seinen Höhepunkt, und man trat oft an Roché mit der Bitte heran, die französische Malerei seit Beginn dieses Jahrhunderts aus seiner Sicht darzustellen.

Was er einmal über seinen Freund Marcel Duchamp geschrieben hat, könnte auch für ihn gelten: »Sein schönstes Werk ist seine Nutzung der Zeit.« In der Tat widmete Henri-Pierre Roché sein Leben den Frauen. Um seine Mutter, deren ganze Liebe sich auf ihn konzentrierte, nicht zu betrüben, blieb er lange Zeit Junggeselle. Aber obwohl er allein lebte, unterhielt er doch mit Leib und Seele ein konstantes Verhältnis zu drei Freundinnen gleichzeitig; kurzzeitige Eroberungen kamen fast täglich hinzu. Sein Liebesleben wurde Gegenstand eines seiner Werke, denn von 1905 bis zu seinem Tod, also über einen Zeitraum von mehr als fünfzig Jahren, hat er ein intimes Tagebuch geführt; täglich und methodisch führte er darin über seine Abenteuer gleichsam Buch, wobei er zuweilen sogar so weit ging, bestimmte Passagen in Englisch oder Deutsch abzufassen, um so der eifersüchtigen Neugier seiner momentanen Partnerin entgegenzuwirken.

Nach dem Tode Rochés habe ich im Einvernehmen mit seiner Witwe Denise einen großen Teil dieses Tagebuchs mit der Maschine abschreiben lassen, um es vor einer eventuellen Zerstörung zu bewahren. Nach zwei Jahren fleißigen Tippens aber zog es die von uns mit dieser Arbeit betraute Schreibkraft vor, den Auftrag nicht zu Ende zu führen – die »unbewußte Grausamkeit«, die sie im Verhalten dieses Don Juans des Zwanzigsten Jahrhunderts auszumachen glaubte, waren zu verwirrend und zu schockierend für sie.*

* Diese Erfahrung verarbeitete Truffaut zu einer Szene seines Films *Der Mann, der die Frauen liebte* (1977), dessen Held ein ähnlich ausschweifendes Liebesleben führt wie Roché. Wie dieser bringt er seine Abenteuer zu Papier, läßt sie abtippen und bekommt von der empörten Schreibkraft eines Tages eine Abfuhr (A. d. Ü.).

Hätte ich diese Dame darauf aufmerksam machen sollen, daß Henri-Pierre Roché das Recht, die Wahrheit zu suchen und die Liebe neu zu erfinden, nicht allein den unverheirateten Männern zugestanden hat und daß seine Figur der Kathe in den letzten Jahren zu einer Heldin der Frauenbewegung geworden ist?

Wollte man dieses intime Tagebuch heute veröffentlichen, würde es wahrscheinlich mehr als zwanzig Bände füllen. Die französischen Verleger, an die ich mich wandte, hatten aber letztlich kein Interesse, da Henri-Pierre Roché – ihrer Meinung nach an sich schon zu wenig bekannt – seinen berühmten Freunden und seinen Mätressen so raffinierte Vornamen gegeben hat, daß es unmöglich ist, sie zu identifizieren!

Aus diesem Grunde wird das Projekt von vornherein als kaum lukrativ eingestuft, und das Tagebuch wird wohl weiterhin im dunkeln bleiben. Doch dank seiner drei großartigen Romane, die er als alter Mann über seine Jugend geschrieben hat – *Jules und Jim, Die beiden Engländerinnen und der Kontinent* und das Fragment *Victor* –, ist Henri-Pierre Roché kein Unbekannter mehr.

Von allen Zeugnissen, die es über ihn gibt, mag ich ganz besonders das seines Freundes Jean Paulhan, der für die Veröffentlichung von *Jules und Jim* bei Gallimard gesorgt hat: »Ja, er war von großer Gestalt und hatte etwas Schmachtendes. Er war ein bißchen zu offen, ein bißchen zu bescheiden. Er versetzte nicht in Erstaunen, er verzauberte. Er hatte ein großes Herz für den Menschen an sich. Er war der Meinung, jeder Mensch sei bewundernswert.«

Am Ende dieses Vorwortes ist es nun Zeit, daß der Leser Henri-Pierre Roché und seine zuweilen erschrekkende Sanftmut für sich entdeckt. Sie werden ihn nun Ihrerseits in Ihr Leben treten lassen, ihn in sich aufnehmen und – so hoffe ich – ihn lieben lernen.

Paris, Januar 1980 FRANÇOIS TRUFFAUT

TEIL EINS
Jules und Jim

EINS
Jules und Jim

Es war um 1907.

Jules, klein, rundlich und fremd in Paris, hatte den großen und schlanken Jim, den er flüchtig kannte, gebeten, ihm Eintritt zum Ball der Vier Künste zu verschaffen, und Jim hatte ihm eine Karte besorgt und ihn zum Kostümverleih mitgenommen. Als Jules betulich in den Stoffen suchte und sich schließlich für ein einfaches Sklavenkostüm entschied, da regte sich zum erstenmal Jims Freundschaft zu Jules. Sie wuchs während des Balls, auf dem Jules nichts sagte, große Kulleraugen machte und voller Humor und Zärtlichkeit war.

Tags drauf hatten sie ihre erste richtige Unterhaltung. Jules hatte kein Mädchen in Paris und wünschte sich eins. Jim hatte mehrere. Er machte ihn mit einer jungen Musikstudentin bekannt. Die Begegnung ließ hoffen: Jules war eine Woche lang ein wenig verliebt, sie ebenfalls. Dann fand Jules sie zu durchgeistigt, und sie fand ihn ironisch und schüchtern.

Jules und Jim sahen sich Tag für Tag. Einer brachte dem anderen seine Sprache und seine Literatur bei, bis weit in die Nächte hinein. Sie zeigten sich ihre Gedichte und übersetzten sie gemeinsam. Sie plauderten und nahmen sich Zeit, und keiner von beiden hatte je einen so aufmerksamen Zuhörer gefunden. Freilich, die Stammgäste in den Bars dichteten ihnen bald einen speziellen Lebenswandel an, aber davon merkten sie nichts.

Jim führte Jules in die literarischen Cafés ein, wo Berühmtheiten verkehrten. Jules wurde wohlwollend aufgenommen, und Jim freute sich darüber. Jim hatte eine Freundin in einem dieser Cafés, ein ungeniertes kleines Frauenzimmer, das in den Hallen den Becher höher schwang als die Dichter – oft bis sechs Uhr in der Früh. Sie verteilte ihre kurze Gunst souverän. In jeder Situation wahrte sie eine Freiheit jenseits des Gesetzes und einen blitzschnellen Witz, der ins Schwarze traf. Zu dritt gingen sie aus. Sie brachte Jules, den sie nett, aber einen Versager fand, aus der Fassung. Er fand sie bemerkenswert, aber schrecklich. Darauf trieb sie für Jules eine phlegmatische Freundin auf, die Jules jedoch am Ende zu phlegmatisch fand.

Weiter konnte Jim für Jules nichts tun. Er ermunterte ihn, allein weiterzusuchen. Jules, vielleicht gehemmt durch sein noch schlechtes Französisch, erlebte alle Tage Niederlagen. Jim sagte zu Jules: »An der Sprache kann es nicht liegen.«

Und er erklärte ihm das Prinzipielle.

»Ebensogut könnten Sie mir Ihre Schuhe oder Ihre Boxhandschuhe geben«, sagte Jules, »es hilft nichts; sie sind zu groß für mich.«

Jules nahm, ganz gegen Jims Rat, Beziehungen zu Professionellen auf, ohne dort Befriedigung zu finden.

So widmeten sie sich wieder ganz ihren Übersetzungen und ihren Gesprächen.

ZWEI
Jim in München

Währenddessen kam Jules' Mutter, betagt, aber noch rüstig, aus Mitteleuropa angereist, um ihren Sohn in Paris zu besuchen. Sie examinierte seine Wäsche und achtete darauf, daß ihm kein Knopf fehlte. Sie führte Jules und Jim in die feinsten Restaurants aus, bestand aber auf Gehrock und Zylinder. Das kostete Jules beträchtliche Anstrengungen. – Sie reiste wieder ab.

Drei Monate später, an einem verregneten Abend, improvisierte Jules ein Abendessen in seinen zwei möblierten Zimmern. Jim fand, als er zufällig die Klappe des Fayenceofens öffnete, dort den teuren Zylinder von Jules: er war mit einer feinen Rußschicht überzogen. Zufrieden sagte Jules: »Da stört er mich nicht, und der Ruß konserviert ihn.« Jim entgegnete: »Ich bin nicht Ihre Mutter, Jules.«

Sie aßen meist in kleinen Bistros. Ihr Geld verschwendeten sie für Zigarren; einer suchte für den anderen die besten aus. Sie besuchten das Concert Mayol und die Gaîté Montparnasse, wo gerade die Colette auftrat.

Jules erzählte Jim ausführlich von seinem Land und von den Mädchen seines Landes. Eine hatte er geliebt, Lucie, doch vergeblich um ihre Hand angehalten. Dann war er nach Paris gegangen. Nach sechs Monaten wollte er heimfahren, um sie wiederzusehen.

»Es gibt noch eine andere«, sagte Jules: »Gertrud, sie führt ein freies Leben und hat ein hübsches Kind. Sie versteht mich und nimmt mich nicht zu ernst. Schau hier.«

Jules zog aus seiner Brieftasche ein Foto von Gertrud: nackt ausgestreckt am Strand, umspült von einer kleinen Welle, der einjährige Sohn ebenfalls nackt zu Füßen seiner Mutter, zum Meer gewandt, wie Eros auf einer Festung.

»Und es gibt noch eine: Lina, die ich vielleicht lieben würde, wenn ich nicht Lucie liebte. Passen Sie auf, so sieht sie aus.«

Und er zeichnete mit schmalen weichen Strichen ein Gesicht auf den runden Marmortisch.

Jim betrachtete dieses Gesicht, während sie sich weiter unterhielten. Dann sagte er zu Jules: »Ich fahre mit Ihnen.« »Um sie kennenzulernen?« »Ja.« »Bravo!« sagte Jules.

Jim wollte den Tisch kaufen, aber der Wirt war nicht bereit, ihn abzugeben, es sei denn, alle zwölf auf einmal.

DREI
Die drei Schönen

Um die Dinge in Gang zu bringen, traf Jules acht Tage vor Jim in München ein, wo er im Kreis der drei Frauen zwei Jahre verbracht hatte.

Er mietete für Jim zwei große Zimmer bei netten Leuten und annoncierte ihn seinen drei Freundinnen, einer jeden mit anderen Kommentaren, so daß sie sich gar nicht mehr zurechtfanden, als sie untereinander die Beschreibungen verglichen.

Nach Jims Ankunft stellte Jules ihn Lina vor, die die Geschichte mit dem Tisch kannte.

Noch bevor man mit dem Teegebäck zu Ende war, einigte sich Lina, ein schönes aber maliziöses Kind, zu Jules' Überraschung mit Jim über die folgenden Punkte:

a) Jim entsprach nur wenig der Beschreibung, die Jules Lina gegeben hatte.

b) Lina hatte kaum Ähnlichkeit mit der Zeichnung auf dem runden Tisch.

c) Beide fanden sich sympathisch, erklärten aber gleich, um Jules' und ihre eigene Zeit nicht zu verschwenden, daß der zündende Funke nicht übergesprungen sei.

»Wie ich euch um die Klarheit und Schnelligkeit eurer Reaktionen beneide ...«, sagte Jules.

Was Lucie und Gertrud angeht, so stellte Jules sie beide Jim bei einem Abendessen vor, in einem der modernsten Restaurants der Stadt.

Sie erschienen zusammen, ein starker Kontrast, und nahmen, nachdem sie ihre Abendmäntel abgelegt hatten, an einem Tisch aus lichtem Holz Platz, der mit einem weißen Tuch und seltsamen Gläsern gedeckt war.

Ein glückliches und furchtsames Lächeln huschte über Jules' Lippen, als er allen dreien sagte, wie sehr er sie ins Herz geschlossen habe.

Eine Weile herrschte Schweigen, doch keineswegs ein betretenes Schweigen.

»Wie stellen Sie es an, Jules«, dachte Jim sehr laut, »an diesem Tisch zwei Frauen zu vereinen, so verschieden beide und so ...«

Er schwieg. Die Stille sprach das Wort »schön« für ihn aus. Sie verstanden.

Jules errötete vor Stolz. Ehe er etwas entgegnen konnte, hob Gertrud die Hand und sagte:

»Jules ist unser Vertrauter, unser Spielleiter. Er hat eine fruchtbare Phantasie und eine Engelsgeduld. Er verewigt uns in seinen Romanen. Er tröstet uns, er gibt uns Ruhe. Er macht uns den Hof. Er fordert nichts von uns. Er vergißt nur eins: sich selbst.«

»Eine schöne Lobrede!« sagte Jim.

»Und wir kommen, wenn er uns ruft«, sagte Lucie, indem sie ihren Kopf leicht zurücklegte.

Jules erzählte in seiner lustigen Art von Jims Mißerfolg mit Lina, über den diese ihnen schon am Telefon berichtet hatte.

»Ganz recht«, sagte Gertrud, »Lina und Monsieur Jim, das geht nicht. Lina ist ein verwöhntes Kind, Monsieur Jim liebt so was nicht.«

»Und was liebt er?« fragte Jules.

»Das werden wir schon sehen«, sagte Lucie unbewegt.

Zum zweitenmal zielte der dunkle Klang ihrer Stimme auf Jim. Er empfand es wie eine Last, zwischen diesen beiden Frauen zu sitzen, er hätte am liebsten beide zur gleichen Zeit betrachtet.

Es begann wie ein Traum.

Bald schlug Jules kraft seiner Vollmachten als Maître de Plaisir vor, das ›Monsieur‹, ›Madame‹ und ›Mademoiselle‹ abzuschaffen und Brüderschaft zu trinken, und zwar mit seinem Lieblingswein. Und die Duzfreunde sollten sich dann, da die traditionelle Geste, die Arme zu verkreuzen, zu auffällig war, mit den Füßen unter dem Tisch berühren. So wurde es gemacht. Aufgeregt vor Freude zog Jules seine Füße schnell zurück.

Die Jims verweilten einen Augenblick beim Fuß Gertruds und einen Augenblick beim Fuß Lucies, die als erste wieder leicht von seinem abrückte.

Lucie war eine gotische Schönheit mit hoher Stirn, sie verbrachte ihre Zeit mit Tausenderlei und vertraute jedem bei jeder Gelegenheit an, welchen Wert sie sich selbst beimaß. Ihre Nase, ihr Mund, ihr Kinn, ihre Stirn trugen den Adel einer Mutter Oberin, die sie als Kind einmal bei einem Kirchenfest verkörpert hatte. Als Tochter einer angesehenen bürgerlichen Familie studierte sie jetzt Malerei.

Gertrud war dreißig Jahre alt, eine griechische Schönheit und geborene Sportlerin. Sie gewann Skirennen, ohne trainiert zu haben, sprang von fahrenden Straßenbahnen ab und riß Bäume aus. Man hatte Angst, Bekanntschaft mit ihren Muskeln zu machen. Sie hatte einen vierjährigen Sohn, über dessen Vater man nichts wußte. Gertrud glaubte nicht an Väter. Sie lebte schlecht und recht von ihrer Kunstmalerei. Als Edeldame war sie von ihrer Kaste verbannt, doch zollten die Künstler ihr Respekt und Achtung.

Der Abend floß dahin wie ein gewundener Fluß. Man sang, und Funken begannen zu sprühen. Sie hatten dies gemein: eine ziemliche Gleichgültigkeit dem Geld gegenüber und die Gewißheit, in der Hand Gottes zu ruhen, den Gertrud eher Teufel genannt hätte.

Jules plauderte vorzüglich. Doch gegen zwei Uhr in der Früh fing er an, sich zu sehr als Experte für Seelen und Verhaltensweisen hervorzutun, was dazu führte, daß seine Scherze dreister wurden. Vielleicht wollte er mit öffentlichen Kundgebungen das von sich geben, was er privat sich nicht zu äußern traute. Er zog über seine beiden Freundinnen, sich selbst und fast auch über Jim her. Hatte er ihm nicht die Pforten eines Paradieses geöffnet, in das er selbst nicht einzudringen wagte? Ahnte er es dunkel? In seine Hymnen an die Menschheit und die Freude mischte er jetzt kleine Krallenhiebe, die zu schmerzen anfingen, als er sich daran begab, dem Göttlichen Vater ausführlich Ratschläge zu erteilen, wie er seine Schöpfung neu gestalten könne.

Es zeigte sich nun klar. Jules war ein liebenswerter Freund, aber ein Liebhaber oder Ehemann ohne Festigkeit. Er spürte es selbst, wieder einmal, aber überspielte es mit der Flut seiner Worte.

»Jules verdirbt sich den Abend, wie immer«, sagte Gertrud bedauernd, als er aufstand, um der Zigarettenverkäuferin nachzulaufen. Lucie wiegte nachsichtig den Kopf.

Die letzte Viertelstunde verging mit Jules' Höhenflügen. Er ließ die anderen nicht zu Wort kommen und bestand auf seinen verfehlten Pointen. Seine drei Freunde litten für ihn, ja, sie wünschten sich, sich ohne ihn wiederzusehen.

Diesen Jules kannte Jim noch nicht. Doch, wenn er recht nachdachte, kam es ihm vor, als habe er Züge dieses Jules schon früher bei ihren Gesprächen bemerkt, als Jules, allein und fern aller greifbar gegenwärtigen Schönheit, herumphantasierte.

Nachdem sie Gertrud und Lucie nach Hause gebracht hatten, gingen sie durch einen großen Park. Der Morgen dämmerte. Jules wurde ruhig.

»Eine erstaunliche Nacht!« sagte Jim. »Diese zwei Blumen, welch kühnes Bukett. Heilige Liebe, irdische Liebe! ... Ich wünsche mir nicht, noch einmal Gertrud und Lucie zusammen zu sehen ...«

»Ich verstehe Sie«, sagte Jules. »Und welche hat Ihnen am besten gefallen?«

»Ich bin noch geblendet«, sagte Jim. »Es eilt mir nicht, das herauszufinden. Und Ihnen, Jules?«

»Lucie. Ich habe um ihre Hand angehalten und werde wieder um ihre Hand anhalten. Gertrud hat mich getröstet, nachdem Lucie mich abgewiesen hatte. Ich bin mit Gertrud und ihrem Sohn nach Italien gefahren, ans Meer. Sie hat mir ihren Körper geschenkt, aber nicht ihre Liebe ... Sehen Sie, Jim, als ich Lucie begegnete, hatte ich Angst. Ich wollte mich nicht ihrer Liebe verschreiben. Aber dann verletzte sie sich den Fuß auf einer Gebirgstour, und sie erlaubte mir, den Fuß zu pflegen, einzuwickeln, auszuwickeln. Ich wünschte mir damals, er würde nie wieder heilen.«

»Ich kenne ihre Hand«, sagte Jim.

»Ich bin's, der nicht wieder heilte«, fuhr Jules fort. »Als sie genesen war, wagte ich es, mich ihr als Ehemann anzubieten. Sie hat *nein* gesagt – aber so zärtlich, daß ich immer noch hoffe.«

VIER

Gertrud

Jim errichtete zwischen sich und Lucie eine klare Schranke.

Gertrud aber erlag einer vierzehntägigen Werbung, während der sie sich heroisch und amüsant gab, und gehörte nun Jim. Einmal oder zweimal in der Woche kam sie abends zu ihm. Sie war ein großzügiges Geschöpf. Unerschöpflich erzählte sie aus ihrem Leben, das sie als einen ewigen Wettkampf gegen Gott ansah. Sie spielte die Verliererin. Sie tat Jim eine Himmelsgegend auf, von der er nichts wissen wollte. Sie verwickelte ihn in ihre Probleme. Auch wenn Jim seine Augenlider schwer werden fühlte, nie ergaben sie sich dem Schlaf. Sie schätzte die Art, in der Jim ihr zuhörte. Sie schwärmte für Napoleon und träumte davon, daß er ihr in einem Aufzug begegne, ihr ein Kind mache und sie dann niemals wiedersähe.

»Unser Jules ist doch ein netter Kerl«, sagte sie. »Er versteht die Frauen besser als irgendeiner, den ich kenne. Nur, wenn es darum geht, uns zu nehmen ... er liebt uns zu viel und zu wenig. Er ist ganz Geist und ganz Begierde, immer zur falschen Zeit. Ich habe verzweifelt versucht, ihm zu helfen. Lucie ist für ihn ein geduldiges Idol. Jules ist ein kühner Entdecker, ein Poet, aber erst als Gatte würde seine Zärtlichkeit einen Heiligen aus ihm machen.«

Gertrud und Jim beendeten ihre Nacht mit einem Waldspaziergang, bis die Sonne aufging. Sie suchten die Mietskutsche wieder, wo Gertruds hübscher, vierjähriger Sohn neben dem Kutscher auf dem Bock saß und lernte, wie man die Zügel hält, die Pferde galoppieren läßt, die Peitsche knallt, und wie man flucht. Seine blonden Haare bewegten sich im Wind.

Dann begab sich Jim für den Rest des Tages zu Bett und dachte darüber nach, was Gertrud ihm erzählt hatte.

Jules wurde von Gertrud und Jim auf dem laufenden gehalten. Jules sah beide weiterhin, aber getrennt. Mit jedem sprach er über den anderen und teilte so auf seine Art all ihre Freude.

FÜNF
Jules und Lucie

Lucie und Jim zu Ehren arrangierte Jules einen romantischen Ausflug in die Wälder. Er ließ sich ein Feenmärchen einfallen. Lucie spielte die Fee: sie führte Jules an der einen und Jim an der anderen Hand. Es war ein Märchen für Kinder. Jims Hand liebte die Hand von Lucie. Sie wurden durch die plötzliche Vertrautheit befangen. Jules strahlte vor Freude, und es fiel ihm nicht ein, sich seinem Weltschmerz hinzugeben.

Jim erhielt ein Päckchen mit der Post. Er war ein wenig überrascht, als er die edle Handschrift der Adresse erkannte. Lucie schrieb: »Ich möchte Sie allein treffen. Können Sie morgen abend gegen sechs zu mir kommen? Der Haustürschlüssel liegt bei.«

In dieser Stadt verschloß man nämlich abends immer die Haustüren, und jeder Hausbewohner hatte seinen Schlüssel.

Jim wurde von einer großen Aufregung heimgesucht. Er verwahrte den Schlüssel in seiner Hosentasche und dachte an Lucie, dann an Jules.

Lucies kleiner Salon war von einem nüchternen

Fresko gerahmt, das sie selbst gemalt hatte. Sie empfing ihn ganz schlicht.

»Wir hatten niemals Gelegenheit«, begann sie, »uns ohne Jules zu treffen. Ich möchte mit Ihnen über ihn sprechen. Sie beide bindet Freundschaft, und ich möchte Sie um Ihre Hilfe bitten. Er wird in meine Heimatstadt kommen, er hofft, ich werde ihm erlauben, meinen Vater um meine Hand zu bitten. Ich werde es ihm nicht erlauben. Ich möchte, daß Sie dann bei ihm sind ... Er wird sich nicht trauen, Sie zu bitten, daß Sie ihn begleiten ...«

»Warum nicht?« sagte Jim.

»Wegen ... Gertrud«, sagte sie.

»Ich werde kommen«, sagte Jim.

Sie bot ihm Tee an. Ihre erlesenen Möbel, ihre Gesten, ihre Stimme, alles atmete stille und tiefe Tradition, eine Welt der Besinnlichkeit und des Pflichtbewußtseins. Jim verstand, wie sehr Jules Lucie brauchte, selbst wenn man ihre Schönheit außer acht ließ. Sie würde ihn niemals heiraten; wollte sie seine Qualen so sehr wie möglich versüßen? Sie sprachen weiter über ihn, über seine Gedichte.

Lucie hatte einige da, die sie für ihn abgeschrieben hatte. Es gab wohl keine schöneren Manuskripte. Jules glaubte auch, nur so, in dieser Form, seien seine Gedichte für die Welt geschaffen. Lucies Handschrift, ohne Hast und ohne Verbesserungen, aller irdischen Zweckmäßigkeit entbunden und fleckenlos, führte gradwegs zu einem letzten Ziel über die tiefen Täler des pergamentenen Papiers hinweg.

Jim beneidete Jules, als Lucie eines der Gedichte vortrug mit ihrer Stimme, die ihrer Handschrift ebenbürtig war. Alles an ihr war sich ebenbürtig.

Warum hatte Jules ihn zu diesem Heiligtum geleitet?

Jim bat Lucie, ihm ihre Bilder zu zeigen. Sie tat es. Sie waren schmucklos und harmonisch.

Jim brachte es nicht fertig, aufzubrechen. Es wurde Mitternacht. Er nahm Abschied. Mit Ehrfurcht vor Lucie.

Lucie kehrte zur Familie heim. Gertrud fuhr mit ihrem Kind und einem Freund aufs Land.

SECHS
Lucie und Jim

Acht Tage später saßen Jules und Jim allein im Abteil eines kleinen Personenzugs, der sie zu Lucie brachte: eine Reise von sechs Stunden. Jules war aufgeregt, ohne dabei seine angeborene Schwerfälligkeit zu verlieren. Er erzählte Jim einen Traum, den er am Abend zuvor gehabt hatte.

»Wir wanderten vorsichtig auf den brüchigen Mauern einer hohen Ruine. Ständig schwebten wir in Gefahr abzustürzen, mitten in Brombeerbüsche hinein. Sie gingen voran, ich folgte Ihnen und hielt Lucie an der Hand. Weiter hinten kamen Gertrud und die anderen. Sie erreichten den Rand der Mauer. Es ging nicht weiter. Durch den plötzlichen Aufenthalt wurde mir schwindlig. Würden Sie umkehren? Plötzlich sprangen Sie hoch, wie Sie sonst mit Ihrem Hochsprungstab springen. Aber Sie hatten gar keinen Stab. Wir schrien auf. Aber Sie standen schon, lächelnd, fest auf der Mauer uns gegenüber, sechs Schritte weiter. Da erwachte ich.«

Übergangslos fragte Jim:

»Wollen wir Domino spielen?«

»Ja«, sagte Jules, der dieses Spiel im Grunde nicht schätzte.

Jules zog die flachen Dominosteine aus der Tasche, die seine Mutter ihm geschenkt hatte. Sie spielten eine ganze Weile. Jim strengte sich an, aber Jules gewann immer. Es blieben noch zwei Stunden Fahrzeit.

Dann erzählte Jules die Geschichte von Lucie und ihm, von Anfang an, wie sie unglücklich und krank war, eines anderen wegen, wie er sich um sie gekümmert, wie er nach und nach Hoffnung gefaßt hatte. Jim erkannte, ein Klopfen im Herzen, wie stark diese Liebe war.

Den ersten Tag in dem Städtchen weihte Jules einer Wallfahrt rund um Lucies Haus, aber stets in sicherer Entfernung. Er hatte das Haus zuvor schon einmal gesehen, für Stunden nur, an einem Winterabend. Er wünschte sich, Lucie lesend am Fenster zu entdecken (wahrscheinlich hielt sie sich nie dort auf), um sich aus der Ferne auf sie einzustellen, ehe er zu ihr ging. Sie wanderten zwischen den hohen Mauern der Gärten und auf bergigen Gassen. Sie tranken Tee, versteckt in einer Laube, denn Lucie sollte sie nicht sehen, und belauerten ein Haus, um gleich darauf festzustellen, daß es nicht das rechte war. Jules, in seinem Wachtraum, hatte Halluzinationen, das Haus stand plötzlich überall. Sie spazierten herum und verirrten sich völlig.

Am nächsten Morgen stand das Haus dort, wo es immer gestanden hatte, am Ende einer ebenen Straße, kahl und weiß inmitten eines Parks. Jim wurde einer Aureole weißer Haare vorgestellt, die Lucies alter Vater war, ein noch lebhafter Causeur. Sie selbst verschwand fast hinter ihm. Alles atmete Ordnung und Genauigkeit.

Lucie hatte für Jules und für Jim zwei große Zimmer in einem Gasthof reserviert, einem außerhalb der Stadt gelegenen, hübschen Fachwerkbau. Er lag auf einem Hügel, von dem man Lucies Haus sehen konnte. Ja, man konnte sogar, mit Hilfe eines Fernglases, Nachrichten austauschen.

Hier lebten sie, in einem Rahmen, dessen Glanz Lucie bestimmte, und warteten auf Gelegenheiten, sie zu treffen. Am liebsten wären sie jeden Tag zu ihr gegangen, aber man durfte die Eltern nicht beunruhigen und mußte Klatsch im Städtchen vermeiden.

Sie wurden oft von Lucie eingeladen. Jim brillierte beim Tennisspiel im Park, weniger im Salon, wo er sich langweilte. Im Gegensatz zu Jules, der ja mehr oder weniger gekommen war, den Vater einzuspinnen. Das Haus war geräumig, voll von älteren Schwestern, Neffen, Nichten, Bediensteten und Rassehunden. Die Mutter, selten zu sehen, hatte alles fest in der Hand.

Sie waren für sechs Tage gekommen, sie blieben sechs Wochen. Jules befand sich in einem Aufruhr der Gefühle und kam nicht dazu, sein Begehren auszusprechen. Lucie ermutigte ihn nicht. Und es war schön so!

Lucies jüngerer Bruder traf ein, Student, schlank und sportlich, und sie machten zu viert, mit Rucksäcken gerüstet, Tagestouren durch die Wälder und Berge, wobei sich manchmal Jules, manchmal Jim allein mit Lucie fand.

War es, daß er ständig Jules' Liebe vor Augen hatte? War es der Zauber dieses zärtlichen Familienlebens mit seinen ländlichen Riten, das Lucie so schön einrahmte?

War es einfach ... Lucie? Ganz gegen seinen Willen verliebte Jim sich immer mehr in sie. Der ahnungslose Jules, der ahnungsvolle Bruder, vielleicht Lucie selbst – sie alle trugen helfend dazu bei.

Eines Tages, sie bummelte Seite an Seite mit Jim durch den Wald, verlangsamte Lucie ihre Schritte, richtete ihre Schnürsenkel, blickte Jules und ihrem Bruder nach, die weit voraus gerade ein Rasthaus betraten, und sagte zu Jim:

»Setzen wir uns. Wir haben Zeit. Sagen Sie mir, was Sie denken.«

»Gern«, sagte Jim. »Im Grunde seines Herzens ist Jules auf seine Weise glücklich jetzt. Und wünscht sich nur, es möge ewig dauern. Er sieht Sie häufig, und das in freundlicher Umgebung. Er lebt von der Hoffnung.«

»Würden Sie gern sehen, daß ich ihn heirate?«

»Um seinetwillen: ja. Um Ihretwillen: nein.«

»Nicht einmal: *um seinetwillen, ja.* Ich wäre ihm eine schlechte Frau. Ich bewundere das, was er schreibt. Er ist ein guter und charmanter Mensch. Aber es bringt mich auf, daß er darauf besteht, mich heiraten zu wollen. Jim, auch ich hatte großen Kummer, bevor ich Jules kennenlernte. Er hat Ihnen sicher davon erzählt. So weiß ich, was er leidet. Sie sind sein Freund. Wollen Sie mir helfen, ihm zu helfen? Dann helfen Sie mir bald.«

Sie vertraute Jim ihre schmalen Hände an, die zitterten. Zwei Tränen sammelten sich in ihren Augen. Ohne ein Wort zu sagen, nahm Jim sie in seine langen Arme und hob sie empor, fast erschrocken über die Leichtigkeit ihres Körpers. Er trug sie zu einem Baumstumpf, setzte sich nieder und hob sie auf seine Knie. Sie sprachen kein Wort. Er sah ihr Gesicht so nahe vor sich. Er versuchte, an Jules zu denken. Aber er spürte, wie Lucies Haare seine Lippen kitzelten.

»Lieben Sie ihn noch?« fragte Jim.

»Wen?«

»Den ersten.«

»Vielleicht, aber das ist weit weg, und es muß vergessen sein. – Und Sie, Jim?«

»Was, ich?«

»Sie haben geliebt, Jim. Sie waren glücklich dabei, Jim. So etwas spürt man. Warum haben Sie nicht geheiratet?«

»Es ist nicht dazu gekommen.«

»Wo ist sie jetzt?«

»In Frankreich.«

»Wie ist sie?«

»Rein, auch sie ist rein.«

Jim spürte den Druck von Lucies Arm.

»Sie lieben sie noch, und sie liebt Sie?«

»Ja, aber wir sehen uns nur selten, obgleich wir doch frei sind.«

»Lassen Sie sie nicht leiden, Jim ...«

»Und dann gibt es jetzt eine andere.«

»Wen?«

»Ich verehre Sie, Lucie. Ich habe mich gern daran gewöhnt, Sie zu sehen. Ich fürchte, ich vergesse Jules.«

»Sie müssen ihn nicht vergessen, Sie müssen ihm zuvorkommen.«

Wieder schwiegen sie. Sie zitierte:

Alle das Neigen
von Herzen zu Herzen,
ach wie so eigen
schaffet das Schmerzen.

»Übersetzen Sie das«, sagte sie.

»Alle Neigungen, die von Herz zu Herz gehen, ach! mein Gott, mein Gott! wie schaffen sie Schmerzen«, sagte Jim.

»Nicht schlecht«, sagte sie lächelnd, »selbst wenn das ›Gott, mein Gott!‹ von Ihnen ist. – Und Gertrud?« fragte sie unvermittelt.

»Gertrud ... das ist ein netter Kamerad«, sagte Jim.

Er schnappte mit dem Mund nach einer Locke von Lucie, die der Wind an seinen Lippen spazieren führte. Sie bog ihren langen Hals zurück und schenkte ihm durch die Haare hindurch die Berührung ihrer Lippen.

Dann erhob sie sich langsam. Sie folgten den anderen.

Viele Spaziergänge schlossen sich an. Jims Herz tat sich auf. Lucie gewann wieder Farbe und Lebenslust.

Der Sommer verging wie im Flug. Jules machte Lucie seinen Antrag, er fügte hinzu, er bliebe auf ewig ihr Schuldner, wie immer ihre Antwort sei. Lucie entgegnete ihm, es berühre sie tief, daß sie ihn niemals würde heiraten können, und sie wünsche sich sehr, daß die große Freundschaft, die sie verbinde, darunter nicht leiden werde.

Jules, der das doch immerhin vorausgesehen hatte, wurde bleich, küßte ihr die Hände und suchte Jim auf.

»Jim«, sagte er, »Lucie nimmt mich nicht. Ich habe

Angst, sie zu verlieren, und daß sie ganz aus meinem Leben geht. Jim, lieben Sie sie, heiraten Sie sie und bewahren Sie mir ihren Anblick. Ich möchte sagen: wenn Sie sie lieben, verscheuchen Sie den Gedanken, ich sei ein Stein im Wege.«

Jim sagte: »Ich muß Ihnen erzählen, wie es mit mir und Lucie steht.« Und er erzählte alles.

Zu seiner Überraschung und Freude verklärte sich Jules' Gesicht. Er sagte zu Jim:

»Als ich Sie letzthin mit Lucie Tennis spielen sah, gegen ihren Bruder und ihre Kusine, da kamen Sie mir vor wie ein ideal gemischtes Doppel.«

Jules ging zu Lucie. Er sagte: »Jim hat mit mir gesprochen«, und gratulierte ihr mit Takt. Er bot sich als Beschützer ihrer und Jims Liebe an. Sie sagte ihm: »Unsere Zuneigung ist grad erst geboren, man muß ihr Ruhe gönnen, wie eben einem Neugeborenen.«

Eines Abends sagte Jules zu ihnen: »Ich werde euch die Geschichte meines Selbstmords erzählen.« Sie spitzten die Ohren. Sie hatten von Jules etwas in dieser Richtung erwartet.

Jules erzählte:

»Ich war fünfzehn. Ich beschloß zu sterben. Ich riegelte die Tür meines Zimmers ab, stellte unter mein Bett eine Schale mit Alkohol und bedeckte sie mit Büchern: dies war mein Scheiterhaufen. Ich zündete ihn an. Ich streckte mich behaglich auf meinem Bett aus und schnitt mit einem Rasiermesser meine Pulsadern auf (er zeigte ihnen die blassen, kleinen Narben). Das Blut floß, zuerst schnell, dann versiegte es. Ich wurde ohnmächtig. Als ich wieder zu mir kam, stand meine

Mutter am Bett, meine Handgelenke waren verbunden, und der Doktor war da ... Das Bett hatte schlecht gebrannt, immerhin aber gut genug, daß die Köchin den Rauch aus der Tür hatte quellen sehen. Die Tür hatte man dann aufgesprengt.«

»Was hat Ihre Mutter gesagt?« fragte Lucie.

»Sie hat nie ein Wort darüber verloren.«

»Da hat sie gut daran getan«, sagte Jim. »Wieviel Stockwerke hatte das Haus?«

»Sechs«, sagte Jules.

»Das hätte einen schönen Scheiterhaufen ergeben«, sagte Jim.

»Jules«, sagte Lucie, »zweifellos werden Sie Ihr Leben Ihren Träumen widmen. Aber hätten nicht vielleicht in den oberen Stockwerken Kinder in den Flammen umkommen können?«

»Herrjeh«, sagte Jules beunruhigt, »daran habe ich noch nie gedacht.«

Ein andermal erzählte Jules:

»Ich war zehn Jahre alt. Auf dem Schulweg kamen wir an einem freien Feld vorbei, auf dem ein großer Lehmhaufen war. Es machte allen Jungen Spaß, auf diesem Haufen herumzuklettern. Dort riß mir eines Tages Hermann, ein Kamerad, die Schulmappe weg, warf sie auf die Erde, gab mir eine Ohrfeige und sagte: ›Du bist ein fieser Jude!‹ Ich litt, ohne etwas zu verstehen, bis abends meine Mutter es mir erklärte.

Hermann fiel von da an oft noch über mich her, nur so. Es war wie ein Ritual. Ich hätte einen kleinen Umweg um den Lehmhaufen machen können, aber nein. Und dann, im Grunde, gefiel mir Hermann.«

»Er selbst?« fragte Jim. »Oder daß er Sie schlug?«
»Beides«, sagte Jules.

»Jim«, sagte Jules zu Lucie, »ist nicht sehr intelligent.« (Lucie hob die Brauen.) »Das Dasein ist ihm kein Bedürfnis.« (Lucie war beunruhigt.) »Er gleicht einem Hund, der nur seinem Instinkt vertraut.« (Lucie lächelte.) »Er zerfetzt sich die Nase bei der Mäusejagd ...«, fuhr Jules fort, beeindruckt von seinem Vergleich. (Lucie lachte nicht mehr.)

»Er sieht einen mit treuem Blick an«, sagte sie. »Er legt einem die Pfoten auf die Schultern und bringt einen mit einem Wort zu Fall! ... Er dreht sich um und sucht seinen Korb. Er wird Jahre brauchen, bis er gefestigt ist.«

»Wollen Sie darauf warten?« fragte Jules.

»Wer weiß?« sagte Lucie. »Jedenfalls hilft er mir, das Leben wieder zu genießen.«

Am letzten Abend versprach ihnen Lucie, sie im nächsten Frühjahr in Paris zu besuchen.

»Verzeiht mir alle beide«, sagte Jules, »daß ich noch immer Hoffnung habe. Meine Liebe wird wahrscheinlich ewig dauern. Ich habe Zeit. Ich wünsche mir, daß Lucie eines Tages krank sein wird, verlassen und verletzt, daß ich sie dann aufnehmen kann und mich ihr widmen.«

»Das alles kann noch werden«, sagte Lucie mit einem leisen Lächeln.

Im Zug erklärte Jim Jules, daß Lucie und er sich noch nicht reif für die Ehe fühlten. War sie geschaffen, zu heiraten und Kinder zu haben? Er fürchtete, sie würde nie auf irdische Weise glücklich werden. Er sah in ihr eine erhabene Äbtissin, ganz in Weiß gekleidet; er war verwundert, sie in den Armen gehalten zu haben. Sie war eine Erscheinung für alle, vielleicht nicht eine Frau für ihn allein.

So rückte für Jules die Liebe der beiden ins Relative, hingegen blieb die seine zu Lucie ganz absolut.

SIEBEN
Magda

Sie waren schon seit einigen Wochen wieder in Paris, da reagierte Jules auf all das. Er versuchte, von Lucie loszukommen, und wandte sein Interesse von neuem den Pariserinnen zu. Mit Jims Unterstützung gab er in einer großen Tageszeitung unter der Rubrik ›Heiraten‹ eine Annonce auf. Es meldete sich unter anderen eine anständige und ansehnliche kleine Juliette, um Jules kennenzulernen. Ihre weißen Strümpfe, ihre niedlichen Lackschuhe, ihr gradherziger und lebhafter Blick, das präzise Tick-Tack ihres Köpfchens entzückten Jules. Sie gingen zu dritt ins Theater.

Vierundzwanzig Stunden lang dachte Jules daran, sie zu heiraten. »Es ist mein einziges Mittel, an ein Mädchen 'ranzukommen«, sagte er, »aber wenn ich einmal Erfolg gehabt habe, bin ich zufrieden.« Lucies Schatten ging vorüber. Er tat es nicht. Juliette stellte ihre Besuche ein.

Jules erhielt einen langen Brief von einem älteren Vetter. Eine Bekannte, schrieb dieser, eine Witwe von fünfundzwanzig Jahren, käme mit ihrem kleinen Jungen nach Paris. Habe Jules Lust, sich ihrer anzunehmen und ihr das Quartier Latin zu zeigen?

Sie selbst schrieb ebenfalls an Jules, sie würde sich freuen, ihn kennenzulernen.

Jules lud Jim zum Mittagessen ein und zeigte ihm die beiden Briefe. Sie spazierten durch die Tuilerien und warteten vor dem Hotel dieser Frau auf die Stunde des Rendezvous. »Diesmal fühle ich«, sagte Jules, »daß sie vielleicht für mich geschaffen ist.« Eine Kirchuhr schlug, und Jim verschwand, als die kleinen schnellen Schritte heraneilten.

Am nächsten Morgen berichtete er Jim:

»Sie ist angenehm, süß, sie hat Manieren und Erfahrung. Sie ist eine begabte Musikerin. Sie ist frei. Ich bin schon ein bißchen verliebt. Und vielleicht mißfalle ich ihr nicht. Würden Sie heute abend mit uns in ein Konzert kommen?«

»Brauchen Sie mich dabei?« fragte Jim. »Vielleicht ist es besser, wenn Sie beide allein sind.«

»Doch, doch«, drängte Jules. »Ich habe ihr von Ihnen erzählt. Sie möchte Sie kennenlernen. Aber ja! Ich brauche Sie.«

Also schloß Jim sich ihnen an.

Jules stellte ihn vor:

»Das ist Jim. Sie müssen *Dschim* sagen, wie im Englischen, mit einem *D* davor, nicht *Schim*, das steht ihm nicht.«

Magda war so, wie Jules sie beschrieben hatte. Sie ging ganz in ihrer Kunst auf, war gebildet, aber nicht kleinlich. Sie aßen zusammen. Jules gefiel ihr, sie behandelte Jim als Kamerad. Sie hatte etwas Bestrickendes.

»Endlich!« sagte sich Jim.

Nach Ablauf eines Monats schenkte sie Jules ihre Gunst. »Endlich!« sagte sich Jim wieder. Er sah die beiden oft, der Anblick eines glücklichen Jules bewegte ihn. Magda schlug wieder Wurzeln im Leben und wurde täglich schöner. Ihre Trauer legte sie stillschweigend ab.

Trotzdem gab es beunruhigende Zeichen. Jules schrieb ein Gedicht über »Die Witwe von Ephesos«, ergab sich wieder einmal der Miesmacherei und seinem düsteren Grollen, das er, wenn er kein anderes Opfer fand, gegen sich selbst richtete. Spät an einem schönen Abend verkündete er in einem leeren Café der rue de la Gaîté: »Wichtig ist, daß die Frau treu ist, die Treue des Mannes ist von zweitrangiger Bedeutung!« Ob er dabei an Lucie denkt? fragte sich Jim.

Magda erbleichte.

»Ihr seid alle beide blöd!« sagte sie.

»Vielleicht«, sagte Jim. »Ich darf aber darauf hinweisen, daß ich überhaupt nichts gesagt habe, und daß ich das, was Jules um zwei Uhr morgens sagt, nicht ernst nehme.«

»Sie könnten wenigstens protestieren!« sagte Magda.

»Ich protestiere«, sagte Jim.

Jules schien überrascht.

»Siehst du!« sagte Magda.

Sie nahm Jules am Arm und zog ihn wie ein ungezogenes Kind mit sich fort.

Jim traf die beiden zusammen so selten wie möglich. Doch Jules allein besuchte er täglich, obwohl er mit sich selbst genug beschäftigt war.

Eines Morgens sagte Jules zu ihm: »Magda glaubt, daß Sie ihr seit ihrem Zornesausbruch im Café aus dem Wege gehen. Wir wollen heute abend Äther zu uns nehmen, um zu sehen, wie das ist. Sie sind zum Essen herzlich eingeladen.« Er fürchtete, daß Jim ablehnte.

»Herzlichen Dank«, sagte Jim. »Ich komme gern. Beim Äther allerdings werde ich mich zurückhalten. Ich mag das Zeug nicht.«

Das Essen wurde am Boden in persischen Schüsseln serviert. Im Kamin brannte ein großes Holzfeuer.

Magda hatte selbst ihre heimatlichen Hors-d'Oeuvres angerichtet. Jules deklamierte fröhlich Gedichte in drei Sprachen, Magda improvisierte dazu am Klavier. Ein kalter Regen schlug an die Fenster; man fühlte sich heimelig hier drinnen.

Die Stunde des Äthers rückte heran.

Mit Wattebäuschen und Flakons bewaffnet, begannen sie kräftig zu inhalieren. Jules hielt das Ganze für eine physische Verirrung.

»Tief einatmen«, kommandierte einer von ihnen.

»Tief ausatmen«, tönte es von den anderen zurück.

Das Hirn wurde von einer ungeheuren Frische durchzogen, die Ohren sausten. Ungemeines Wohlgefühl. Man schwoll an wie ein Schlauch. Der Dunst, anfangs noch unangenehm, wurde lebenswichtig.

Magda reagierte in der großzügigsten Weise. Jim ließ sich nur halbwegs gehen. Jules war völlig hinüber und verwechselte ständig die Watte und die Flüssigkeit.

Bald genügten die vielen rundum verstreuten Kissen der Trägheit der Verschworenen nicht mehr. Jules schlug vor, sich zusammen auf Magdas breitem Bett auszustrecken. Der Vorschlag wurde ausgeführt. Jim und Magda machten es sich bequem, jeder nahe der Kante des Bettes, und überließen Jules den Platz in der Mitte. Doch Jules schob mit Autorität Magda dorthin.

Die Wattebäusche taten weiterhin ihre Wirkung in der Finsternis, die jetzt herrschte. Lange Stille. Das Kaminfeuer flackerte.

Es wirkte wie ein Moskitostich, als plötzlich Jules eine pointierte Bemerkung über die Duplizität der Frauen hervorstieß, grad zur Zeit, um einen Zwist zu stiften.

»Keine Psychologie heute abend, wenn ich bitten darf«, klagte Jim.

»Geht das gegen mich?« fragte Magda.

»Natürlich«, lachte Jules, »gegen alle Frauen.«

Und er fuhr fort, über Magda und sich selbst herzuziehen, wobei er ständig Platitüden und Geistesblitze durcheinandermengte. Sie versuchten, ihn zum Schweigen zu bringen. Vergeblich. Jim versuchte aufzustehen. Magdas Hand hielt ihn zurück. Sie hielt sich die Ohren zu. Jules gab einen Augenblick lang Ruhe, dann zog er ihr die Hände von den Ohren weg. Sie ließ es geschehen, weil sie auf ein freundliches Wort hoffte. Er beugte sich auch über sie, sagte ihr dann aber etwas ins Ohr, was er niemals in Jims Anwesenheit getan hätte, wenn er nicht im Ätherrausch gewesen wäre.

Magda stieß einen kleinen Schrei aus.

»Machen Sie das Licht an, Jim«, rief sie.

Jim drehte das Licht an. Magdas Gesicht wurde sichtbar, erfüllt von Wut, viel stärker noch als damals im Café.

»Verschwinde, Jules!« kommandierte sie.

Jules machte das zufriedene Gesicht eines Babys, das Insekten quält. Der trockene Befehl Magdas (sie war die Witwe eines Offiziers) wirkte auf ihn wie auf einen Soldaten. Er stieg aus dem Bett, zog seinen Kimono aus und seine Weste an, nahm seine Schuhe und verschwand im Nebenzimmer. Nach einer Weile hörte man, wie die Flurtür geöffnet und wieder geschlossen wurde.

Jim wollte aufstehen, um ihm nachzugehen. Magda aber zog ihn an sich. Sie zögerte nur einen Augenblick. Dann warf sie sich auf ihn.

»Magda«, sagte Jim, »Sie wollen sich doch nur an Jules rächen, und Sie werden es bereuen.«

»Nie!« sagte sie. »Und lieber Sie als ein anderer.«

›Da ist was Wahres dran‹, dachte Jim, ›wenn ich es bin, ist es nicht so tragisch.‹

»Nicht mit mir!« sagte sie noch und begann ihn zu entkleiden.

Sie hatten eine angenehme Nacht, fast unpersönlich, vom Äther imprägniert, von Jules entfacht – ein schnell aufloderndes, heidnisches Feuer, das keine Spuren zurückließ.

Als sie morgens an Jims Seite erwachte, sagte sie:

»Glauben Sie nicht, daß Jules das beabsichtigt hatte?«

»Er war ja ganz betrunken vom Äther«, entgegnete Jim.

»Ja«, sagte sie, »aber er war mehr er selbst als je zuvor. Er muß lernen, was er mit seinen Reden anstellt! Erzählen Sie ihm bitte alles, was wir getan haben.«

Jim ging zu Jules, der seine Austreibung noch gar nicht recht begriffen hatte. Er erstattete einen genauen Bericht. Er schloß mit den Worten: »Geküßt haben wir uns nicht.« Das stimmte.

Jules eilte zu Magda. Er entschuldigte sich. Magda entschuldigte sich nicht. Sie machten einen Strich darunter und stürzten sich in neue Honigmonde. Sie trafen sich wieder wie früher mit Jim, und keiner fühlte sich vor dem anderen befangen.

Jules und Magda reisten in den Süden. Sie schickten Jim rührende Fotos, die sie als glücklich vereintes Paar zeigten. Jim drückte Jules beide Daumen.

Kurz nach ihrer Rückkehr sagte Jules zu Jim:

»Ich liebe Magda. Aber mehr gewohnheitsmäßig. Die große Liebe ist es nicht. Sie ist mir eine junge Mutter und eine aufmerksame Tochter zugleich.«

»Wie schön!« sagte Jim.

»Es ist nicht die Liebe, von der ich träume.«

»Gibt es die überhaupt?« fragte Jim.

»Natürlich. Die Liebe zu Lucie.«

Jim hütete sich, zu sagen: »Das bilden Sie sich nur ein, weil Sie Lucie nicht besitzen.«

»Und außerdem«, sagte Jules, »so wie ich mich kenne, würde ich nie einer Frau verzeihen, daß sie mich liebt. Ich halte das für eine Perversion, für einen Kompromiß ... und Lucie ist frei davon. Sie akzeptiert mich auch nicht ein bißchen.«

»Das kann jeder Mann glauben«, sagte Jim.

»Ja ... kann ...«, sagte Jules, »aber ich tue es.«

»Bitte sehr«, sagte Jim, »das ist heroisch und respektabel. Es würde einem Märtyrer Ehre machen. Es ist der Schlüssel zu Ihrem Leben. Wenn Lucie Sie liebte ...«

»Wäre sie nicht mehr Lucie«, sagte Jules.

Acht Monate lang ging es gut mit Jules und Magda, acht Monate, rund und gesund wie Brot. Dann kam ein Brief von Lucie: sie würde nächsten Sommer kommen.

Jules entschloß sich, Magda reinen Wein einzuschenken. Bis jetzt hatte er Lucie nur beiläufig erwähnt; Magda hatte glauben können, das sei alles längst vorbei.

Er tat es mit Zartgefühl – so wie er einst den Scheiterhaufen unter seinem Bett angezündet hatte.

Zwei Tage später fuhr Magda nach Hause.

Dort verheiratete sie sich einige Monate später wieder, »mit einem richtigen Mann, ausgeglichen und großzügig«, wie sie schrieb, »ich bin glücklich und trage Jules nichts nach. Im Gegenteil.«

ACHT
Odile

Jules und Jim hatten im Café der Maler die achtzehnjährige, aus dem hohen Norden stammende Odile kennengelernt, die stets bereit war, zu ihnen zum Tee zu kommen. Man ging zu Jules, der in der Nähe des Cafés wohnte. Sie war, wie sie sagte, geschieden. Sie sprach kein besonders gutes Französisch. Sie war direkt, brutal, voller Humor und noch ganz kindlich.

»Ich nichts verstehen Leben von Frauen und Männer hier. Sein umgekehrt bei uns. Hier sie machen Liebe, wann sie wollen. Das wichtig sein. Ich das lernen wollen.«

Jules, der damals noch von Magda gefangen war, hatte nichts mit Odile im Sinn. Sie machte ihm Spaß, er behandelte sie wie eine junge Katze. Sie spielten zusammen Domino, und er brachte ihr ein Phantasie-Französisch bei. Sie spielten um kleine rote Zuckerpfeifen, die sie geräuschvoll zerkaute und die damals einen Sou pro Stück kosteten.

Sie hatte im Café eine laute Auseinandersetzung mit Jules:

»Was! Ich sagen: ›ich fallen auf *meine* Arsch‹, und Sie wollen mir sagen: ›ich fallen auf *meinen* Arsch‹.

Shocking! Sie, Monsieur: meinen Arsch. Ich, Dame: meine Arsch. Sie machen sich über mich lustig.«

Alle Stammgäste gaben ihr recht.

Eines Tages sagte sie zu Jules:

»Jungens aus dem Café mich wollen alles lernen. Ich nicht wollen. Ich möchten bei Jim lernen. Was Sie mich raten?«

»Jim guter Lehrer«, sagte Jules.

»Was Jim über mich denken?«

»Jim denken, Sie schöne Augen, schöner Mund, schöne Haare, schöne weiße Haut, alles schön«, sagte Jules, der sich daran gewöhnt hatte, ihre Sprache anzunehmen.

»Sie glauben, er mich wollen lernen?«

»Er wollen.«

»Sie sicher, ganz sicher?«

»Ich sicher, ganz sicher.«

»Sie nicht haben Lust?«

»Ich nicht haben Lust.«

»Warum Sie nicht haben Lust?«

»Ich habe Lust, anderes Mädchen lernen.«

»Ich sie kennen?«

»Sie nicht sie kennen.«

Sie wollte noch fragen: »Warum ich sie nicht kennen?«, aber nachdem sie auf ihre Uhr geschaut hatte, machte sie es kurz:

»Jim heute kommen zum Tee?«

»Jim heute kommen.«

»Sie uns lassen Ihr Zimmer, wenn wir brauchen, Jim und ich?«

»Ich lassen.«

»Damit wir können alles machen?«

»Alles machen.«
»Sie verschwinden, wenn ich machen Zeichen?«
»Ich verschwinden.«
»Sie nicht böse sein?«
»Ich nicht böse sein.«

Sie spielten Domino. Jim kam. Sie tranken Tee. Dann ging Odile mit clowneskem Übermut zur großen Verführungsszene über; sie spielte tatsächlich eine Szene, hauptsächlich für Jules und sich selbst. Jim machte mit, ohne zu ahnen, daß es bereits ums Ganze ging. Odile hatte ihm von Anfang an gefallen. Jules spielte den Anstandswauwau. Odile ließ sich von ihm vertraulich beraten.

Bald konnte Jules das Lachen nicht mehr unterdrükken. Er hielt sich den Bauch und japste: »Genug! Aufhören!« Nur Jim blieb ernst und antwortete Odile weiterhin würdig, nun auch in gebrochenem Französisch. Auf seinen Ernst baute Odile ihre Vorstellung auf, ihre eigenen ernsten Absichten klug verbergend. Sie nannte Jim: *Neuer Mensch!* und glaubte, es hieße *Schwachkopf!* weil sie diese beiden Wörter am Anfang von Claudels »Goldhaupt« während ihrer letzten Unterrichtsstunde mit Jules gelesen hatte, der der einzige war, der daraus schlau wurde. Erst als ihre Clownerien auf dem Höhepunkt angelangt und ihre vertraulichen Beratungen mit Jules erschöpft waren, warf sie ihm einen souveränen Augenaufschlag zu und wies ihm, wie verabredet, die Tür. Jules verschwand, nicht ohne leises Bedauern.

»Wir uns verstecken unter den Decken«, sagte Odile.

Und voller Eifer stürzte sie sich in Jims Arme.

Als Jules gegen Mitternacht zurückkehrte, fand er auf seinem Tisch die zusammengeräumten Reste eines kleinen Mahles und in seinem Bett den frischen Duft von Odile und der englischen Seife, die sie stets in ihrer Handtasche trug.

Am nächsten Tag hörten Jules und Jim, die bei Jules zusammen arbeiteten, ein fröhliches ›Juchuh! Juchuh!‹ durchs offene Fenster. Es war Odile, die mit einem langen Landsmann vorbeikam. Sie trug ein weites, schwarzes spanisches Cape, einen blauen Strohhut von fast militärischem Zuschnitt, ihre bloßen Füße steckten in Holzsandalen. Sie schaute mit ihrem durchsichtigen, von einer blonden Mähne umwehten Gesicht zu ihnen hoch und schenkte ihnen ein so offenes Lachen, daß man bis in die letzten Abgründe ihrer schlanken Kehle blicken konnte. »Auf bald!« rief sie ihnen zu.

Sie kam oft und war immer willkommen. Jim fragte sich manchmal, warum sie ausgerechnet auf ihn verfallen war, da sie sich doch sonst immer mit den hübschen Burschen ihrer Nation umgab.

»Aber sie hat's ja gesagt«, erklärte Jules. »Sie will bei Ihnen latinische Kultur kennenlernen: Freiheit der Sitten, ohne Roheit und falsche Scham. Sie hat einen sicheren Instinkt und weiß, was sie braucht. Die Frauen ihres Landes, die sonst nach Paris kommen, leben mit ihren eigenen Männern in großen Hotels und genießen nichts von der Stadt als die Sehenswürdigkeiten.«

»Bin ich denn latinisch?« fragte Jim. »Einer meiner Vorfahren kommt aus dem Norden, ich sehe ihm sogar ähnlich, und außerdem bin ich noch größer als Odiles Freunde.«

»Immerhin pulst noch Blut ihrer Rasse in Ihren Adern: das macht Sie gerade für sie akzeptabel, und zudem der Umstand, daß Sie lange genug in ihrem

Lande gelebt haben, um dessen Sitten und Gebräuche anzunehmen.«

»Eine schöne Mischung, diese Odile!«

»Ich habe mir mehr Zeit als Sie genommen, mit ihr zu *sprechen*. Von ihrem Vater her stammt sie aus der Aristokratie, von ihrer Mutter her aus dem niederen Volke. So hatte sie nie mit dem Durchschnitt etwas zu schaffen. Nun gibt sie allen, die ihr gefallen, Unterricht in ...«

»In was?«

»In ... Shakespeare«, sagte Jules.

Eines Tages nahm Odile Jim mit sich nach Hause. Jim war überrascht, denn er hatte nicht vermutet, daß sie eine Wohnung hätte. Es war ein Dreizimmerappartement in einem alten Haus, mit Blick auf eine Sackgasse; es war ein ruhiges Viertel. Zwei Zimmer waren leer und sauber, die Holzfußböden ordentlich geschrubbt. Vergilbte Blumenbilder hingen an den Wänden.

Das dritte Zimmer hatte gekalkte Wände, es enthielt nichts außer einem großen Bett, fast zu ebener Erde, mit einer troddelverzierten Decke: ein feines Nest für zwei. Allein, die Kopfkissen lagen aufeinander, nicht Seite an Seite.

Auf einem Wandsims aus schwarzem Marmor saßen Puppen aufgereiht. Rund um das Bett und auf dem Boden waren Stoff- und Federtierchen gruppiert, alte, neue, meist weiße, sehr hübsche darunter, so wie sie in London und Paris am schönsten gemacht werden.

Odile setzte sich aufs Bett und betrachtete ihre Menagerie. Sie benahm sich immer so, als sei sie allein, und sie machte immer das, wozu sie gerade Lust hatte.

Daher rührte auch die Hochachtung, die Jules und Jim für sie empfanden, und da Odile diese Hochachtung nicht verborgen blieb, fühlte sie sich in der Gesellschaft der beiden wohl.

Sie packte die Tierchen, eins nach dem anderen, und sprach mit ihnen. Darüber verging eine Ewigkeit. Jim, der sich auf die Erde gehockt hatte, fühlte sich wie bei einem Krankenhausbesuch bei einem kleinen Mädchen. Odile entdeckte einen Fleck auf dem weißen Fell eines Schafes, goß Essig darauf und rieb mit dem Ärmel eines weißen, seidenen Pyjamas nach. Dann verbrannte sie einen Brief. Das Schaf fing Feuer. Odile warf es in den Papierkorb. Jim sah bereits das ganze Haus abbrennen. Doch so weit kam es nicht.

Nach und nach bekam Jim heraus, daß eine alte Nachbarin den Haushalt versorgte, daß Odile hier seit Monaten, vielleicht mit ihrem Mann, gewohnt hatte, daß sie die Möbel an Nachbarn und Trödler verkauft hatte, ausgenommen die Betten, die Puppen und die Tiere; daß sie es so viel hübscher fand und daß sie den Rest nun auch wegschaffen würde, um schließlich nur noch ihre Koffer zu besitzen.

Jim hätte diesen Schlupfwinkel allemal einem Hotelzimmer vorgezogen. Er war sofort bereit, das Ganze zu kaufen oder den Mietvertrag zu übernehmen. Einen schöneren Rahmen für Odile als dieses einsame Logis konnte er sich nicht vorstellen. Nur fühlte sie sich hier von Phantomen umstellt, von denen sie gerade Abschied genommen hatte. Es war keine Frage, daß sich Jim neben Odile und ihren Tieren auf dem Bett ausstrecken wollte.

Odile durchwühlte die Wandschränke und die Küche, und Jim mußte ihr dabei helfen. Dann hatte sie gefunden, was sie suchte, eine kleine, randvoll gefüllte Flasche:

»Ich das mitnehmen!«

»Was das sein?« fragte Jim.

Sie machte ein strenges Gesicht:

»Das sein Vitriol. Sein für Augen eines Mannes, der gelogen. Er einmal wiederkommen. Ich das aufheben für ihn. Ich das im Café lernen. Malermädchen sagen, man urteilen mit Nachsicht, man strafen mit Milde.«

Jim erklärte ihr, das Fläschchen würde eines Tages zwischen all ihrem Kram zerbrechen, sie würde sich dabei noch selbst verbrennen, und außerdem könne man Vitriol in jeder Apotheke kaufen. Sie sagte:

»Ja, aber das dann nicht sein selbe Flasche, auf die ich haben geschworen.«

Sie ließ sich dann doch überzeugen und leerte die Flasche bedauernd in den Ausguß; es zischte und schäumte.

Ohne sich einzumischen, wobei er sich kaum das Lachen verbeißen konnte und bedauerte, daß Jules nicht da war, sah Jim dem Verkauf von Odiles Matratze und Wäsche an die Nachbarinnen zu, wobei sie einen ebenso geschickten wie großzügigen Geschäftssinn entwickelte.

Einer der hübschen Burschen aus Odiles Meute lud Jim zu einem Essen mit allen ein. Jim kannte ihn nur flüchtig, fand ihn aber sympathisch. Er wollte die Einladung annehmen.

»Nein«, sagte Odile. »Ich nicht wollen großes Mischen.«

Sie ging allein zu dem Essen.

Odile erklärte Jules:

»Sie behandeln mich gut, wie eine Dame. Jim auch so. Trotzdem nicht dasselbe sein, und ich nicht wollen, der eine den anderen kennen. Vielleicht sie wollen ändern Jim.«

Odile ließ sich weiterhin von Jim in vielen Dingen unterweisen, und die Art, wie sie alles aufnahm, machte ihm Spaß. Sie schwatzte drauflos, wie es ihr einfiel, verlachte die ganze Schöpfung und verkündete lauthals ihre Ideen. Sie machten den Versuch, alles aufzuschreiben, was sie sagte, aber ihre Gegenwart ließ alles über die Ufer treten und schwemmte alle Vorsätze fort.

NEUN

In den Dünen

Odile und Jim verspürten Lust, für zwei Wochen ans Meer zu fahren. Odile bestand darauf, Jules mitzuschleppen; Jim schloß sich diesem Wunsch an, und Jules widersetzte sich nicht.

In bester Laune bestiegen sie den Zug und fuhren zweiter Klasse – weil es keine dritte gab – nach Amsterdam, wo sie viel Spaß hatten, besonders in den vornehmen Cafés; man spielte dort mit solch großen Dominosteinen, wie Odile und Jim sie noch nie gesehen hatten.

Die Reisebüros bedauerten; die ganze Küste sei bereits vermietet. Jim mußte zwei Tage lang mit einem Fahrrad am Meer entlangfahren, um das Häuschen zu finden, von dem sie geträumt hatten: einsam, versteckt in den Dünen, dem Wind ausgesetzt, außen und innen schlicht geweißt und unmöbliert.

Als Jim nach Mitternacht in ihr kleines Hotel zurückkam und die enge Treppe zu dem kleinen Zimmer, das einer Schiffskajüte glich, hinaufgeklettert war, fand er Odile schlafend, den Kopf auf seinen ordentlich gebügelten Pyjama gebettet. Sie sah ganz wie ein Engel aus.

Sie erwachte vom Licht, das er andrehte, und sagte:

»Ich brav, ich schlafen ganz allein!«

Da kam Jules herein und hob den Zeigefinger:

»Nur, weil ich Dich nicht in mein Bett gelassen.«

»Du Viech«, sagte Odile. »Du nicht verstehen; ich wollen in dein Bett, weil ich nicht haben hier meine Tierchen, und ich nicht mögen allein schlafen ... aber ich brav bleiben für Jim!«

»Aber ich vielleicht nicht brav bleiben!« schloß Jules.

Sie warf ihm entrüstete Blicke zu.

Sie richteten sich in dem Häuschen ein und mieteten zwei Matratzen, drei Stühle, einen Tisch und Kochtöpfe. Odile und Jim schliefen unten in dem einzigen großen Raum, Jules zog in die Mansarde. Die kleine Küche diente gleichzeitig als Bad.

Odile entdeckte ihre hausfraulichen Talente. Zweimal in der Woche machte sie den Fußboden sauber, indem sie das Zimmer überflutete. Danach warf sie die Feigen- und Bananenschalen und Fischköpfe weg, auf denen man nachts immer ausrutschte. Sie sagte:

»Alles prima sauber. Und ich haben recht, da ich sein die Hausfrau.«

Wenn Jules und Jim zum Markt gingen, um Gemüse und Milch einzukaufen, steckten sie sich ihre Pfeifen an. Das war dann ihre Stunde, die Stunde der Gemeinsamkeit. Die Fischer kamen zum Häuschen, um ihre Ware anzubieten. Sie wurden von Odile in einem Pyjama empfangen, der hinten ein großes Loch aufwies; sie erzählte ihnen unglaubliche Geschichten, von denen die armen Kerle kein Wort verstanden. Das Trio war bald in der Gegend als ›die drei Verrückten‹ bekannt, wurde aber sonst gern gesehen.

Am Anfang war es paradiesisch. Odile hatte immer ihren Spaß. Jim badete nachts in blonden Haaren und tags im Meer. Jules spielte stundenlang mit Odile und zog sich dann auf seine Mansarde zurück, um an seinem Roman zu arbeiten. Dort setzte er sich mit einem Stuhl hart an die Tür; so konnte er Odiles Invasionen verhindern.

Morgens brachte Jules den Milchkaffee und die Butterbrötchen Jim und Odile ans Bett. Er hatte das Gefühl, dieser charmanten und heftigen Liebe sei nur kurze Dauer beschert. Mehr und mehr gehörten Odiles Nächte Jim, ihre Tage aber Jules.

Bei den Mahlzeiten war Jim oft übermüdet, und Odile nicht gut auf ihn zu sprechen. Wenn Jules nicht ihre Partei ergriff, schalt sie beide und nannte sie: »Spießer, verhinderte Künstler, Gelegenheitsschriftsteller.« Sie lachten. Jules entgegnete:

»Natürlich hast du recht, aber wir tun, was wir können.«

Odile bekam ein Päckchen mit Briefen aus Paris und aus ihrer Heimat. Sie verriet nicht, was in den Briefen stand, wurde aber plötzlich gegen Jules und Jim ziemlich reserviert.

Eines Tages wollte sie sechs lebende große Hummer kaufen, um mit ihnen zu spielen. Ein hübscher, aber teurer Einfall. Jim erklärte, bei ihrem schmalen Budget könnten sie sich das nicht leisten. Sie warf ihm zornig vor, er sei geizig. Sie hatte nichts gegen das einfache Leben, war aber gewohnt, daß für die Einfälle, die sie plötzlich hatte, Geld da war. So wettete sie zum Beispiel bei Pferderennen in Paris und London.

Die Waschfrau kam und gestand, daß ihr Wäsche abhanden gekommen war. Odile nahm sie heftig in Schutz.

An diesem Mittag planschte sie wie immer in den Wellen herum. Jetzt entfernte sie sich aber immer weiter auf dem weißen, langgestreckten Sandstrand, war dann nur noch ein kleiner Punkt am Horizont und schließlich verschwunden. Jules und Jim aßen allein zu Mittag, allein zu Abend, ohne sich besonders zu beunruhigen, da Odile im allgemeinen bei all ihren Narreteien nie unvorsichtig war.

Spät am Abend klopfte es leise an die Tür. Draußen standen zwei Gendarme, zwischen ihnen im Badekostüm Odile. Sie war, etwa eine Stunde weit, auf eine Badeanstalt gestoßen, dann in diesem Aufzug in der Ortschaft herumspaziert – was gegen die Vorschriften verstieß – und hatte Menschenansammlungen verursacht. Die Polizei wollte diesmal davon absehen, sie über Nacht ins Gefängnis zu stecken, ermahnte aber Jules und Jim, daß sie in Zukunft für derartigen Unfug verantwortlich seien und im Wiederholungsfalle bestraft und ausgewiesen würden.

Odile blieb gelassen, hörte sich aber interessiert den Rapport der Gendarmen an, den Jules ihr übersetzte. Der jüngere von den beiden Gendarmen sagte: »Die Dame spinnt – bestimmt ist sie zu übermütig.« Dann verschwanden sie.

Lachend und mit Begeisterung erzählte Odile ihrerseits die Geschichte ihres Ausflugs. Sie war in Spielwarengeschäfte spaziert und hatte sich mit den Kindern unterhalten. Odile schloß:

»Frauen in dem Ort sein Spießer und nicht schön. Eifersüchtig weil Männer mir nachsehen. Sie sagen: Künstlerin gehören ins Gefängnis.«

Über den Vorfall wurde nicht mehr gesprochen. Aber in den nächsten Tagen kam es öfters vor, daß Odile ihren beiden Gefährten aus heiterem Himmel den Krieg erklärte.

Eines Tages versuchte sie ihre Rachegelüste zu stillen, indem sie einen heftigen Angriff auf Jules' Tugend unternahm; der Angriff wurde freilich abgeschlagen. Dabei hätte Jim nicht einmal etwas dagegen gehabt. Er fühlte sich genug beschenkt und wäre durchaus bereit gewesen, in die Mansarde überzuwechseln.

Kurzum entschloß sich Odile, beide zu vergiften. Sie wartete ab, bis sie sich über das tödliche Omelett hergemacht hatten, und sagte dann:

»Ihr nicht finden, daß das komisch schmecken? Ihr nicht haben Mißtrauen in eure Köchin? Ihr nicht können lesen auf ihrem Gesicht? Ihr nicht verstehen, sie sein wütend? Aber sie sein nett, sie sagen euch: nicht weiteressen!«

Sie bekamen trotzdem eine Kolik.

Bald Spaß, bald Ernst – die zwei Wochen gingen ihrem Ende entgegen. Sie reisten wieder über Amsterdam zurück, wo sich Odile diesmal vier Paar Holzschuhe kaufte. Unvorsichtigerweise ließen Jules und Jim, die ein Eis essen wollten, sie vor dem Schaufenster eines Kaufhauses zurück. Als sie wiederkamen, stand sie noch immer dort, in ihr spanisches Cape gehüllt, die Holzschuhe über der Schulter, und wie eine Straßensängerin von einer Menge Leute umgeben, denen sie indigniert, aber höflich die Leviten las:

»Was Sie wollen von mir? Warum Sie mich anstarren wie Tier aus Zoo? Sie nie sehen sowas? Sie nicht sehr zivilisiert sein! Wenn Sie nicht verschwinden, ich Gendarm rufen. Was komisch sein an mir? Nase? Mund? Mantel? Holzschuhe? (Sie zeigte jeweils mit dem Finger darauf.) Wenn Jules und Jim wiederkommen, sie euch Schädel schlagen! Aber wie! ... Da sein sie schon!«

Kein Mensch verstand sie. Jules und Jim schritten ein. Die Menge zerstreute sich. Als sie zum Bahnhof gingen, folgten ihnen krakeelend die Kinder.

Kaum in Paris angekommen, eilte Odile erleichtert zu ihren Landsgenossen; die nächsten vierzehn Tage blieb sie verschwunden. Dann war sie plötzlich wieder da und fiel Jules und Jim um den Hals. Sie nahm ihre Besuche wieder auf, wenn auch nicht so oft wie früher; manchmal, um Mitternacht im Café, lud sie Jim vertraulich ein, mitzukommen und ihre unvermeidliche Milchkanne nach Hause zu tragen. Sie hatte endlich die richtige Dosierung gefunden.

Jules erzählte Odile, Lucie käme demnächst, und bat, sie möge deshalb ein paar Tage lang nicht zu ihm kommen.

ZEHN
Lucie in Paris

Gemütlich lag Lucie auf Jules' Divan hingestreckt, den Oberkörper in die Kissen aufgestützt. Sie sprachen leise miteinander und tauchten in glückliche Erinnerungen ein.

Es klingelte. Jules ließ sich nicht stören. Es klingelte wieder, bis ein Nachbar öffnen ging. Jules' Tür flog auf, Odile wirbelte in ihrem Cape herein, sie schien noch blonder als Lucie. Sie machte die Tür hinter sich wieder zu.

»Ha! Sie sein Lucie! Jules mir verbieten zu kommen, wenn Sie sein da. Ich aber kommen extra! Ich sehr neugierig auf Sie. Ich sehr fröhlich sein, Sie kennen, selbst wenn Sie nicht fröhlich sein, mich kennen ... Sie sein gute Freundin von Jules oder Verlobte von Jules?«

»Jetzt ist's genug, Odile«, sagte Jules. »Verschwinde!«

»Ich extra nicht verschwinden«, sagte Odile.

Jules stand auf, legte einen Arm um ihren Rücken, einen Arm um ihre Beine, hob sie auf und trug sie hinaus; sie strampelte mit Händen und Füßen, um sich zu befreien.

»Ha!« schrie sie. »So er sie lieben! Auf einmal sein er richtiger Mann! So stark er sein! Er mich fast schlagen!«

Jules stellte sie auf den Treppenabsatz, ging ins Zimmer zurück und schloß ab.

»Erzähl mir von Odile«, sagte Lucie.

Jules erzählte, ließ aber anfangs die Liaison mit Jim aus. Doch Lucie erriet es: »Sie ist frisch und verwegen, und Jim hat ihr sicher nicht widerstanden, wie er auch Gertrud nicht widerstanden hat.«

Jim würde es recht sein, daß Lucie über sein Abenteuer mit Odile Bescheid wüßte; und so erzählte Jules alles, in der Art, wie er immer erzählte.

Lucie hörte zu, ernst, manchmal blinzelte sie Jules ein wenig zu. Sie sagte dann:

»Ich möchte mich nächste Woche zum Tee mit euch treffen, Jim und Odile sollen dabei sein. Geht das?«

»Natürlich«, sagte Jules.

Nach ihrem Rauswurf bei Jules war Odile ins Café gelaufen, wo sie auf Jim wartete.

»Herrlich!« rief sie ihm zu, als er aufkreuzte. »Ich haben Lucie bei Jules gesehen. Er mich schlagen vor ihr. Sie jetzt Sieger-Frau! Sie sich nicht rühren auf dem Sofa, nicht sprechen, nicht mit Lider zucken. Ich sie gut betrachten, wie Jules mich schlagen. Sie sein stärker als ich. Sie mich heute siegen, aber ich Revanche!«

Und Odile rannte fort.

Jim hätte sich diese Szene gern mit angeschaut, er würde sie sich noch einmal von Jules und Lucie schildern lassen. Es war vereinbart, daß Lucie zuerst zu Jules ginge, und daß beide allein blieben. Jim sollte Lucie dann abends nach dem Essen auf ihrem Zimmer besuchen.

Als er sich zu ihr aufmachte, war sein Verlangen nach ihr stärker als je zuvor. Er betrat das ruhige kleine

Hotel und stieg die Holztreppen zu dem ihm bekannten Zimmer Lucies im zweiten Stock hinauf, dessen Fenster er hell erleuchtet gesehen hatte.

Da hörte er hinter sich leise Schritte. Jemand umklammerte mit beiden Armen seine Beine. Es war Odile. Sie hatte Lucie von Jules' Wohnung bis zu dieser Pension verfolgt, ehe sie mit Jim im Café gesprochen hatte, sich dann versteckt und Jim vom Café bis zur besagten Pension nicht mehr aus den Augen gelassen, bis sie jetzt hinter ihm zur Haustür hineingeschlüpft war.

Da saß sie nun auf einer Treppenstufe, strahlte ihn mit ihren blauen Augen an, glücklich über den gelungenen Handstreich, und warf sich mit Wonne auf eins der Verhöre, die sie so sehr liebte:

»Du gehen Lucie sehen?«

»Ja.«

»Nein. Du nicht gehen. Du bleiben bei mir. Ich deine Frau sein heute abend. Du verliebt in Lucie?«

»Ich Freund von Lucie.«

Er machte einen Versuch, seine Beine aus ihrer Klammer zu befreien. Das gab Odile Gelegenheit, eine Stufe höher zu rutschen. Er machte einen zweiten Versuch, ihre Hände abzuschütteln.

»Jim, du mich anhören. Wenn du nur ihr Freund, warum sie dich nicht empfangen im Salon, wie guterzogene Dame? Warum in ihrem Zimmer? Ich erlauben Besuch in Salon, ich dabei bleiben. Wenn du gehen in Zimmer ohne mich, ich machen gleich Skandal, schreien, daß Lucie deine Geliebte, ich deine arme Verlobte. Ich Nervenklaps. Nicht gut sein für Reputation von Lucie.«

Jim war sicher, daß Odile das alles wirklich anstellen würde. Da man sie in dem Viertel ohnehin für ziemlich verrückt hielt, hatte sie nichts zu verlieren – Lucie aber viel. Er dachte schnell nach. Es wäre nicht gut, wenn sie Lucies Geheimnisse erführe; sie würde großzügigen Gebrauch davon machen. Jim kapitulierte, und vielleicht war er sogar ein wenig über Odiles Mut belustigt.

»Na gut. Aber ich muß Lucie eine Nachricht dalassen, weil sie auf mich wartet.«

»Gut«, antwortete sie.

Im Salon schrieb er: »Verehrtes Fräulein, leider ist es mir unglückseligerweise heute nicht möglich, Ihnen meine Aufwartung zu machen.«

»Sehr, sehr gut«, sagte Odile, die über seine Schulter sah und mitlas. »Komm!«

Sie gab den Zettel der Concierge, hakte sich bei Jim unter und ließ ihn bis bei sich zuhause nicht mehr los.

Jim dachte: »Lucie und ich – wir haben Zeit. Odile und ich – das ist bald vorbei.« Und er ergab sich Odile. Am nächsten Morgen ging er zu Jules. Sie berichteten sich gegenseitig die Ereignisse des Vorabends. Jules tat es leid um Lucie.

»Mein lieber Jim«, sagte er fast streng, »Sie sind zu leicht zu beeinflussen!«

»Ziemlich leicht«, sagte Jim

»Bei mir hätte Odile das nicht gewagt.«

Jules war sehr stolz darauf, Odile vor Lucies Augen so forsch hinausgeworfen zu haben, und Jim war über diesen unglaublichen Kraftakt Jules' außerordentlich erstaunt.

Jules fuhr fort:

»Ich verlange zu viel von den Frauen und bekomme zu wenig von ihnen.«

»Und Magda?« fragte Jim.

»Sie versuchte, mich zu ändern, und wollte, daß ich mich ihr anpasse. Sie beherrschen zwar die Frauen, Jim, aber zugleich sind Sie in ihrer Hand.«

»Stimmt«, sagte Jim, »das ist die ausgleichende Gerechtigkeit. Aber wer besitzt die Frauen wirklich, der, der sie sich nimmt, oder der, der sie verehrt?«

»Man muß das eine tun und darf das andere nicht lassen«, sagte Jules.

Am Nachmittag traf Jim Lucie bei Jules, der die beiden bald allein ließ. Lucie war überrascht gewesen, Jims Nachricht zu bekommen, die er, wie man ihr gesagt hatte, »in Gesellschaft einer Dame« in der Pension abgegeben hatte. Die Szene auf der Treppe hatte gottseidank niemand gesehen.

Jim küßte Lucies Hände, mehr wagte er nicht. Er kam vom Boxtraining, wo er sich hatte übel zurichten lassen, gleichsam um sich zu bestrafen. Und er fühlte sich trotz anschließender Dusche noch völlig in Odiles Duft getränkt. Er hatte ein schlechtes Gewissen. Leicht zu beeinflussen ... hatte Jules gesagt. Er erzählte Lucie von Odile, ohne etwas zu beschönigen, und er ließ durchblicken, wie sehr Lucie ihr in jeder Hinsicht überlegen sei.

»Nein«, sagte Lucie, »das dürfen Sie nicht sagen. Sie ist so lustig und so wild.«

Jim spürte, wie stark Lucies Zuneigung zu ihm war, und wie sehr er sich in ihrer Gegenwart befangen fühlte. Er spürte auch, wie geduldig sie war, und das machte ihm fast Angst.

Jules kehrte zurück und heiterte sie auf.

Jim, von seinem Training noch erschöpft, bat, sich auf dem Boden ein wenig ausstrecken zu dürfen. Es wurde ihm gestattet. Er lag da, mit der einen Schulter auf dem Boden, die andere etwas angehoben.

»Das ist jetzt der rechte Augenblick, diesen großen Kämpfer auf beide Schultern zu zwingen!« sagte Jules und schaute auf ihn nieder.

»Versuchen Sie's doch mal«, sagte Lucie.

»Darf ich, Jim?« fragte Jules ängstlich.

»Bitte«, sagte Jim einladend.

Jules stürzte sich auf Jims angehobene Schulter, Jim wälzte sich schnell herum und drückte Jules' Schultern auf den Boden.

»Ich hätte es mir denken können«, sagte Jules, geradezu stolz auf Jim. »Er ist ein wahrer Meister!«

»Nein«, sagte Jim, »im Ringen bin ich erst Anfänger.«

»Und im Boxen?« fragte Lucie.

»Nun«, sagte Jim, »ich gebe mir Mühe. Ich mag das Boxen so gern wie das Schachspielen.«

Zu seinem Erstaunen bat Lucie, ihm einmal beim Boxen zuschauen zu dürfen. Was hatte das für einen Wert für sie?

An diesem Abend blieb Jim zuhause, das heißt, bei seiner Mutter, mit der er eine Wohnung teilte. Er ließ sich dort nie von einem seiner Bekannten besuchen; es war da auch nicht die rechte Atmosphäre für ihn und Jules zum Schwatzen. Aber eine ideale Zufluchtstätte zum Arbeiten! Nicht einmal Odile war bis dorthin vorgestoßen.

An diesem Abend aber dachte er daran, Lucie einmal seiner Mutter vorzustellen.

Wie sie angekündigt hatte, lud Lucie Jules, Jim und Odile zum Tee ein. Odile freute sich darauf, und Jim mußte vorher begutachten, ob sie nach dem letzten Schrei der Pariser Mode gekleidet war.

Beim Tee in der kosmopolitischen Konditorei, wo sie sich trafen, sprach Odile von ihrer vorzüglichen, leider zu früh abgebrochenen Erziehung und benahm sich teils wie eine exotische Prinzessin, teils wie ein Gassenjunge. Lucie überließ ihr alle Initiative; Odile nutzte das weidlich aus. Wie Lucie hatte sie manchmal etwas Adeliges in ihrem Auftreten, sie sprach mit affektierter Stimme. Ihr Aussehen freilich ähnelte eher einem wilden Tier. Sie erinnerte an Hogarths ›Shrimp Girl‹, die Fischverkäuferin; Lucie an eine Mädchengestalt von Goethe.

Zwischen Hoffen und Bangen, daß Odile nicht wieder irgendeinen Unfug und vor allem nicht einen Ausfall gegen Lucie inszenieren würde, amüsierten sich Jules und Jim recht gut.

Da Lucie ihr keinen Anlaß gab, und da sie Jules' Liebe zu Lucie sah, vergaß Odile beinahe ihre Eifersucht, die Jim betraf.

Später erklärte Odile, Lucie sei sehr schön, aber wahrscheinlich tauge sie nicht »zu dem anderen«.

Jim betrachtete Lucies ruhige Hände; er verglich sie mit Odiles kleinen, ruhelosen Händen, die, gleich Krebsscheren, immer bereit waren zuzupacken. Odile übertrieb alles und jedes, nur um die Aufmerksamkeit auf sich zu lenken, und ihre Clownerien, die auf den ersten Blick immer genial wirkten, machten bald einen beschränkten und eingelernten Eindruck, sie glichen ihren Porträts, die sie mit zehn Kreidestrichen hinzuwerfen pflegte.

Jules war brillant und bestimmt. Lucie erinnerte sich an den Abend mit Gertrud und dachte, man müsse dafür sorgen, daß er nicht wieder in Rage geriete; Odiles Schwadronieren hätte ihn leicht dazu bringen können. Was Jim anging, so glaubte sie, Odile sei ebensowenig ein starker Magnet für ihn, wie es Gertrud gewesen war.

Jules und Jim, wieder ganz in ihrem Element, verfolgten gelassen die unverfrorenen Fragen Odiles und die weisen Antworten Lucies.

Ergriffen stellte Jules fest, wie sorgsam Jim sein starkes Gefühl für Lucie verbarg.

ELF
Lucie und Odile

Odile sagte zu Jim:

»Heute du müssen meinen Ex-Gatten kennenlernen.«

»Gut«, sagte Jim.

Sie entführte ihn in ein langes, schmales Atelier mit großen Fenstern. Dort war der Ex-Gatte, sehr jung noch, ein wenig verweichlicht; er plauderte lebhaft und bestimmt. Er mißfiel Jim nicht. Sie tranken Tee zusammen, spielten Schach; die Partie blieb unentschieden. Odile, die keine Ahnung von dem Spiel hatte, gab unablässig Ratschläge.

»Odile hat mir von Ihnen erzählt«, sagte der Ex-Gatte zu Jim. »Sie hat mir berichtet, welchen Platz Sie in ihrem Leben einnehmen. Ich beglückwünsche Sie. Aber lassen Sie sich sagen, daß wir, Odile und ich, vor wenigen Tagen beschlossen haben, das Vergangene wieder zu beschwören und ... unser Eheverhältnis wieder aufzunehmen.«

Was folgte, sah Jim wie im Traum: Ein Sessel kippte, Odile schoß durch den Raum, nahezu horizontal, die Arme nach vorn gestreckt, flog ihrem Ex-Gatten um den Hals und riß ihn um. Die Petroleumlampe fiel zur Erde, ohne zu verlöschen. Jim bückte sich und hob sie auf. Der

Ex-Mann lag auf dem Rücken, Odile saß rittlings auf ihm und sagte:

»Du mir versprochen, nichts davon zu sagen!«

»Nun ist's heraus«, sagte er.

Er schüttelte sie ab. Beide erhoben sich und klopften sich gegenseitig liebevoll den Staub von den Kleidern.

Nach einer Sekunde der Verlegenheit schüttelten sich die Männer die Hand, dann verließ Odile mit Jim das Atelier.

Der Vorfall bestätigte Jim, daß Odile darauf aus war, ihm ihre Männerbekanntschaften zu verheimlichen.

Odile nahm Jim mit in ihr Hotel. Auf dem Wege kauften sie etwas zum Essen ein: ihre Taschen schwollen von den kleinen weißen und grauen Päckchen der Gemüse- und Obsthändler an.

Es war kalt. »Wir machen großes Feuer«, sagte sie. Sie zog sich aus und setzte sich nackt auf den Teppich, streckte ihre Beine aus und lehnte sie auf den Kaminsims. Mit bloßen Händen nahm sie große Kohlestücke aus einem Sack, sprach auf sie ein, schlug sie fröhlich aufeinander, streute schwarze Brocken über den Teppich und entfachte schließlich im Kamin ein riesiges knisterndes Feuer. Da sie zwischendrin immer wieder ihren Körper mit den Händen warmgerieben hatte, war sie von oben bis unten schwarzverschmiert. Sie bat Jim, das Licht auszudrehen, und räkelte sich in der Hitze des Feuers, stets so nah am Kamin, daß Jim fürchtete, sie würde sich verbrennen. Dann sammelte sie die Kohlestückchen auf und lief, nackt wie sie war, über den Etagenflur ins Badezimmer.

Frisch und strahlend wie die Unschuld selbst kam sie zurück, warf sich ins Bett, rief Jim und setzte alles daran, ihn ihren Exgatten vergessen zu machen.

›Bei ihr wird alles zum Ereignis‹, dachte Jim, ›selbst wenn sie nur Feuer macht. Sie besorgt alles gründlich, und immer eins nach dem anderen. Jules meint ja, sie hätte wie die fast gleichnamige Undine keine Seele. Wie beruhigend!‹

Jules und Jim führten Lucie und Odile auf den Ball der Vier Künste. Lucie hatte sich als Priesterin verkleidet, Odile als Wilde entkleidet, sie trug nur eine Schärpe aus Bast.

Odile, die noch nie solch ein Fest mitgemacht hatte, wollte anfangs ihren Augen nicht trauen und klammerte sich furchtsam an Jim. Als dann die Frauen begannen, auf den Schultern der Männer zu reiten, ließ Jim sie aufsitzen; er spürte ihre Schenkel an seinen Ohren und trabte mit ihr durch den Trubel. Die Schüchternheit verflog, ihr Redeschwall hub an.

Jim sah zwei junge Männer, die offensichtlich Odile bemerkt hatten und sich untereinander etwas zuflüsterten. Odile mußte ihnen sogar Zeichen gemacht haben, denn plötzlich kamen sie erfreut heran und stellten sich vor: der eine ein Amerikaner, der andere ein Prinz aus einer russischen Provinz, die bekanntlich fruchtbar im Hervorbringen von Prinzen war. Beide hatten hübsche Kostüme und kräftige Muskeln. Sie boten sich an, Odile spazierenzutragen, falls Jim ermattet sein sollte.

»Was meinst du, Odile?« fragte Jim.

»Ich sehr zufrieden, haben die drei stärksten Pferde auf dem Ball«, sagte Odile. »Und wechseln können, wenn ich mögen!«

Sie wechselte auf den Amerikaner, dann auf den Russen über und ließ sich in alle Ecken des Saales tragen.

Manchmal kam sie zu Jim zurück und machte eine Runde auf seinen Schultern. ›Sie hat wieder die beste Wahl getroffen‹, dachte Jim und gesellte sich zu Jules und Lucie. Zu dritt betraten sie eine Atelier-Loge, wo Zuschauer sich im Kreis um eine lesbische Darbietung versammelt hatten. Lucie begriff zunächst nichts und dachte, es handele sich um einen bizarren Kampf nackter Frauen. Als sie aber genauer hinsehen konnte, stieß sie einen kleinen Schrei aus und bat Jim und Jules, anderswo hinzugehen.

Schon intonierten die Orchester berühmte Märsche: der große Aufzug der Festwagen begann. Das Beispiel der nackten Göttinnen auf den Wagen machte bald Schule. Die Kostüme wurden immer luftiger. Der Amerikaner und der Russe hatten alle Hände voll zu tun, um bei Odile das Äußerste zu verhindern, denn die Bastschärpe war schon gefallen. – Ringsum konnte man die schönsten Mädchen von Paris sehen, die Modelle, die Frauen der Künstler und viele Fremde, die freilich wie Lucie nicht wirklich an den Spielen des Festes teilnahmen.

Lucie zog viele Blicke an, doch Jules und Jim mußten sie nur selten vor allzu dreisten Händen schützen. Sie war glücklich, das alles mit ihnen zusammen erleben zu dürfen; auf ihrem Gesicht spielte ein staunendes Lächeln.

Odiles Träger kamen ohne die Reiterin, um Jim höflich zu fragen, ob die Dame zum Essen bei ihnen und ihren Freunden bleiben dürfe.

»Wie sie will«, sagte Jim. »Aber passen Sie auf, sie verträgt keinen Wein.«

»Verstanden«, sagte der Russe. »Wir wollen weder ihr noch uns den Abend verderben.«

»Und Ihnen auch nicht«, fügte der Amerikaner hinzu.

Lucie, Jules und Jim nahmen in einer ruhigen Ecke einen kleinen Imbiß zu sich. Lucie machte sich Odiles wegen Sorgen.

»Sie macht immer das, was sie will, und eigentlich geschieht ihr nirgends etwas«, sagte Jules.

Jim pflichtete ihm bei.

Dann die Schönheitskonkurrenz. Nackte, in Duft und Puder gehüllte Frauen, meistens Modelle, bestiegen für eine Viertelminute die zwischen den Balkonen errichtete Estrade, eine nach der anderen. Die Lautstärke der Ovationen drückte das Urteil der Menge aus. Von weitem beobachtete Jim überrascht, daß Odile sich in die Schlange derer eingereiht hatte, die auf ihren Auftritt warteten. Er näherte sich ihr unauffällig. Ihre Miene bezeugte große Entschlossenheit, was ihr etwas Fremdes gab. Sie trug nur noch ihren winzigen Lendenschurz, den man ihr jetzt – das war Vorschrift – entriß; sie fühlte sich vorwärtsgestoßen und trat in das blendende Licht. Sie deutete die Geste der keuschen Venus an. Eine Hand zog ihre Hand zurück. Sie ließ es geschehen. Einen Augenblick lang blieb sie da stehen, ganz auf diese neue Erfahrung konzentriert. Ihre schlanke Schönheit kam in dieser Umgebung nicht recht zur Wirkung; das ausladende Dekor verlangte nach üppigeren Formen. Man wartete aber nicht erst, bis sie mit ihrem Chanson begann. Eine gewaltige Ovation brach los, aus der die Stimme des Russen deutlich herauszuhören war.

»Wie mutig sie ist!« sagte Jules.

Doch Lucie bedauerte sie. Jim dachte: ›O herrlicher Leib, o falscher Engel, nun wirst du mir verloren sein, nun wirst du mich verlassen, ohne auch nur mit der Wimper zu zucken!‹

Allgemeine Trunkenheit griff um sich, es wurde gelärmt und gelacht, die ersten Nervenzusammenbrüche stellten sich ein. Es wurde wieder getanzt. Die ersten Paare verschwanden.

Jim streifte durch die Säle und wünschte sich fast, Odile nicht mehr zu finden. Er fand sie nicht. ›Nun wird sie wieder was dazulernen‹, dachte er. – Lucie war von allem ein wenig betrübt. Für Jules bedeutete die Nacht viel Glück, eine Nacht in der Nähe Lucies. Jules und Jim begleiteten Lucie nach Hause.

Am nächsten Abend im Café setzte sich Odile zu Jim.

»Warum du mich gehen lassen mit anderem?«

»Mit welchem anderen, Odile?«

»Mit diesem Russen.«

»Weil du es so wolltest, Odile.«

»Ich es haben wollen, weil du es nicht verhindern.«

»Ich dich nie bei etwas hindern, Odile.«

»Also du mich nicht lieben!«

»Ich dich lieben auf meine Weise.«

»Deine Weise machen, daß ich schlafen mit ihm. Was sagen du nun?«

»Ich sagen, daß ich denken, du nicht kommen vor acht Tagen zurück.«

»Er sehr gut, sehr verliebt, sehr sehr gut.«

»Warum du nicht bei ihm geblieben?«

»Ich denken, jetzt sein genug. Ich wollen wieder nach Hause.«

Und sie streckte ihm ihre Milchflasche hin, auf daß er sie ihr nach Hause trage.

Sollte er sich weigern? Nein, jetzt wollte er wissen, wie es weiterging. – Was würde er empfinden, wenn sie ihren Liter Milch vor ihm einem anderen hingestreckt hätte, etwas, was sie noch nie gemacht hatte? – Sie gab sich ihm nie ganz hin, aber er ihr auch nicht. Hätte sie lieber einen herrschsüchtigen und eifersüchtigen Liebhaber gehabt? Sie hätte ihn leicht finden können. Er, Jim, war eifersüchtig auf diesen Russen, aber er ließ Odile die Freiheit, die er für sich beanspruchte. Und deshalb kam sie auch zu ihm zurück.

In ihrem Zimmer zeigte sie Jim die elegante Visitenkarte des Russen, die sie in ihren Nachttopf warf, den sie sorgfältig geputzt hatte und der ihr als Behälter für Liebesbriefe und als Adreßbuch diente, und mit ernster Miene schlug sie Jim vor:

»Zerreißen den Russen?«

Sie zerrissen ihn.

Mit ihren Landsleuten unternahm sie eine Autotour. »Vielleicht nie wiederkommen«, hatte sie zuvor noch gesagt.

ZWÖLF

Lucies Reisen

Dann brachen Lucie und Jim zu einer Fahrt ins Blaue auf. Jules begleitete sie zur Bahn und gab ihnen einen Korb voll Früchte mit auf die Reise. In einem Städtchen in der Bretagne entdeckten sie ein altes Gasthaus, gleich gegenüber der Kathedrale. Im Obergeschoß gab es ein Stübchen mit vorgebauten, auf schweren Fachwerkbalken ruhenden Fenstern, die sich der bunten Rosette der Kirche entgegenlehnten. Das wurde Lucies Zimmer. Jims Zimmer lag darunter. Sie hielten sich selten dort auf. Das schwere Dröhnen der Glocken tönte in ihnen wider.

Bei großer Hitze machten sie einen Ausflug mit Fahrrädern, bis zu einer kleinen, verlassenen Kirche, hoch auf einem Hügel, inmitten von Bäumen und ihres Kühle spendenden Friedhofs. Dort gingen sie spazieren, hielten sich an der Hand und entzifferten die Inschriften auf den Gräbern, in denen Paare, nun in Frieden und Harmonie, schlummerten. Sie setzten sich und schwiegen. Jim hätte den Friedhof am liebsten nicht mehr verlassen. Er wäre gern dageblieben, tief in einem Grab an Lucies Seite gebettet. – Es wurde nichts daraus; sie mußten weiter.

Ihr Weg war weit, oft gar beschwerlich. Lucie aber, bester Laune, trat kräftig in die Pedale und griff munter zu, wenn sie zu einem Imbiß Rast machten. Jim hatte sie für zerbrechlicher gehalten. Allerdings bekam sie manchmal Migräneanfälle. Jim hatte nach großen Anstrengungen noch schlimmere. Er dachte: ›Wenn wir einmal zusammen Kinder haben, werden sie groß, schlank sein und Migräneanfälle bekommen.‹

Sie unternahmen auch lange Fußmärsche durch die Wälder, und Lucie breitete das Mitgebrachte auf dem Moos aus. Jim trug sein Gewehr geschultert, er benützte es nicht.

Es machte ihnen Freude, sich ihre gemeinsame Zukunft auszumalen. Sie würden ein Landhäuschen kaufen und es einrichten, würden gemeinsam Möbel aussuchen und einen Garten anlegen. Lucie sah schon alles in den Umrissen und den Farben vor sich; Jim nur in den Umrissen.

Beide hatten eine Leidenschaft für Ledersachen und machten sich unaufhörlich Geschenke aus Leder.

Weiter unten, im Süden, mieteten sie sich einen alten Segelkahn und gingen mit einem alten Matrosen auf Vogeljagd. Es herrschte gutes Schußwetter. Von allen schönen Vögeln war Lucie der schönste. Sie lächelte, als Jim Mitleid mit den geschossenen, blutigen Vögeln überkam, die sich im Heck des Bootes häuften; er legte die Flinte fort.

Es gab einen kleinen Unfall; Jim glaubte eine Minute lang, er hätte sich ein Auge zerschmettert. Mit dem anderen aber konnte er sehen, daß Lucie – wäre das möglich gewesen – bereit war, ihm eines der ihren zu schenken.

Hinter einem Pinienwald trafen sie auf eine kleine Landgemeinde. Wenn man sich die Sympathie der Bewohner sicherte, konnte man sich dort für einen sagenhaft geringen Preis ein neues Holzhäuschen kaufen, mit zwei großen Betten in einem ins Gebälk eingearbeiteten Alkoven (Jim dachte an das Lager des Odysseus), einem gut ziehenden Herd, einem Garten zum Kartoffelpflanzen. Fische gab es im Überfluß; sie würden die Krönung der täglichen Nahrung sein. Das wäre das einfache Leben gewesen, wie Jim es sich immer gewünscht hatte. Aber er brachte die Energie nicht auf, sich dazu zu entschließen.

Lucie hatte Angst vor der körperlichen Liebe.

Jim hatte das Gefühl, mit einer Äbtissin Ferien zu verleben, und er fragte sich, ob er sie wohl auf ewig so lieben könne. Sie ging ihren geraden und sicheren Weg. Er jedoch war voller Sturm und Drang; er warf sich das selbst vor.

Eines Tages wurden Lucie und Jim auf dem Fluß von einem Sturm überrascht. Wind, Regen und Flut hatten sich gegen sie verschworen. Jim ruderte aus Leibeskräften, ohne ein Stückchen voranzukommen. Lucie setzte sich hinter ihn, griff nach dem zweiten Paar Ruder und stellte ihre schwachen Bemühungen so geschickt auf Jim ein, ohne an seine Ruder zu stoßen, daß sie sicher wieder den Hafen erreichten.

Manchmal sprachen sie über Jules. Er hatte ihnen einen Brief geschrieben und Lucie eingeladen, auch mit ihm einige Tage an der Küste zu verbringen. »Wenn ich sicher wäre, daß er seine Lieblingsidee aufgegeben hätte, würde ich mit ihm kommen«, sagte Lucie. Jim wünschte, sie würde es tun.

Der letzte Tag kam heran. Sie hatten einen Monat zusammen verbracht; viele schöne gemeinsame Erlebnisse waren tief in ihr Gedächtnis eingegraben.

Beklommen trennten sie sich. Es zwang sie freilich nichts dazu.

Am Vorabend seiner Abreise mit Lucie sagte Jules zu Jim:

»Lucie und ich werden im Meer baden. Ich bin auf der Brust und auf dem Rücken ziemlich ... behaart (er zögerte eine Sekunde, ehe er das Wort aussprach). Manche Frauen lieben das, aber sicher nicht Lucie. In ein *Institut* möchte ich nicht gehen. Ich habe selbst versucht, die Haare zu entfernen, aber es gelingt mir nicht. Würden Sie mir helfen, Jim?«

Dabei zog er aus der Tasche eine große Büchse Enthaarungscreme.

Jim erinnerte sich, daß Jules, der ihn selbst oft unter der Dusche gesehen hatte, seinen eigenen Körper immer versteckt hatte. Jim fand Jules klein, gedrungen wie ein römischer Legionär, mit schwarzen, gekräuselten Haaren bedeckt, sehr unterschieden von der Lockerheit und Glätte Lucies, Odiles und auch Jims selbst, doch gut aussehend.

Warum haßte Jules seinen eigenen Typ und sträubte sich dagegen, seine hübsche Base zu heiraten, die ihm ähnelte, und mit der er ein ansehnliches Paar abgegeben hätte?

Rührte Jules Zögern, Lucie als Frau zu begehren, gerade daher, daß sie ihm wie eine Schwester ähnelte?

Es machte Jim Spaß, Jules' Rücken zu enthaaren. Man mußte die harzige Creme gut verstreichen, sie einen Moment trocknen lassen und die Härchen dann kurz und schmerzlos ausrupfen. Glatt und sauber kam nach und nach ein anderer Jules zum Vorschein.

Was würde Lucie sagen? – Zwar schien es unmöglich, aber Jim wünschte sich, Jules würde sie erobern.

Jules und Lucie verbrachten gemeinsam eine friedliche Woche. Er blieb zurückhaltend, und sie dankte es ihm. Wenn sie aus dem Wasser stieg, vertraute sie sich ihm zum Abtrocknen an. Nun konnte er endlich ungeniert mit nacktem Torso an ihrer Seite Sonnenbäder nehmen. Befriedigung suchte er bei einem blonden Stundenmädchen in einem Bordell des nächsten Orts. Für Lucie schrieb er neue Gedichte.

Sie teilte Jules mit, daß sie über Jim nachdächte. Seine Freiheit erfüllte sie mit Bewunderung und Zweifel.

»Wenn Jim sich etwas vorgenommen hat«, sagte Jules, »und wenn er glaubt, daß er damit keinem anderen Schaden antun wird (er kann sich natürlich irren), dann führt er es auch durch, zu seinem eigenen Spaß und, um dabei etwas zu lernen. Er hofft, eines Tages weise zu werden.«

»Das kann aber noch ein bißchen dauern?« sagte Lucie.

»Wer kann das wissen?« sagte Jules. »Nicht einmal er selbst. Aber vielleicht geschieht ein Wunder.«

»Aber dennoch«, sagte Lucie eines Tages, »scheint es mir, daß Sie ihn für keusch halten!«

»Absolut«, sagte Jules. »Jede wahre Leidenschaft ist keusch. Er ist keuscher als ich und die meisten von uns. Ich weiß, daß er monatelang ohne Frau war und nicht einmal nach einer suchte. Er würde niemals Unbekannte auf der Straße ansprechen. Er hat die Wißbegier und die Kultur eines echten Charakters, und er kultiviert die Wollust nicht mutwillig. Lina, so wie sie aussah, gab vor, ein Charakter zu sein: er hat sich sofort von ihr abgewandt. Sie, Lucie, sind ein Charakter. Auch Gertrud und Odile. (Magda ist nur ein Halbcharakter, dachte Jules, außerdem war ich da schuld.) Sie sind ein Ganzes, ebenso wie Jim. Ich sterbe vor Liebe zu Ihren Füßen, Ihren Haaren, Ihren Lippen. Wer unmittelbar fühlt, sieht nur das Ganze. Manche sagen, Jim sei ein Schürzenjäger; ich sage, er wird von den Schürzen gejagt. Sie, Gertrud und Odile haben ihn auserkoren, bevor er Sie erwählen konnte.«

»Vielleicht«, sagte Lucie, »geschah es gleichzeitig?«

Lucie fuhr dann für ein paar Tage in die Berge. Sie nahm einen Freund mit, der aus ihrem Land gekommen war und von dem sie Jules und Jim ein Foto gezeigt hatte. Jules vermutete, sie würde mit ihm nicht zu der natürlichen Intimität finden, zu der sie mit Jim fand, daß der Freund aber gefährlich werden könnte, wenn Jim nicht mehr da sei.

Anschließend kehrte Lucie in ihr Elternhaus zurück.

DREIZEHN

Das archaische Lächeln

Jules und Jim reisten nach Griechenland.

Sie hatten sich monatelang in der Nationalbibliothek auf diese Reise vorbereitet. Jules hatte Jim die wichtigsten Bücher herausgesucht. Wenn Jim vom Lesen übermüdet war, hatte er Jules immer noch in große Pläne verfallener Tempel vertieft gefunden, sie nach Hinweisen in den Texten rekonstruierend. – Jules hatte sein Alt-Griechisch aufgefrischt und Neu-Griechisch gelernt.

Sie nahmen nur das nötigste Gepäck mit. Sie hatten sich helle Anzüge von gleichem Schnitt machen lassen. Sie schifften sich in Marseille nach Neapel ein. Jim legte sich aufs Deck des Schiffs und schaute zu, wie der Bug das blaue Wasser zerschnitt. Jules vertiefte sich wieder in seine dicken Bücher und kam nur ab und zu, um Jim wichtige Punkte zu erklären. Sie hatten dieselbe Kabine, die Betten waren übereinander, Jim schlief oben. Sie unterhielten sich die ganze Nacht. Sie liebten es, wenn der Zufall sie im gleichen Zimmer schlafen ließ; in der Regel aber verlangten sie immer zwei Zimmer.

Jim interessierte sich für den Ursprung der scharfen, rundlaufenden Ziselierungen, die die dorischen Säulen aufwiesen, gleich unter dem Kapitell.

In Neapel ließ sich Jim von den ›Venus-Gürteln‹ des Aquariums faszinieren, diesen kleinen Lebewesen, seiden und fast unsichtbar, diesen bebenden Manteltierchen, die um ihre Taille einen regenbogenfarbenen Ring trugen.

Sie schauten sich gründlich das Antike Museum an.

Sie sahen Paestum, die drei Tempel, und es begann für sie das griechische Wunder.

Jules machte die Bekanntschaft einer jungen Neapolitanerin. Er schickte ihr Blumen und Bonbons.

Dann Palermo, die Mosaiken. Zu Fuß, die Esel verschmähend, gingen sie zum Tempel von Segesta. Sie kamen sich wie Pilger vor und zahlten gern für all die Schönheit mit einem Tag der Ermattung. Jules rezitierte Homer. In Selinunt sahen sie die von den Erdbeben zerstörten gigantischen Tempel, deren Pläne sie in Paris studiert hatten. Jules fand soviel Spaß daran, sie für Jim wiederaufzubauen, daß er angesichts eines unversehrten Tempels »Schade!« rief.

Syrakus, die Quelle der Arethusa – all die Namen gefielen Jim. Sie schifften sich auf einem ärmlichen, kleinen Kahn mit vier Kabinen ein, die nach Zahnpasta und ranzigem Fett rochen. Ein Sturm zog auf und tobte fünf Tage lang. Jim, der sonst nie seekrank wurde, fühlte sich elend. Er blieb im Bett, mit seinen Büchern, und verjüngte zusehends. Jules ließ keine Mahlzeit aus und fühlte sich abwechselnd euphorisch und deprimiert. Der Koch sagte zu ihm: »Immerhin hat Monsieur heute das Beefsteak eine Stunde lang bei sich behalten. Das ist schon ein Fortschritt.«

Die Sonne strahlte über Kreta, und bei ruhiger See drehten sie auf nördlichen Kurs. Sie hielten angestrengt

Ausschau. Jules entdeckte als erster in der Ferne winzig, verschwommen und schimmernd die Akropolis.

Ihr Monat in Athen war angefüllt mit heidnischer Religion; sie fühlten sich bald als Griechen. Tempel und Museen überfluteten sie mit Schönheit.

Die Siegesgöttin von Aptera erinnerte sie an Lucie, eine Kriegerin auf einem Giebel an Gertrud, eine Tänzerin auf einer Vase an Odile.

Zu Fuß besuchten sie das Kap Sunion, unter einer sengenden Sonne. Jim wollte nichts trinken, nichts essen, nicht rauchen, er bewies an diesem Tage die Ausdauer Jules'. Zu Fuß auch nach Tirynthos und Mykene: die königliche Burg, die aufeinandergetürmten Blöcke überwältigten sie.

Jules, der die Statuen streichelte, wünschte sich, daß sie Leben und Seelen hätten. Sie vertrauten sich einem alten Führer an, nach dem Jules lange suchen mußte; am ersten Tage hatten sie ihn abgewimmelt. Sie verbrachten einen Abend in der einzigen Bar, wo die Oberen Zehntausend von Athen verkehrten. Dort waren Frauen aus vielerlei Ländern, nur keine Griechinnen. Eine Deutsche verkörperte wenigstens den griechischen Typ und erinnerte an eine junge Gertrud. Jules vereinbarte ein Rendezvous, bei ihr zuhaus, für übermorgen, mittags. Bis es soweit war, spazierte er wie auf Dornen und machte große Toilette. Als er dann zu ihr ging, sagte eine Zofe zu ihm: »Madame ist heute morgen um neun nach Hause gekommen und möchte nicht geweckt werden.« Jules zog geschlagen ab.

»Das wundert mich nicht«, sagte Jim, »bei dem Leben, das sie führt, und dem Champagner, den sie trinkt. Es ist kein böser Wille. Vorgestern war sie nett zu Ihnen: heute abend wird sie es wieder sein.«

»Nein«, sagte Jules, »es ist vorbei. Schluß.«

Jules erwartete einen Landsmann, einen Studienfreund und Maler mit Zukunft. »Er ist mit Griechenland verheiratet«, erklärte Jules.

Albert kam an. Er sprach griechisch noch besser als Jules. Er war groß und brünett, nicht schön, aber ein Charakter. Er zeigte ihnen seine Sammlung von Zeichnungen und Fotos. Auf einem Bild sah man eine Göttin, die von einem Helden entführt wird. Sie hatte ein archaisches Lächeln, das sie ergriff. Die Statue, erst kürzlich ausgegraben, befand sich auf einer Insel; sie beschlossen, ihr einen Besuch abzustatten.

Nun waren sie eine Clique zu dritt. Sie besuchten die Konditorei-Terrassen im Park, wo die Bourgeoisie von Athen flanierte. Sie hielten dort Ausschau nach Gesichtern von altgriechischem Zuschnitt, aber sie fanden keine.

Sie durchstreiften zusammen den Peloponnes. Albert war ein strenger und gründlicher Führer; mit seiner Hilfe sahen sie tief auf den Grund der Dinge. Jim respektierte Albert, war aber Jules' wegen eifersüchtig auf ihn. Albert bemerkte es und verhielt sich danach. Jim nährte sich von Alberts Wissen, liebte aber nicht dessen lächelnden Dogmatismus.

In Delphi fanden sie die bestellten Maultiere nicht vor. Sie trotteten übers Gebirge auf armen kleinen Eseln, mit einem Kind als Führer, durch strömenden Regen und die tiefziehenden Wolken hindurch. Sie kamen vom Weg ab. Die harten Sättel scheuerten sie wund. In einer elenden Herberge machten sie Halt. Aus der Suppenschüssel fischten sie zwei Wanzen. Albert führte vorsorglich zur Bekämpfung dieser Bestien eine Tüte bei sich, mit einem Pulver, das er wie ein Clown in alle Winde zerstreute. Sie spielten Poker, um die Zeit totzuschlagen, schliefen tief trotz allem und brachen wieder auf.

Vom Wasser bekam man Typhus. Der Tee in den Herbergen war schlecht aufgebrüht. Sie tranken harzigen Wein. Jim litt an einer Dysenterie, die ihn nervös machte. Bei einem Essen eröffnete ihnen Albert wieder einmal sein Weltbild, das, summa summarum, auf der Überlegenheit seiner Rasse beruhte.

Jim, der lange geschwiegen hatte, explodierte. Er forderte Albert auf, seine Worte zurückzunehmen; es fehlte nicht viel, und sie hätten sich geschlagen. Nur Jules, seine bloße Anwesenheit, seine Ruhe hielten sie davon ab. Albert tat erstaunt, und Jim fand zu seiner Höflichkeit zurück.

Endlich fuhren sie mit einem Motorboot auf die Insel, liefen zu ihrer Statue und verbrachten eine geschlagene Stunde mit ihr: sie übertraf alle Erwartungen. Sie wanderten lange, in Schweigen versunken um sie herum. Ihr Lächeln betäubte, stark, jung, nach Küssen dürstend, ja vielleicht nach Blut.

Erst am nächsten Tage sprachen sie darüber. War ihnen je ein solches Lächeln begegnet? – Nie. – Was würden sie tun, wenn es ihnen eines Tages begegnete? – Sie würden ihm folgen.

Albert setzte seine Reisen fort. Jules und Jim kehrten nach Paris zurück, voll der empfangenen Offenbarungen und im Glauben, das Göttliche an der Schwelle alles Irdischen gefunden zu haben.

VIERZEHN
Die Raben

Paris nahm sie sanft wieder auf. Odile war tatsächlich in ihre Heimat zurückgekehrt. Jules mietete ein kleines Appartement, und sie möblierten es gemeinsam. Jim entwarf das große Doppelbett, von dem Jules geträumt hatte: niedrig, Kopf- und Fußende in Form von Halbscheiben und mit den besten Matratzen von Paris.

Wen würde Jules hier betten? – Man wird sehen.

Sie hatten genug von den Cafés und arbeiteten fleißig, mal zusammen, mal jeder für sich. Der letzte Roman von Jules war ein Erfolg. In einer Märchenatmosphäre hatte er darin die Frauen beschrieben, die er vor Jims und gar vor Lucies Zeit gekannt hatte.

Jim hatte, ohne Jules, ein sentimentales französisches Abenteuer, in das sich Jules auch gar nicht einmischen wollte.

Jules verbrachte einen Monat in der Bourgogne, allein mit Jim in dessen Mutters Haus. Es war Herbst. Einmal machten sie zu Fuß unter den fallenden, feuerroten Blättern eine Pilgerreise nach Vézelay. Ein andermal gingen sie auf die Jagd. Jules sammelte die Hasen auf, die Jim zuweilen schoß; das waren dann immer herrliche Braten.

Eines Nachmittags wanderten sie weit in die einsame, verschneite Ebene hinein. Eine Wolke von Raben schwebte in der Luft. Jim sagte zu Jules, er solle sich in seine weite braune Pelerine hüllen, die Kapuze herabziehen und hoppelnd davonlaufen, alle zwanzig Schritte stürzend, für Augenblicke regungslos, wie ein sterbendes Tier. Jules spielte diese Rolle gut. Jim hatte sich in einiger Entfernung versteckt; er sah, wie die Raben, einem riesigen, quirlenden Diskus gleich, Jules verfolgten. Aus der Mitte des Diskus heraus formte sich etwas wie ein Rüssel und stieß tiefer, auf Jules hinab. Der Arme sah davon noch nichts.

Plötzlich ganz nah, quoll die Wolke zu einem Wirbelwind an, bereit, über Jules herzufallen. Jim hatte Angst um ihn: er sah ihn schon vor sich, von den Bestien zuhauf überwältigt, die Kapuze herabgerissen, die Augen ausgehackt.

Da sprang er aus seinem Versteck und schoß. Die Raben ließen sich kaum stören. Er lief und schoß wieder. Langsam stiegen die Raben bedauernd wieder in die Höhe.

Jules war mit dem Ausgang seiner List zufrieden; Jim war tief bewegt, wie von einem Symbol, das er nicht verstand.

Sie besichtigten romanische Kirchen. Und die Lucie, die sie dort an heiliger Stätte beschworen, glich der wirklichen Lucie noch mehr, als die damals auf der Akropolis.

TEIL ZWEI
Kathe

EINS

Kathe und Jules

Paris.

Jules kündigte Jim wieder einmal die Ankunft von Mädchen aus seiner Heimat an, Berlinerinnen diesmal. Jim hätte vorgezogen, sie nicht in Augenschein zu nehmen und in Ruhe zu arbeiten, aber Jules erklärte ihm, er gehöre zum Programm und könne ihnen sehr behilflich sein, selbst wenn er ihnen nur wenig Zeit widme.

Sie waren zu dritt, weder blind noch auf den Mund gefallen. ›Sie brauchen uns überhaupt nicht‹, dachte Jim, ›sie haben ziemlich viel Erfahrung für ihr Alter.‹ Sie gaben vor, sich leidenschaftlich für Malerei zu interessieren, schienen aber trotzdem Paris nach acht Tagen zu kennen.

Die erste, Sarah, groß und dunkel, war eine strenge asiatische Schönheit. Die zweite, mollig und lebhaft, war eine Wiener Schönheit. Die dritte, sehr blond, mit sonnenbrauner Haut, eine germanische Schönheit. Wenn sie zusammen tanzen gingen, verursachten sie einen Aufruhr.

Kathe, die dritte, *hatte das Lächeln der Statue von der Insel.*

Sie war Jim gleich aufgefallen; Jules aber, diesmal schneller, setzte flugs ganz auf sie und traf sie jeden Tag, und zwar allein. Er vermied es, sie mit Jim zusammenzubringen. Das ging so einen Monat lang.

Dann kam er zu Jim. Er tat geheimnisvoll, was Jim als günstig auslegte. Er sagte zu Jim:

»Kommen Sie mit Kathe und mir zur Feier des 14. Juli, wir laden Sie dazu ein ... aber ... (er sah Jim sehr direkt an und artikulierte langsam und bedeutungsvoll) ... *die da nicht* ... verstehen Sie, Jim?«

»Die nicht, Jules«, entgegnete Jim.

Bei Jules traf Jim dann Kathe als Junge verkleidet; sie steckte in einem Anzug von Jules. Sie hatte glatte Schultern, schmale Hüften, eine Golfmütze verbarg die hochgesteckten Haare. Sie trug dicke braune Lederhandschuhe und blickte unternehmungslustig und durchtrieben drein. Wer nicht eingeweiht war, hätte sie im Augenblick für einen Jungen halten können.

»Was halten Sie von unserem Freund Thomas«, fragte Jules, »können wir mit ihm ausgehen?«

Jim examinierte Thomas, malte ihm einen Schnurrbart an, rückte ihm die Hose zurecht und sagte:

»Nicht schlecht.«

»Probe aufs Exempel!« forderte Thomas, »los, auf die Straße!«

Sie bummelten zu dritt den Boulevard Saint-Michel hinunter und ließen kein Tanzvergnügen aus. Jules und Thomas tanzten zusammen. Hier und da zeigten Zurufe, daß man Thomas durchschaut hatte: »Schau dir die Puppe an!« und »Wie wär's mit mir, Kindchen!«. Es waren aber auch noch andere Frauen wie sie verkleidet – und außerdem stellten Jules und Jim zuverlässige Leibwächter dar. Thomas hielt sich wacker und hatte viel Erfolg.

Jim war stolz auf Jules.

Kathe war ein netter Kerl, ungezwungen, im Gespräch von einer streitbaren Fröhlichkeit. Bei ihr war alles mehr ›Komödie‹ und weniger ›Farce‹ als bei Odile. Für Jim war es so klar, daß sie Jules gehörte, daß er nicht einmal versuchte, sich über sie ein genaueres Bild zu machen. Das archaische Lächeln, unschuldig und grausam, schien auf ganz natürliche Weise um ihren Mund zu spielen: dieses Lächeln, das zu ihr gehörte und alles ausdrückte, was sie war.

Von nun an traf Jim die beiden oft und hatte viel Spaß mit ihnen. Ein Jules, der mit einer Frau versorgt war, die ihn verstand, gefiel Jim ausgezeichnet. Sie sangen und mimten gemeinsam die alten französischen Chansons. Abends veranstalteten sie entlang der Friedhofsmauer am Montparnasse auch Wettrennen. Kathe gewann, indem sie losrannte, bevor das Startzeichen gefallen war.

Die zwei Kopfkissen von Jules lagen nun Seite an Seite auf seinem Bett, und das Bett duftete herrlich.

Jules gestand Jim, er wolle Kathe heiraten; sie habe eines schönen Tages schon fast ja gesagt. Jim hatte ein bißchen Angst um die beiden. Am liebsten hätte er gesagt: »Moment mal! Nicht so hastig!«

Vor Jules sagte Kathe zu ihm:

»Monsieur Jim ...«

»Bitte«, unterbrach sie Jim, »einfach Jim.«

»Einfach Jim«, fuhr Kathe fort, »ich möchte mich mal mit Ihnen unterhalten und Sie um einen Rat bitten.

Können Sie morgen abend um sieben im vorderen Raum unseres Cafés auf mich warten?«

Jim warf einen fragenden Blick auf Jules.

»Ja«, sagte Jules, »Kathe möchte mit Ihnen sprechen.«

Wußte er, worum es ging?

Um Viertel nach sieben trabte Jim im Laufschritt ins Café. Er hatte sich, wie so oft, verspätet; er war grundsätzlich Optimist. Trotzdem war er mit sich unzufrieden, denn er wäre gern als erster beim Rendezvous gewesen. Er suchte Kathe und fand sie nicht. Er setzte sich an einen Tisch, wartete eine Viertelstunde und dachte: ›Ein Mädchen wie sie bringt es fertig, pünktlich zu kommen ... und eine Minute nach sieben wieder zu verschwinden, wenn es mich nicht gefunden hat.‹ Diese Sorge nagte an ihm. Er ließ sich eine Zeitung bringen und blätterte mechanisch darin. Dann dachte er wieder: ›Ein Mädchen wie sie bringt es fertig, einmal schnell durch das Café zu laufen, mich hier hinter meiner Zeitung gar nicht zu bemerken und auf Nimmerwiedersehen zu verschwinden.‹ Er wiederholte: ›Ein Mädchen wie sie ..., doch, was für ein Mädchen ist sie denn?‹ Und dann dachte er zum erstenmal angestrengt über Kathe nach. Es wurde halb acht. Er sagte zu sich: ›Ich warte noch eine Viertelstunde.‹

Er ging um zehn vor acht.

Kathe, die in Zeitfragen noch optimistischer dachte als Jim, war zum Friseur gegangen, hatte sich schampunieren und ondulieren lassen und war dann in Samt und Seide um acht Uhr im Café aufgekreuzt, um mit Jim essen zu gehen. Sie machte ein enttäuschtes Gesicht, wartete zehn Minuten und ging wieder.

Jules erzählte es Jim am nächsten Tag.

»Hätte ich geahnt, daß sie noch kommt«, sagte Jim, »dann hätte ich bis Mitternacht gewartet.«

Noch am gleichen Tage reisten Jules und Kathe ab, um in ihrer Heimat zu heiraten. Jim brachte sie zur Bahn und schenkte Kathe zum Abschied einen drolligen, kleinen Fußschemel.

Hätten Kathe und Jim sich im Café getroffen, so wäre manches anders gekommen.

ZWEI
Der Sprung in die Seine

Nach ihrer Heirat, nach all den anschließenden familiären Verpflichtungen zuhaus kehrten Jules und Kathe nach Paris zurück. Jim erschien bei ihnen zum Abendessen. Das große Merowingerbett wurde offiziell eingeweiht. Jules war glücklich; er kümmerte sich von nun an um alles. Jetzt war er endlich ein Mann. Jim beobachtete, wie Jules souverän alle Probleme regelte: Wäsche, Miete, Versicherungen, Sack und Pack. Es war wirklich blendend. Gleichwohl schien es Jim, daß die Art, wie Jules seine Entscheidungen traf, sehr an die Schnellfertigkeit erinnerte, mit der er einst seinen Zylinder in der Ofenröhre verwahrt hatte. Auch Kathe sah das, aber sie tat keinen Mucks. Sie sagte zu allem, was Jules unternahm, »ja«; somit schien alles in bester Ordnung, und in der Tat hätte Jules nicht den geringsten Zweifel daran geduldet.

Er war nun der Mann der blonden Frau seiner Träume.

Jim führte Kathe und Jules in ein Restaurant am Quai Voltaire aus, um ein verspätetes Hochzeitsessen für beide zu geben. Jeder durfte sich ein Menu nach seinem Geschmack zusammenstellen. Kathe trug ein Seidenkleid mit bunten Federn.

Jules plauderte mit Jim über literarische Neuigkeiten, die sie beide sehr, weniger aber Kathe interessierten. Jim versuchte, die Rede auf etwas anderes zu bringen. Vergeblich. Jules hatte entschieden, worüber sie sprechen wollten, und seiner Meinung nach hatte Kathe als Frau eines Schriftstellers daran Geschmack zu finden. Kathe zeigte ihr archaisches Lächeln und hielt die Augen gesenkt. Was brütete sie aus?

Jules wandte für Jim seinen ganzen Charme auf, ließ aber Kathe links liegen, höchst überflüssigerweise; denn sie hatten sich früher schon oft zu dritt sehr nett unterhalten. Stattdessen übernahm jetzt der gute, bescheidene Jules einfach den Vorsitz und ließ nichts neben sich gelten. Es hatte fast den Anschein, als wolle er Kathe dressieren. Jim erinnerte sich an den Abend, an dem Magda rebellierte. Unmöglich kann Kathe, dachte er, einen solchen Jules einfach hinnehmen, da sie doch zudem ganz andere Waffen als Magda gegen ihn ins Feld zu führen hat. Warum nur war Jules so kurzsichtig? Warum hielt Kathe sich so zurück? Und was war mit ihrer Liebe? – Jim bekam wieder Angst um die beiden.

Am Ende des langen Mahles schlug Kathe vor, noch an der Seine spazieren zu gehen. Sie bummelten zu dritt an der alten Schleuse de la Monnaie vorbei und kletterten den Quai gegenüber dem Square du Vert-Galant empor. Da plötzlich ließ Kathe Handtasche und Handschuhe fallen, schob Jules und Jim mit zarter Hand zur Seite und sprang gradwegs in die Seine.

»Oh my prophetic soul!« rief in Jim eine Stimme, während er in Gedanken Kathe einen unsichtbaren Kuß zuwarf. Dieser Sprung prägte sich seinen Augen ein, in dem Augenblick, als er davon am nächsten Tag eine Zeichnung machte, er, der nie zeichnete. Ein Strahl der Bewunderung blitzte in ihm auf. Die da fürchtete wenigstens nicht, *anderes zu tun!*

Jules stand da wie ein begossener Pudel und zitterte um Kathes Leben. Jim hingegen blieb ruhig; der Stil, in dem Kathe kerzengerade ins Wasser getaucht war, und der Ruf, der allgemein von ihren fabelhaften Fertigkeiten kündete, ließen ihn unbesorgt sein. Ja, in Gedanken tauchte er mit ihr schwimmend unter, hielt mit ihr den Atem an, um zu Jules' Entsetzen erst so weit wie möglich und so spät wie möglich wieder aufzutauchen.

Kathes Strohhut trieb auf den Wellen, gekrönt von einer prächtigen Schmucknadel, einem Geschenk ihrer Schwiegermutter. Sekunden verstrichen. Jules starrte Jim an; er hielt Kathe für verloren. Jim winkte ihm abzuwarten, wies dann auf einen blonden Schopf, der dreißig Schritte flußab aus dem Wasser auftauchte, sich schüttelte und sich nun auf das Ufer zu bewegte, immer noch das gleiche, ungerührte Lächeln auf den Lippen. Sie kam nur langsam heran und rief: »Helft mir! Der Rock stört mich!«

Jim sprang in ein Boot, das aber angekettet war. Er war ein zu schlechter Schwimmer, als daß er Kathe hätte behilflich sein können, zudem glaubte er, daß sie in Wahrheit auf keinen Helfer angewiesen sei. Er lief ihr entgegen, schlüpfte dabei aus seinem weiten Regenmantel, bückte sich und hielt den Mantel an einem Ärmel ins Wasser hinaus. Kathe griff danach. Wie einen Fisch, den man bis zur Ermattung an der Angel zappeln läßt, zog er sie gegen die Strömung bis zu dem angeketteten Boot. Kathe schwang sich hoch, griff sicher und leicht nach einer eisernen Leiter am Quai und schüttelte sich wie ein nasser Hund.

Sie schnatterte mit den Zähnen. Jules wickelte sie in seinen Mantel ein. Jim rannte, erwischte ein Taxi, schob das Ehepaar hinein, schlug die Tür zu, gab dem Chauffeur die Adresse und machte sich davon.

Am nächsten Tag fand er Jules bleich, ernst und weniger selbstsicher vor; das stand ihm gut. Kathe strahlte wie ein gewisser bescheidener junger General nach seinem italienischen Feldzug. Über den Sprung in die Seine wurde nicht mehr gesprochen.

Jules' Mutter kam angereist, um das Paar zu besuchen, und die drei unternahmen eine Reise durch Frankreich. – Wie es ihnen dabei erging, erfuhr Jim erst viel später.

Jules' Appartement wurde verkauft, das Mobiliar nach Deutschland expediert.

Sie lebten nun in ihrer Heimat, in einem Häuschen am Ufer eines Sees. Ein kleines Mädchen wurde ihnen geboren. Jim sollte kommen, er war zum Paten bestimmt.

Drei Tage vor seiner Abreise brach der Krieg aus und trennte sie für fünf Jahre. Sie konnten sich in dieser Zeit über die neutralen Länder gerade nur Nachrichten zukommen lassen, daß sie noch am Leben seien. Jules war an der russischen Front; so war es sehr unwahrscheinlich, daß sie sich begegneten.

DREI

1914: Krieg · 1920: Das Häuschen

1919. Frieden. Der Briefwechsel lebte wieder auf. Jules antwortete auf alle Fragen Jims: »Kommen Sie, sehen Sie selbst!«

Ein zweites Töchterchen war angekommen. Jim schrieb Jules: »Was meinen Sie? Soll ich auch heiraten? Soll ich auch Kinder haben?« Wieder antwortete Jules: »Kommen Sie, entscheiden Sie selbst.« Kathe fügte ein paar einladende Zeilen hinzu.

Sechs Monate später fuhr Jim in Jules' Heimat. Das Wiedersehen mit Jules war für ihn ein Ereignis, das er noch ein wenig hinausschieben wollte. Er bummelte den Rhein entlang und hielt in mehreren Städten Einkehr.

Dann war der Tag da. Jim wartete auf Jules in der Gaststube eines Wirtshauses. Jules mußte über einen weiten, grasüberwucherten Vorplatz kommen. Jim konnte ihn schon von weitem sehen: Er ging mit schleppenden Schritten, wie in Träumen versunken und erschöpft. Jules, der eine Frau und zwei kleine Töchter hatte, der den ganzen Krieg mitgemacht hatte – da kam er. Hätte es nicht sein können, daß sie sich nie wiedergesehen hätten? Jim schaute ihm gespannt entgegen.

Als er nah herangekommen war, lief Jim hinaus und fiel ihm in die Arme, viermal nacheinander.

Und sie nahmen ihr ewiges Zwiegespräch dort wieder auf, wo es unterbrochen worden war. Sie fanden sich beide gereift, jeder auf seine Art, aber sonst nicht verändert. Zwei Tage lang hockten sie an mächtigen, kantigen Holztischen, mit ihren langen Zigarren; sie erzählten sich ihre Kriegserlebnisse. Jules vermied es vor allem, auf sein Familienleben einzugehen. Jim hatte den Eindruck, daß nicht alles zum besten bestellt war.

Am nächsten Tag erwartete Kathe, zusammen mit ihren beiden Töchtern, Jim am Ausgang des kleinen Bahnhofs. Jules war (vielleicht in bestimmter Absicht?) in die Stadt gefahren, um mit seinem Verleger zu sprechen.

Kathe trug ein weißes Seidenkleid, die Haare zu einem blonden Hügel hochgetürmt, an den Ohren leuchtenden Elfenbeinschmuck.

Jim sah sie an, es verschlug ihm die Sprache. Kathe hatte sich zu einer prachtvollen Frau entwickelt. Das archaische Lächeln, noch reiner und heller als früher, vibrierte, spannte sich, schoß Pfeile ab. Ihr Blick war voller Übermut und Kühnheit. Ihr Busen glich einem Kiel auf den Wellen. Die rassigen Hände hielten zwei Mädchen. Das ältere, Lisbeth, hatte die Züge des Vaters, majestätisch dazu; das jüngere, Martine, glich ganz der Mutter.

Kathe sagte:

»Guten Tag, Jim.«

Ihre tiefe Stimme machte das Bild vollkommen. Jim kam es vor, als sei sie nun, mit großer Verspätung, endlich zum Rendezvous im Café erschienen, und als habe sie sich für ihn so schön gemacht.

Sie führte Jim zu ihrem ländlichen Häuschen, inmitten eines Naturparks mit Tannen und Wiesenabhängen. Es war bestimmt, daß er hier mit ihnen essen, in einem nahen Gasthof aber schlafen sollte.

Eine märchenhafte Woche begann für ihn. Jules besuchte ihn frühmorgens und brachte Milchkaffee und Gebäck ans Bett, samt der Zigarren für die anschließende Plauderei. Jules schrieb wieder an einem Roman. Seine Art hatte viel von der eines Mönchs angenommen; er schlief mit Kathe nicht mehr in einem Zimmer. Sie wiederum behandelte ihn mit Liebenswürdigkeit und gebührendem Ernst. Nach und nach entdeckte Jules es Jim: ja, es war wirklich so, die Blüte der Liebe zwischen beiden war gewelkt.

Das überraschte Jim nicht. Er erinnerte sich an Jules' Irrtümer mit Magda und mit allen anderen. Er stellte sich Kathe schrecklich genau vor. Einiges erriet er, anderes erfuhr er von Jules. Kathe war nicht mehr Jules' Frau, sie hatte Liebhaber gehabt.

Jim brachte für Jules ein Gefühl von Traurigkeit auf: dieser blonde Traum seiner Häuslichkeit, und er hatte daran fast keinen Anteil mehr ... Und doch brachte Jim es nicht fertig, Kathe zu verurteilen: war es nicht immer klar gewesen, daß sie sich auf Männer stürzen würde, so, wie sie sich in die Seine gestürzt hatte?

Die zweite Woche begann.

Kathe führte mit fester Hand alle Geschäfte des Haushalts. Sie hatte eine junge, dazu perfekte Hilfe,

Mathilde, die ihr gleichsam zur vertrauten Freundin geworden war. Und Kathe besorgte auch die Geschäfte mit den Verlegern, obendrein besser, als Jules es vermocht hätte. Jules' Obliegenheiten waren abgegrenzt: er schrieb seine Bücher, er ging die Milch holen, kaufte ein, trug die Post heim; er erledigte alles mit Umsicht und Humor. Im übrigen hatte der Krieg ihr Vermögen ziemlich dahinschmelzen lassen.

Kathe machte alles zu einem Fest: das abendliche Bad der kleinen Mädchen wurde stets zum komödiantischen Ballett, mit täglich wechselndem Programm und Jules und Jim als Publikum. Jede der einzelnen Mahlzeiten war ein großer Spaß. *»Das ganze Leben sollte aus endlosen Ferien bestehen«*, sagte Kathe oft; sie ließ sich davon leiten, ob sie für die Großen oder für die Kleinen sorgte, und die Arbeit wurde dabei doch gut gemacht.

Ihr Schlaf war ihr heilig, sie schlief, wann immer sie wollte, so lange sie wollte; alle im Haus nahmen Rücksicht darauf.

Wenn aber alles zu glatt lief, wenn man sich zu sehr an das Wohlleben gewöhnte, dann zeigte sie sich unzufrieden. Ihre Laune schlug um, sie teilte Hiebe aus, griff wie ein Dompteur nach dem Stock und peitschte mit Worten und Gesten.

Gelegentlich verkündete sie, die Welt sei reich und man müsse hier und da ein wenig schummeln, um zu seinem Recht zu kommen; sie bat dann den lieben Gott im voraus um Vergebung und war sicher, daß sie ihr gewährt würde. Nur die kleine Lisbeth zog diese Zuversicht leise in Zweifel.

Manchmal hatte Jim das Gefühl, er müsse die Welt vor Kathe in Schutz nehmen (wie einst vor Odile, doch niemals vor Lucie). Das mochte eine Eigenart von ihm gewesen sein. Er hatte einst, vor der Hochzeit und bei dem Essen vor dem Seine-Sprung, auch gedacht, er müsse Kathe vor Jules in Schutz nehmen. Obschon sie im allgemeinen zart und großzügig war, konnte sie schrecklich werden, wenn sie sich einbildete, vernachlässigt zu sein. Sie stürzte sich ständig aus einem Extrem ins andere und überraschte dann mit unvermittelten Attacken.

Jules begehrte sie noch immer. Aber er grub sein Begehren in sich hinein: es war ihm klargeworden, daß er sie verloren hatte. Wenn sie andere quälte und selbst von ihrem inneren Dämon gequält wurde, empfand er Bedauern mit ihr. Er betrachtete sie als eine Naturgewalt, die sich in Eruptionen äußern konnte.

Ein Unstern lag über dem Haus.

In der zweiten Woche seines Aufenthalts sah Jim es deutlicher. Es stand zu fürchten, daß Kathe fortlief. Sie hatte es schon einmal getan und war ein halbes Jahr fortgeblieben; es sah damals so aus, als ob sie vielleicht nie wiederkäme. Erst seit wenigen Monaten war sie wieder zuhaus. Und jetzt stand sie von neuem unter einem Zwang; Jules fühlte, daß sie etwas im Schilde führte, er zog den Rücken ein wie einst unter den Raben. Gewiß, er hatte nicht mehr wirklich eine Frau, und das war nur schwer zu ertragen. Aber sie hatte auch in ihm nicht den Mann, den sie brauchte, und war nicht die Frau, der das nichts ausmachte. Er hatte sich zwar daran gewöhnt, daß sie ihm manchmal untreu wurde. Aber er hatte sich noch nicht daran gewöhnt, daß sie jederzeit fortlaufen konnte.

Das, was Kathe im Schilde führte, nahm Gestalt an, und zwar eine Gestalt, die Jim außerordentlich mißfiel. Albert, der mit Hellas vermählte, der erste Liebhaber des archaischen Lächelns, verbrachte in einem Nachbarort einen Erholungsurlaub. Kathe hatte sich ihm gegenüber ziemlich aufreizend verhalten, zuerst nur zum Spaß, wie sie sagte – aber was war bei ihr nicht Spaß? –, und Albert hatte seine Statue von der Insel wiedergefunden, diesmal in Fleisch und Blut. Kathe hatte ihn ermutigt, ihm Hoffnungen gemacht. Er war ein ganzer Mann. Er sprach sich mit Jules aus. Er wollte Kathe heiraten, sobald sie von Jules geschieden sei, und wollte auch die Mädchen zu sich nehmen.

Kathe, der strahlende Paradiesvogel von Jules' Haushalt, war bereit auf- und davonzufliegen.

Jim dachte: »Es darf nicht sein.«

Jules präzisierte: Soweit er wußte, hatte Kathe während ihrer Verlobungszeit drei Geliebte gehabt. Einen noch am Vorabend der Hochzeit, einen Sportler, ein altes Verhältnis, als Abschied von ihrem Junggesellinnen-Dasein, zudem als schnelle Rache für irgend etwas, das Jules ihr angetan hatte; Jules wußte nicht einmal, was.

Dann drei Jahre später, gegen Ende des Krieges, hatte sie unter Jules' Augen ein Verhältnis mit einem Freund von ihm, einem großen, blonden, aristokratischen und kultivierten jungen Mann, den Jim in Paris gekannt und damals sehr geschätzt hatte. ›Das war keine schlechte Wahl‹, dachte Jim, ›die beiden haben sicher eine angenehme Zeit miteinander verbracht.‹

Kathe hatte erklärt, das Ganze sei »ohne Belang« gewesen.

Schließlich hatte sie während ihres kürzlichen langen Verschwindens einen Krautjunker erobert, einen großen Herrn auf seinen Ländereien. Bis sie eines Tages zurückgekehrt war, zu Tränen gerührt, daß sie den Ihren wiedergegeben war; sie hatte sich mit Umsicht und Liebe wieder auf ihre Haushaltspflichten gestürzt. Das war's.

Jules hatte von ihr im Laufe der Zeit alles erfahren, in kunstvoll verstreuten Andeutungen, die das übrige erraten ließen. Und jetzt gab es einen neuen Störenfried: Albert.

Jim erlebte, wie Kathe gelegentlich noch immer Jules Beweise ihrer Zuneigung schenkte. Aber sie ließ sich mehr und mehr zu anderen Ufern treiben. Jules gab sie Stück für Stück auf und mit ihr seinen Halt auf Erden. Daher seine mönchische Art; er erwartete nichts mehr von Kathe.

Jim fragte sich auch, ob Kathe wohl Jules um seines Geldes willen geheiratet habe. Er war sicher, daß es nicht so war: sie hatte ihn seines Witzes, seiner Phantasie, seines Buddhismus wegen genommen. Allein, sie brauchte neben ihm einen Kerl von ihrer Rasse und Art.

Vielleicht unternahm sie (Jim war sich nicht ganz sicher) das, was nötig war, um Jim zu verführen. Jedenfalls war es nicht recht greifbar. Sie enthüllte ihre Absichten nie völlig, hob nur den Zipfel der Hülle leicht an. Jim und Jules nannten sie unter sich scherzhaft ›Napoleon‹, und sie machten über das Thema Gedichte, die sie dann den Kindern vorlasen.

Eines Morgens, Jim wollte ins Städtchen gehen, zog Kathe eine bronzene Nadel aus ihrem Haar und gab sie ihm mit der Bitte, ihr eine gleiche zu kaufen. Unterwegs ertappte er sich dabei, wie er die Nadel zwischen seinen Lippen trug.

Kathe spürte, daß Jules und Jim über sie gesprochen hatten. Sie sagte, sie möchte sich auch gern einmal mit Jim allein unterhalten, und schlug ihm vor – Jules war dabei –, einen Spaziergang im Wald zu unternehmen.

Zuerst wanderten sie schweigend über mondbeschienene Waldwege.

»Was möchten Sie wissen?« begann sie dann.

»Nichts«, sagte Jim. »Ich möchte Ihnen zuhören.«

»Um dann das Urteil über mich zu sprechen?«

»Gott behüte!«

»Ich möchte Ihnen nichts erzählen. Ich möchte Sie ausfragen.«

»Bitte!«

»Meine Frage lautet: Erzählen Sie, Jim.«

»Gut, aber was?«

»Ganz gleich. Erzählen Sie einfach das Blaue vom Himmel herunter.«

Jim begann: »Es waren einmal ... zwei junge Menschen ...«, und er erzählte, ohne die Namen zu nennen, von Jules und von sich, von ihrer Freundschaft, von ihrem Leben in Paris vor der Ankunft einer gewissen jungen Dame, von der ersten Begegnung mit ihr, welchen Eindruck sie beide von ihr hatten und was dann kam; von dem *»die da nicht, Jim!«* (hier konnte Jim es nicht verhindern, daß ihm sein eigener Name herausrutschte) und dessen Folgen und von ihren Ausflügen zu dritt. Kathe konnte sehen, wie deutlich sich Jim an alles erinnerte, ja, so deutlich, als geschehe es hier und jetzt. Nur aus Prinzip stritt sie dann über einige Einzelheiten und fügte dies und das hinzu.

Jim erzählte, wie sie sich bei dem Rendezvous im Café verfehlt hatten.

»Wie schade!« sagte sie.

»Wie schade!« sagte er.

Und er erzählte die Geschichte ihrer Freundschaft zu dritt, so, wie er sie sah ... Er sprach auch von verborgenen Schätzen in Jules.

»Ja, ich weiß«, sagte sie.

Und wie er von Anfang an gespürt hatte, daß Jules Kathe nicht würde halten können.

»Hätten Sie mir das alles damals im Café gesagt?«

»Ja.«

»Bitte weiter.«

Er erzählte vom Krieg und vom Wiedersehen mit Jules. Vom resignierenden Eindruck, den Jules auf ihn machte. Dann vom Auftritt Kathes mit ihren Töchtern am Bahnhofsausgang, von den zwei glücklichen Wochen, die er jetzt mit ihnen verbracht hatte. Er sprach von dem, was er vermutet und erfahren hatte, und von dem wenigen, was er über Kathes Leben wußte. Er sprach vom Auftauchen Alberts und von dessen Heiratsantrag.

»Sind Sie mit Jules gegen mich?«

»Nicht mehr als er selbst.«

Jim hatte fast eine Stunde lang gesprochen. Er hatte nicht einmal seinen kurzen Verdacht einer Geldheirat verheimlicht. Nun schwieg er.

»Ich werde die ganze Geschichte noch einmal erzählen, so wie ich, Kathe, sie erlebt habe.«

Und sie schickte sich an, die Geschichte von *Kathe und Jules,* wie sie sie sah, zu erzählen, ein bißchen gründlicher noch als Jim; sie verfügte auch offensichtlich über ein besseres Gedächtnis.

Ja, es waren die Großzügigkeit, die Unschuld, die Verwundbarkeit Jules', die sie geblendet und erobert hatten: und was war er für ein Kontrast zu den anderen Männern! Sie wollte ihn durch Freude heilen, von den Krisen erlösen, in denen er sich verlor. Es zeigte sich aber, daß diese Krisen ein Teil von ihm selbst waren. Das Glück (denn sie waren glücklich) trug sie nicht weit, und bald standen sie sich wie Fremde gegenüber.

Jules' Familie war für Kathe ein wahres Golgatha. Am Vorabend der Hochzeit beging Jules' Mutter eine Taktlosigkeit, die Kathe tief verletzte. Durch seine Passivität nahm Jules eher gegen seine Frau Partei. Kathe strafte ihn und glich den Vorfall aus, indem sie augenblicks für etliche Stunden zu einem ehemaligen Liebhaber, Harold, zurückkehrte – ja, Liebhaber. So war sie mit Jules *quitt,* als sie heirateten; sie konnten ganz von vorn anfangen. Auch ihre früheren Verhältnisse verschwieg sie Jules nicht.

Die Hochzeitsreise durch Frankreich, mit Jules und seiner Mutter, wuchs sich zu einer Aneinanderreihung unmöglicher Situationen aus. Jules beugte sich dem Einfluß der Mutter, die ihnen in gräßlicher Großzügigkeit die Reise bezahlt hatte. Kathe starb tausend Tode bei dem Gedanken, dieser Sippe auf ewig verbunden zu sein. Sie fühlte sich beleidigt und in den Schmutz gezogen. »Ein Fall von *Majestätsbeleidigung«,* pflegte Jules zu sagen.

Was dann folgte, das Leben in Preußen an einem kleinen See, in gebührender Distanz zur Familie, hatte seine Licht- und Schattenseiten. Sie erwartete ihr erstes Kind.

Jules hatte Jim ein Bild von Kathe aus dieser Zeit geschickt; sie glich darauf einer gereizten Löwin. Die Geburt der Tochter, deren Pate Jim werden sollte, brachte Probleme mit sich, weil die Eltern nicht im Stande der Gnade waren.

Der Krieg brach aus. Jules kam an die Ostfront. Er hatte viel Zeit, ihr zu schreiben. Aus der Entfernung liebte sie ihn stärker und gab ihm seinen Heiligenschein zurück. Das letzte Mißverständnis dann, der endgültige Bruch zwischen ihnen stellte sich mit seinem ersten Urlaub nach zwei Kriegsjahren ein: sie kam sich vor wie in den Armen eines Fremden. Er mußte wieder fort. Die zweite Tochter wurde geboren.

»Sie sieht Jules nicht ähnlich«, sagte Jim.

»Glauben Sie, was Sie wollen«, sagte Kathe. »Sie ist von ihm ... Aber ich habe ihm gesagt: ›Ich habe dir zwei Kinder geschenkt. Das reicht mir. Dieses Kapitel ist abgeschlossen. Laß uns in getrennte Zimmer ziehen und gib mir meine Freiheit wieder.‹

Unser gemeinsamer junger Freund Fortunio war da. Wir fühlten uns beide frei wie Vögel. Es war nett, mit ihm zusammen zu sein. Wir verbrachten wunderbare Ferien. Er war jedoch zu jung, es war nichts Ernstes.

Ich sehnte mich nach harter, erschöpfender Arbeit in freier Natur. Ich ließ mich auf einem Landgut oben im Norden anstellen. Ich fing ganz unten an, arbeitete mit den Landmädchen. Nachts brachen die Blasen an meinen Händen auf. Ich lernte viel über Ackerbau und Viehzucht. Es war ein schönes Leben.

Der von allen respektierte Herr und Meister dort stach mir in die Augen, und auch ich stach ihm in die Augen.

Mein Leben änderte sich. Er nahm mich mit auf die Jagd. Ich lernte wie er über die faulen Knechte zu fluchen. Ich arbeitete weiter, jetzt in gehobener Stellung. Das war auch ein schönes Leben. Vielleicht hätte ich dabeibleiben sollen? Aber eines schönen Tages hatte ich von der ganzen Wirtschaft genug. Ich merkte plötzlich zu meiner eigenen Überraschung, daß mir etwas fehlte, die Nachsicht und das Gleichmaß Jules', daß meine Kinder mich mehr anzogen als irgendein Liebhaber. Ich war nicht auf meinem Weg. Ich reiste ab.

Ich bin erst vor drei Monaten zurückgekommen. Als Ehemann ist Jules für mich erledigt. Zerbrechen Sie sich nicht den Kopf seinetwegen. Ich gönne ihm genug Zerstreuungen.

Und weiter? ... Albert wohnt nicht weit von hier. Er hat mir von dieser griechischen Statue erzählt, in die ihr drei euch verliebt habt. Ich habe mit ihm geflirtet. Er hat seine kuriosen Seiten, aber vor allem hat er eine natürliche Autorität, die Fortunio und Jules fehlten. Er möchte, daß ich alles hinter mir lasse und ihn heirate. Er würde die Kinder zusammen mit der Mutter zu sich nehmen. Er ist mir ein guter Freund, noch nicht mehr. Ich werde sehen.

Sie haben mir zugehört. Ich habe länger als Sie geredet. Der Morgen dämmert schon. Ich behaupte nicht, alles erzählt zu haben, nein, nicht mehr als Sie vorhin. Vielleicht habe ich noch andere Liebhaber gehabt? ... Das ist meine Sache. Ich habe nur von den Dingen gesprochen, die Sie selbst erwähnt haben. – Gehen wir zurück.«

Sie näherten sich der Villa. Kathe durfte nicht fortgehen! Wollte Jim es um Jules' willen verhindern? Oder um seiner selbst willen? Das würde er niemals auseinanderhalten können. Er wollte die Zeit anhalten. Sie waren auf der Höhe des letzten Baumes des Gebirgszugs angelangt, der sie von dem Häuschen trennte, nur zwanzig Schritte von dem schlafenden Jules entfernt. Jim legte seine Hände auf Kathes Schultern und beugte seinen Kopf zu ihr hinab. Sie sahen sich in die Augen. Was nun? Augenblicke strichen dahin. Dann plötzlich streckte Kathe ihm ihren Kopf entgegen und strich mit ihrer Wange und mit ihren Lippen über seine Lippen. Er verspürte eine Süße, unbeschreiblich. Jims Hände lösten sich von Kathe, sie lief dem Haus entgegen.

VIER

Albert · Das Lagerfeuer

Albert war für den übernächsten Tag bei ihnen zum Essen eingeladen.

Jim berichtete Jules erschöpfend von dem Spaziergang, auch von der Geste am Schluß. Jules hörte zu und sagte nichts. Er gab sich wie ein Zuschauer beim Billard, der dem Rollen der Kugeln nachsieht. Trotzdem hatte Jim das Gefühl, daß Jules, wenn es gegen Albert ginge, seine Partei ergreifen würde.

Albert benahm sich korrekt. Kathe machte sich einen Spaß daraus, alle drei, einen nach dem anderen, mundtot zu machen, indem sie an jeden die naivsten Komplimente verteilte. Keiner entgegnete etwas. Mit ihrem Lächeln hielt sie das ganze Gespann behend an kurzen Zügeln. Leichthin und ganz nach ihrem Sinn dirigierte sie die Unterhaltung, nicht ohne Tyrannei. Sie geriet in Fahrt. Sie hatte für jeden der drei verschiedene Züge parat, konnte sie aber unmöglich gegen alle drei auf einmal ausspielen. Schade. Sie fühlte, daß sie so keinen Sieg davontragen würde, und legte es nun darauf an, das große Schachmatt in Szene zu setzen.

Nacheinander nahm sie drei von den langen Zigarren zwischen die Lippen, steckte sie an und teilte sie aus. Das schien den Männern taktlos, ja, ein Fall von Promiskuität. Jim hatte gute Lust, die Zigarre wegzuwerfen und zu verschwinden. Er blieb zu ihrem Mißvergnügen.

Sie zog ihre Stiefel an und knallte mit ihrer Peitsche.

Sie war eine Tierbändigerin. Die Bestien? Die Männer. Sie führte sie ihnen selbst vor.

›Ein Hahn‹, dachte Jim, ›wirkt inmitten seiner Hennen lächerlich. Eine Henne zwischen drei Hähnen sicherlich auch – es sei denn, die Hähne kämpften sich ihretwegen zu Tode. Vielleicht ist es das, worauf Kathe wartet.‹

Ein gemeinsamer Spaziergang zu viert durch die Gegend beschwichtigte die Gemüter. Sie kamen zu einem Lager von Gauklern, die mit einem Wanderzirkus unterwegs waren. Einer der hellen, sauberen Wohnwagen war mit sieben Kindern im Alter von einem bis zwölf Jahren vollgepfropft; alle so gesund und fidel wie die Eltern.

»Das ist wahrer Reichtum, das ist wahres Glück!« rief Kathe bewegt.

Sie schenkte ihnen Bonbons und Geld aus ihrer Handtasche. Jim war wieder besser auf sie zu sprechen.

Kathe bedachte alle drei, einen nach dem anderen, mit neuerlichem Wohlwollen. Als sie in einer Vitrine eine Ausstellung von Schmucksteinen sah, vertiefte sie sich in ein Gespräch mit Albert: beide hatten während ihrer Schulzeit mit solchen Steinen gebastelt und kamen jetzt ins Fachsimpeln. Jim wurde eifersüchtig.

Dann ließ sich Kathe von der Zirkusvorführung mit den kleinen Clowns und Akrobaten wie ein Kind verzaubern.

Als Albert abgereist war, sprachen sie über ihn. Jules fragte Kathe im Scherz, wie sie es angestellt habe, ihn zu verführen. Kathe erzählte ernsthaft und fast treuherzig, wie sie ihm das entsetzliche Leben in diesem Hause geschildert habe. Jules, Jim und Mathilde lachten Tränen. Die Gefahr, daß Kathe mit Albert abreisen werde, schien für den Augenblick gebannt, die Gefahr eines Abenteuers freilich noch nicht. Das ganze Haus stellte sich nun auf Jims Seite.

»Vorsicht!« sagte Jules zu Jim, »wen Kathe erst in den Fängen hat, den läßt sie nicht mehr los.«

Jim, neugierig wie er war, zog behutsam einige Widersprüche zwischen den Erzählungen von Jules und Kathe ans Tageslicht und äußerte, er würde gern ein bißchen klarer sehen. Sie kamen daraufhin überein, eine längere Wanderung zu dritt zu machen, auf der dann Jules und Kathe abwechselnd berichten könnten.

Zuerst schlugen sie auf der Wiese mit den Kindern um die Wette Purzelbäume, dann brachen sie auf zu einem Wirtshaus im Wald; es war ein Weg von zwei Meilen. Kathe forderte Jules auf, als erster zu berichten. Mit viel Humor und Untertreibung malte er aus, wie er sich in Kathe verliebt hatte, und brachte sie zum Lachen. Das war ein guter Anfang: Jim freute sich auf den edlen Wettstreit zwischen diesen beiden Meistererzählern. Spannung aber kam auf, als Jules auf die Hochzeit zu sprechen kam, auf seine Familie, und schließlich den

Sprung in die Seine auf eine Weise darstellte, die Kathe und Jim für wenig treffend hielten, als einen bloß verrückten Einfall nämlich, und nicht als eine Reaktion, die er selbst provoziert hatte. Dann folgte die Reise durch Frankreich mit Jules' Mutter. Kathe wurde mit dem Bericht immer unzufriedener, unterbrach ihn, steigerte sich in Wut. Sie hatten eine friedliche Gegenüberstellung ihrer Erinnerungen vereinbart, jetzt aber lebten in Kathe alle die Beleidigungen, die man ihr angetan hatte, wieder auf. Freilich war sie dann auch nicht zimperlich gewesen, und Jules hatte glauben können, sie habe sich reichlich Genugtuung verschafft; aber der Berg an Schuld türmte sich höher. Und nun war es klar, daß Jules entschieden noch nicht begriffen hatte!

Verzweiflung und Zorn überkamen sie. Es war das erste Mal, daß Jim das Heraufziehen des Sturms erlebte. Sie schloß auch gleich noch Jim mit ein in ihre Verachtung. Sie war nahe daran zu sagen: *Die Männer ...,* wie Jules einst gestöhnt hatte: *Die Frauen ...* Dieser Vorfall zeigte Jim deutlich die Krise, in der Jules sich befand. Jim sagte sich: ›Alle Welt hat ihre Krisen, mannigfaltige, und nicht jeder erkennt sie gleich. Was für Krisen habe ich?‹

In solchen Augenblicken zahlte Kathe für ihren Lebensrausch, für ihre ewigen Ferien, für die Freude, die sie schenkte – und sie ließ auch die anderen zahlen.

Das Essen war ihnen verdorben, die Rückkehr bitter.

Am nächsten Tag schloß Kathe sich in ihr Zimmer ein.

Erst am darauffolgenden Tag war der Himmel wieder blau.

Im Garten wurde ein Wettkampf mit einem Luftgewehr und Gummipfeilen ausgetragen. Sie ließen Luftballons steigen und schossen darauf. Kathe siegte. Darauf fand ein Scheibenschießen statt, und Kathe fiel auf, daß Jim beim Zielen eine außergewöhnliche Grimasse schnitt. Sie holte einen Spiegel, um ihm seine eigene Grimasse zu zeigen, aber Jim brachte es nicht fertig, zugleich zu schießen und in den Spiegel zu schauen. Sie ermunterte ihn, ohne Gewehr sein Gesicht zu verziehen und sagte: »Tun Sie so, als zielten Sie auf mich!« Die Kinder verfolgten das Schauspiel aufmerksam und machten die Grimasse nach.

Jim brachte ihnen bei, mit einem großen Bogen zu schießen. Der Pfeil stieg so hoch in die Sonne empor, daß sie ihn aus den Augen verloren. Sie zitterten vor Angst, daß das Geschoß bei der Rückkehr auf ihre Köpfe fiele, deshalb schlossen sie die Augen, faßten sich an den Händen und erwarteten das Unheil.

Jim schleppte einen verbogenen Bumerang aus hartem Holz herbei. Nach einigen Versuchen flog er davon und gegen den Wind, beschrieb einen Kreis, pfiff wieder heran und bohrte sich neben Lisbeth in den mit Gras bewachsenen Boden. Da gaben sie es auf.

Das Leben war wirklich wie ewige Ferien.

Eines Tages hatte man die kleine Martine in Jims Obhut gelassen, am Ufer des Sees. Sie zählte drei Jahre und trug, da es ein heißer Tag war, nur ihr kleines Nachtjäckchen. Sie warf Jim einen Blick zu, der besagte: ›'s wird dir schon recht sein!‹, zog ihre Schuhe aus und platschte ins Wasser. Dann blieb sie stehen, schüttelte das Jäckchen ab und warf es mit einer Geste, die von ihrer Mutter gestammt haben könnte, Jim in die Arme. Er sah zu, wie das nackte Kind mit kleinen Schritten und blindem Vertrauen weit in den See hinausstapfte, bis das Wasser die kleinen Schultern überspülte. Da wünschte er sich zum erstenmal ein Kind von Kathe.

Er arbeitete allein im Eßzimmer. Ein dumpfer Schlag hinter seinem Rücken ließ ihn zusammenfahren: Lisbeth, Jims Schülerin, hatte mit ihrem kleinen Bogen einen Pfeil an das Fenster geschossen. Jim setzte ihr behutsam auseinander, wie leicht das Glas hätte zerspringen können, und daß man nicht auf Fenster schießen dürfe. Sie hörte zu, sah ihn mit ihren klaren Augen an und schien überzeugt. Allein, der Pfeil schlug noch dreimal an die Scheibe, und Jim gab drei weitere, immer eindringlichere Ermahnungen. Bis Kathe kam, ihr Kind lächelnd betrachtete und sagte: »Das mußt du nicht tun!« Und Lisbeth tat es nicht mehr. Jim rätselte, wieso er sich nicht habe verständlich machen können. Kathe sagte:

»Sie hat sich sicher eine hübsche Geschichte ausgedacht, zu der es einfach gehört, daß sie auf das Fenster schießt.«

Kathe, ihre rundliche und maliziöse Kusine Annie, ihre Freundin Rachel, die große Brünette des Pariser Trios, und Jules und Jim brachen mit Rucksäcken in den Wald auf, picknickten dort und unternahmen eine lange Wanderung bei Mondschein. Es wurde kühl. Kathe, die an der Spitze marschierte, hielt an und machte ein Lagerfeuer, die andern halfen ihr. Die Flammen schlugen hoch. Kathe sagte: »Jetzt wirft der Reihe nach jeder etwas ins Feuer und wünscht sich etwas dabei.« Sie selbst machte mit einem seidenen Schal den Anfang, er verbrannte noch im Flug. Jim hatte außer seinem Messer nichts annähernd Schönes, um es dem Feuer zu opfern. Er warf sein Notizbuch hinein; sein Wunsch betraf Kathe.

Rachel, die etwas gegen Jim hatte, gab sich Mühe, nur mit Kathe zu sprechen. Kathe und ihre Kusine hatten sich vorgenommen, Rachel zu spornen. Sie erzählten sich wirre Geschichten von einer äußerst abwegigen Moral, und Rachel entrüstete sich prompt. Jules platzte vor Lachen und erlag einem Hustenanfall. Er hatte an diesem Abend Kopfschmerzen gehabt und Aspirin geschluckt, dadurch wirkte er zeitweilig abwesend und mondsüchtig.

Kathe besiegte ihre Kusine im Zweikampf mit bloßen Händen, sie vollführten eine Clownerie unmöglicher Griffe, die Rachel heroisch fand. Dann besiegte Kathe Jim. Sie rollten im Gras und im Laub umher, stießen Kampfschreie aus und gerieten beinahe ins Feuer. Jim hielt Kathe in seinen Armen und hatte es nicht eilig, es zu einer Entscheidung kommen zu lassen. Rachel bemerkte darauf spitz, sie hätten wohl alles andere gemacht, bloß nicht anständig gekämpft.

Dann wanderten sie weiter und gelangten bei tiefschwarzer Nacht auf eine Wiese am Rande eines Sees. Kathe kannte sich hier aus. Sie verschwand, und bald darauf hörte man das ›Plumps‹ ihres Sprungs in das Naß. Sie blieb lang genug im Wasser, um Jules wieder in Angst und Schrecken zu versetzen. Sie betrog ihre Männer mit den Wassergöttern.

Sie tauchte aus der Dunkelheit auf, verzaubert und schnatternd. Ihre Kusine und Rachel frottierten sie mit einem groben Handtuch, das man vorsichtshalber mitgenommen hatte.

Die Sonne ging auf. Ein fliegender Händler verkaufte ihnen Schnaps. Ein Obstladen öffnete die Pforten. Jules machte sich auf, für alle Früchte zu kaufen. Da er übermüdet war und noch unter den Auswirkungen des Aspirins stand, bezeichnete er dem Händler stumm die Früchte, hier- und dorthin deutend, wobei er seinen Zeigefinger bewegte, ohne den Arm zu heben; dazu drehte er ständig den Kopf, um auch mit der Nase auf dieses und jenes zu zeigen. Und zur selben Zeit murmelte er einen kaum hörbaren Monolog, der für den Händler, für den lieben Gott oder für ihn selbst bestimmt sein mochte, ohne nur einmal die Stimme zu heben. Die anderen, hinter einem Strauch versteckt, sahen ihm gespannt zu und brachen immer wieder in Lachen aus. Als er mit Früchten beladen wieder zu ihnen kam, fielen ihm alle um den Hals; das weckte ihn einen Augenblick lang.

Im taunassen Unterholz stießen sie auf Rehe. Erst am Nachmittag kehrten sie in ihr Häuschen zurück.

FÜNF
Kathe und Jim · Annie

Eines Abends, spät schon, bat Kathe Jim, ihr aus dem Gasthof ein Buch zu holen. Als er wiederkam, schlief bereits das ganze Haus. Kathe erwartete ihn in dem großen bäuerlichen Eßzimmer, das immer so gut nach Harz und Holz roch.

Sie trug einen weißen Pyjama und hatte sich aufgeputzt. Jim hatte sich schon den ganzen Tag nach ihr gesehnt.

Sie glitt in seine Arme, auf seine Knie; ihre Stimme klang tief. Es war ihr erster Kuß, er dauerte die ganze Nacht. Sie sprachen nicht, sie kamen sich näher. Sie zeigte sich ihm in vollem Glanz. Im Morgengrauen fanden sie sich. Auf Kathes Zügen lag Jubel und unbeschreibliche Neugier. Ihre Vereinigung war vollendet, die Verheißung des archaischen Lächelns erfüllt, Jim in tausend Banden geschlagen. Er wachte auf und fand sich gefesselt. Es gab keine anderen Frauen mehr für ihn.

Ihre Freude durchdrang das Haus. Mathilde, die Vertraute, die immer Albert gefürchtet hatte, sagte erleichtert: »Endlich!«

Die Kinder waren außer Rand und Band, ohne zu wissen, warum.

Jules erinnerte Jim nicht an das ›die nicht, Jim!‹. Er gab ihnen stillschweigend seinen Segen.

Er war allerdings ein wenig geängstigt, da er sie sich so aneinander verloren sah. Er sagte zu Jim:

»Geben Sie acht, Jim, auf sie und auf sich!«

›Natürlich geb' ich acht‹, dachte Jim. ›Aber wozu?‹

Kathe wollte ihre Welt unter einem Dach versammelt wissen und bat Jim, ganz zu ihnen ins Häuschen zu ziehen. Jim bekam ein Zimmerchen, schlief aber bei Kathe.

Sie hatten keine Stunde zu verlieren.

Kathe bewohnte ein großes, viereckiges Zimmer mit einem Doppelbett und einem geräumigen Holzbalkon, den ein hohes Geländer mit viel Schnitzwerk einzäunte: dort konnte sie kein Mensch sehen.

Tags hielten sich Kathe, Jules und Jim oft dort auf, je nach dem Wetter in der Sonne oder im Schatten. Manchmal nahmen sie da auch seifenschäumende Wannenbäder und spritzten sich gegenseitig naß. Kathe war dabei von der japanischen Idee beseelt: das Nackte ist nur dann erotisch, wenn es erotisch wirken will. Sie badete unbefangen vor ihren Augen – dann kam Jim an die Reihe, dann Jules, und immer schwatzten sie vergnügt. Ein edler Wettstreit der Körper. Jules und Jim genossen dankbar die Gesellschaft ihrer fleischgewordenen griechischen Statue.

»Man muß«, sagte Kathe, »immer wieder von vorn anfangen und die Spielregeln des Lebens neu entdecken, alle Risiken auf sich nehmen und für alles bezahlen.«

Das gehörte zu den Grundweisheiten ihres Kredos; Jim stimmte dem zu, und das verband sie. Jules war nicht dafür und nicht dagegen. Er war ein wohlwollender Zuschauer und erfand für die Erkenntnisse der beiden im Handumdrehen Bilder. Oder es machte ihm Spaß, ihnen einen alten griechischen oder chinesischen Vers zu zitieren, der dasselbe besagte wie das, wonach sie lange suchten. »Recht haben die Alten«, sagte dann Kathe, »leider sind sie derart in Vergessenheit geraten.«

An einem heißen Tag – sie hatten sich gerade gegenseitig mit eiskaltem Wasser übergossen – beschloß Kathe, Jules zu *verführen.* Sie begab sich in seine Ecke des Balkons, wo er auf einer Matratze vor sich hindöste, setzte sich auf seine Knie, legte ihre Arme um seinen Nacken, drückte ihn nieder und schmiegte sich auf ihn.

»Nein, nein«, sagte Jules.

»Doch, doch«, sagte Kathe.

Es blieb Jim, der in der anderen Balkonecke hockte, nur acht Schritte weit, nicht verborgen, daß sie Jules außerordentliche Freuden schenkte. Jim wandte sich ab, er billigte Kathes Verhalten, er freute sich für Jules. Er sagte sich: ›Würde ich genau so denken, wenn ich ihre Liebesspiele ernst nähme?‹

Eine Weile lang war es ganz still. Dann sprachen Jules und Kathe leise miteinander. Jules schien verwirrt und glücklich.

Eine Stunde später machte sich Kathe über Jim her. Nah über sie gebeugt wunderte sich Jim, daß er dort tief im Abgrund ihrer schwarzen Pupillen das sich nicht widerspiegeln sah, was er von all seinem Sein Kathe schenkte.

Der Tag verlief ruhig. Kathe unternahm keine Ausfälle gegen ihre beiden Männer. Sie stellte fest: »Jim hat nichts dagegen unternommen. Er ist nicht eifersüchtig auf das, was ich Jules zukommen lasse.« Aber sie wiederholte dieses Fest, um nicht zu sagen diese Erfahrung, nie wieder.

Einen Monat zuvor, bevor er zu ihnen gekommen war, hatte Jim in der Stadt zwei Tage bei Kathes Kusine Annie verbracht; sie hatte ihn in ihrem Atelier beherbergt. Jim war ja damals noch frei. Er hatte mit der Kusine geflirtet. Sie hatte ihm von ihrer Liebe zu einem Maler erzählt, den sie Jim dann auch vorgestellt hatte: er verfügte über ein markiges Profil, wert, auf einer Medaille eingraviert zu werden. Das hatte indessen Jim und die Kusine nicht daran hindern können, etliche Küsse zu tauschen.

Gelegentlich eines Abstechers in die Stadt sah Jim sie nun wieder, ging mit ihr tanzen und küßte zum Abschied ihre Locken – und das im Beisein von Rachel. Rachel eilte zu Kathe und Mathilde, um ihnen diese Neuigkeit nicht ohne Kommentar zu hinterbringen.

Kathe schloß Schlimmstes daraus: Jim hatte also ein *Verhältnis* mit Annie gehabt, und nun pflegte er dieses Verhältnis noch immer!

Kathe sagte kein Wort, lud Annie aber zu ihnen ein. Sie kam und beteiligte sich ganz unbekümmert an ihren Spielen auf der Wiese. Doch Mathilde war von dem Bericht über Jims Betrug mit Annie so besessen, daß sie schließlich zu sehen glaubte, wie die beiden sich verstohlen küßten. Und abends, als man sich wieder mit Pfeil und Bogen amüsierte, schien Annie in eine *Freudsche Falle* zu geraten und gab eine wunderliche Antwort.

Kathe wurde unnahbar. Sie lud Jim zu einem Spaziergang durch den Park ein. Sie hatte sich in eine weiße, leuchtende Stola gehüllt und trug einen Turban aus gleichem Stoff. Unvermittelt gab sie sich eiskalt und voller Ironie. Jim stellte viele Fragen; er erhielt keine Antworten. Schließlich sagte sie:

»Ich habe beschlossen, morgen die Geliebte Alberts zu werden. Ich habe ihn schon bestellt.«

Jim stürzte aus allen Wolken. Sie weigerte sich, nähere Erklärungen abzugeben. Er bohrte weiter, stieß langsam auf die Geschichte von Annie und Rachel und begriff endlich. Er bekannte sich, natürlich, zu dem kleinen Flirt, der schon Monate zurücklag – aber seit er Kathe begegnet war, hatte er ja an keine andere mehr gedacht. Das mußte sie doch wissen! Sie blieb verschlossen, ungerührt; hörte sie überhaupt zu? Es kostete Jim zwei Stunden Anstrengung, um Kathe von diesem Schatten zu befreien, er bot ihr sogar an, gemeinsam Annie zu besuchen. Sie nahm das Angebot an und gab ihm gleichzeitig in dieser Nacht einen Korb. Es war das erstemal.

Sie nahmen den Morgenzug. Kathe beanspruchte für sich und Jim gleich Annies Gastfreundschaft, bat sie, ihren Freund einzuladen, veranstaltete eine Art Maskenball zu viert mit Kostümen, kaltem Büfett und Grammophon, und spielte die Rollen eines Ehrengastes und Großinquisitors. Sie legte es darauf an, den Freund zu umgarnen, und ließ Annie und Jim alle Freiheiten. Beide erkannten aber die Falle. Annie vor allem hatte Angst vor dem Schaden, den Kathe möglicherweise in ihrem Leben anrichten könnte. Ihr Freund verschwand zu früher Stunde. Kathe, schon fast beruhigt, warf sich plötzlich aufs Bett und in Jims Arme, wobei sie ihre Kusine aufforderte, ein Bild von ihnen zu malen; Annie könne so beweisen, daß sie Jim nicht liebe, und Jim, daß er sich durch Annie nicht geniert fühle. Zum Glück kam's nicht soweit. Annie ward vergessen. Sie pinnte großartige Skizzen an die Wand.

Jim hatte das Gefühl, ihre Liebe sei gerettet. Er fand seine Lebenslust wieder. Am nächsten Tage unternahm er eine fünftägige Reise, um sich mit bedeutenden Landsleuten von Kathe zu treffen. Während all der Gespräche, die er führte, war es ihm, als sei sie da; sie half ihm so, die Leute zu verstehen. Am vierten Tage bekam er von ihr einen doppeldeutigen Brief. Kathe litt unter seinem Wegsein. Er kehrte eiligst zurück.

Kathe hatte allein eine zweitägige Fußwanderung ins Gebirge unternommen, die sie ihm später Schritt für Schritt beschrieb. In ihren Lebenstaumel hatten sich wieder Zweifel gemischt. Immerhin war ja etwas zwischen Jim und Annie gewesen, bevor sie, Kathe, aufgetaucht war. Ein Mann von Kathe aber durfte niemals in Verdacht geraten. Fiel nur der Schatten eines Argwohns auf ihn, so mußte er bestraft werden. Darüberhinaus war es nötig, daß Jim sich ihrer nicht allzu sicher fühlte. Sie mußte einfach auf ihre Weise die Situation bereinigen, nochmals von vorn anfangen.

Am vierten Tage rief sie Albert herbei, verbrachte viele Stunden mit ihm, bereitete ihm zahlreiche Zärtlichkeiten, die in ihrem Tagebuch geschildert sind und schickte ihn hoffnungsgeschwellt wieder nach Hause.

Für sie war jeder Liebhaber eine Welt für sich, zu der die anderen keinen Zutritt hatten. Selbst aber war sie trotz allem gegen Eifersucht nur schlecht gefeit.

Als ihre ältere Tochter einmal krank war, hatte sie mit ihr einen Arzt aufgesucht. Sie sagte zu ihm:

»Sie ist meine einzige Tochter, Herr Doktor ...«

Die Ältere staunte und erwähnte die Jüngere.

»Wie soll ich das verstehen?« fragte der Arzt.

»Die andere ist meine einzige zweite Tochter«, sagte Kathe.

Genau so hätte sie von ihren Liebhabern sprechen können.

Jim, der sich nach ihr verzehrte, wurde bei seiner Rückkunft, so schien es ihm wenigstens, in liebende Arme aufgenommen. Er spürte allerdings eine seltsame Stimmung im Haus, und Jules schien verlegen. Er fragte. Sie nahm sich einige Tage Zeit, um ihm das Gift ins Herz zu träufeln, dann erst erzählte sie ihm, was mit Albert gewesen war.

Langsam dämmerte Jim diese Methode der langsamen Gewöhnung, wie Kathe sie schon bei Jules angewendet hatte. Jim jedoch empfand sie als Zeitverschwendung.

Jules und Mathilde, denen Jims Wiederkehr die Angst vor Albert genommen hatte, fürchteten neues Unheil.

Jules sagte zu Kathe:

»Wer das Schwert führt, wird durch das Schwert umkommen.«

Kathe sah ihn triumphierend an:

»Wenn ich den leisesten Argwohn hege«, sagte sie, »schlage ich stärker zu, als irgend jemand zurückschlagen kann.«

Jim wollte abreisen. Er litt ohne zu klagen, und das rührte Kathe. Sie ließ ihn nicht fort. Zum guten Ende sah er ein, daß sie nur *Gerechtigkeit hatte walten lassen.* Es war vielleicht eine Narrheit von ihr, eine Narrheit, die sie eben brauchte.

»Gut«, sagte er, »das Ganze noch einmal von vorn.«

Ein neuer Honigmond begann für sie und für das ganze Haus.

Kathe las eines Abends ein von ihr bevorzugtes Fragment aus Kleists *Penthesilea* vor, die blindwütig den waffenlosen, ihr in Liebe verfallenen Achill massakriert.

»Warum tötet sie ihn?« fragte Jim. »Warum ist sie bewaffnet und er waffenlos? Könnte er sie nicht besiegen, wenn es anders herum wäre? Warum muß sie ihn überhaupt besiegen, da beide sich doch lieben? Indem sie ihn tötet, zeigt sie doch ihre Schwäche. Oder bringt sie sich dann gar noch selbst um?«

Kathe entgegnete:

»Was kann es Schöneres geben als das rote Blut, das dich liebt?«

Und sie fügte hinzu:

»Ich schwimme in deinem Herzblut, Jim, ich möchte trinken, trinken, trinken.«

Jules hatte gesagt:

»Ein archaisches Lächeln: es nährt sich von Milch ... und von Blut.«

Kathes Lippen waren für beides geschaffen.

SECHS

Die Lokomotive · In der Stadt

Mitten in diesem Honigmond verspürte Kathe Lust zu einem Tapetenwechsel. Sie wollte das Häuschen verlassen, mit Jim allein in der Stadt leben und an den Nachmittagen Tanzstunden nehmen, um eine Varieté-Nummer einzustudieren.

Jules und Mathilde brachten die beiden zum Bahnhof. Dort setzten sie die Koffer ab und warteten auf den Zug. Es wurde schon dunkel. Kathe vertrieb sich die Zeit, indem sie auf den glatten Eisenbahnschienen balancierte. Die großen, leuchtenden Augen der Lokomotive wurden sichtbar und kamen näher. Kathe balancierte ihnen auf den Schienen entgegen. Ein solches Akrobatenkunststück versetzte Jules in Furcht und Schrecken. Er schrie:

»Kathe, Kathe, du bist verrückt, ich flehe dich an, geh da runter!«

Kathe wurde noch kühner und machte Tanzschritte auf den Schienen. Die Lichter der Lokomotive wurden immer größer.

Jim sagte leise zu Jules:

»Seien Sie still, Jules, Sie ermutigen sie nur noch; Ihre Angst ist ihr Vergnügen.«

Der Zug fuhr in den Bahnhof ein und verlangsamte seine Fahrt. Jim stand bei den Koffern und ließ Kathe nicht aus den Augen. Im letzten Moment sprang sie behend zur Seite, die blendenden Lichter glitten dicht an ihr vorbei. Die Vorstellung war gelungen. Jim bückte sich, hob die Koffer auf und lief den ersten Abteilen des Zugs nach, wo, wie er gesehen hatte, noch Platz war. Im dicken Qualm der Lokomotive, im dämmrigen Licht auf dem Bahnsteig sah er fast nichts. Er stieß mit dem Fuß gegen einen weichen Gegenstand, der am Boden lag, machte einen Satz vorwärts und wäre beinahe gestürzt. Er drehte sich um, sah nach dem Hindernis. Es war ein Frauenkörper. Drumherum Geschiebe und Gedränge. Jim sah sich nach Kathe um. Eine Laterne flackerte auf. Da konnte er sehen, wie Jules sich über die Frau am Boden beugte. Es war Kathe, die da lag.

Sie halfen ihr auf, sie schwankte. Jim tastete sie ab, ließ sie ihre Glieder bewegen: es schien nichts gebrochen zu sein. Sie stöhnte leise: »Mein Kopf, da hinten!« Jim legte vorsichtig die Hand dorthin und fühlte Blut. Die Kopfhaut war an einer Stelle aufgerissen.

Kathe war von den Lichtern der Lokomotive geblendet worden, die Maschine war doch breiter, als sie gedacht hatte, ein Eisenteil hatte sie gestreift und zur Seite geschleudert. Nun machte sie tapfer drei Schritte vorwärts.

»Wollen wir trotzdem reisen, Kathe?« fragte Jim.

»Ja«, sagte Kathe.

Sie hatten noch Zeit. Jim geleitete Kathe bis zum ersten Wagen, hob sie wie ein Paket hinein und ließ sich von Jules und Mathilde die Koffer nachreichen. Der Zug fuhr an. Freundliche Leute machten Kathe in dem überfüllten Wagen Platz. Dann fiel sie plötzlich in Ohnmacht, kam aber schnell wiedér zu sich. Jim mußte sie allein lassen und sich auf der verqualmten, menschenüberladenen Plattform einen Stehplatz suchen.

Weder Jules noch Jim konnten später genau die Schritte und Bewegungen von Kathe vor ihrem Sturz rekonstruieren. Sie selbst konnte sich an nichts mehr erinnern.

In einer kleineren Pension richteten sie sich häuslich ein. Die beiden Betten rückten sie zusammen, so daß ein einziges daraus wurde. Kathe hatte einen großen blauen Fleck auf dem rechten Oberschenkel, eine Narbe am Kopf, zahlreiche Quetschungen und fühlte sich überhaupt am ganzen Körper zerschlagen. Jim verwöhnte die Rekonvaleszentin mit Zärtlichkeiten. Kathe gesundete langsam und zeichnete für Jim die Visionen ihrer Fieberträume auf.

»Wenn du das nochmal ins reine zeichnest und dabei noch ein bißchen ausschmückst mit den Dingen, die du mir außerdem erzählt hast«, sagte Jim, »dann kannst du das Ganze an jedes avantgardistische Magazin verkaufen.«

»Meinst du, Jim?«

»Bestimmt.«

Sie machte sich ans Zeichnen und lehnte dabei ihren Rücken gegen den seinen; sie war am liebsten immer ganz nah bei ihm, und er war am liebsten ganz nah bei ihr. Manchmal genügte es schon, wenn sich nur ihre Füße berührten. Die Zeichnungen und Texte wurden fertig, und das Ganze wurde verschickt.

»Aber wenn ich Erfolg habe«, sagte Kathe, »dann werde ich weiterzeichnen wollen. Und am Ende wird ein Beruf daraus, wie bei Jules! Ich will aber gar keinen Beruf haben!«

»Erfolg bringt aber auch Vorteile mit sich«, sagte Jim, »und zudem brauchst du ja nur zu zeichnen, wenn du Lust dazu hast.«

Um sich von ihren Liebesstunden zu erholen, und auf daß Jim und sie nicht an der Liebe stürben, griff Kathe ihre Idee auf, eine Tanz-Nummer einzustudieren; sie mietete sich ganz in der Nähe ein Atelier, wo sie dann allein ihre Nachmittage verbrachte. Jim schenkte ihr volles Vertrauen und begleitete sie nie. Blieb sie aber wirklich dort allein? Jim fragte es sich manchmal. In ihre Hingabe freilich legte sie so viel Ausschließlichkeit, daß eigentlich nichts anderes zählen konnte. Jim betrachtete ihre Liebe als einen Mont-Blanc, und im Augenblick kümmerte es ihn wenig, was sich in den Tälern abspielen mochte.

Kathe entwickelte eine Theorie über die körperliche Liebe und trug diese Gedanken oft ihren Freunden vor. Sie besuchten auch zuweilen Annie – und jetzt ohne alle Hintergedanken.

Eines Tages kam ein Brief für Kathe, mit dem Stempelaufdruck des Magazins.

Ihre Zeichnungen würden in der nächsten Nummer erscheinen, man bat um mehr!

»Siehst du, Jim ...«, sagte Kathe, teils beunruhigt, teils begeistert.

Am hellichten Vormittag begab sich Kathe mit einem Eimer in der Hand auf den Flur der Pension. Sie hatte eine Pyjama-Jacke aus roter Seide an, aber keine Hose.

»Paß auf, daß du nicht jemand in die Arme läufst!« schrie Jim.

»Das ist wenig wahrscheinlich um diese Zeit«, sagte Kathe, »und außerdem entsprechen solche Risiken unserer Familientradition.«

Einmal besuchten sie ein Varieté, in dem ihnen eine Szene besonders gut gefiel: Ein Clochard sieht an einem Baum ein abgestelltes Fahrrad und hat Lust, es zu stehlen; er zögert, zieht ein riesiges braunes Taschentuch hervor und fingert damit herum, um seine Hände zu beschäftigen und so der Versuchung widerstehen zu können. Schließlich klaut er das Fahrrad doch. Das war fabelhaft gespielt, vergeblich aber versuchten sie nach Schluß der Vorstellung den Künstler am Bühnenausgang zu erwischen.

Jim liebte Vollmond, Kathe jedoch nicht. »Das ist zu simpel«, sagte sie, »die Liebe und der Mond.« Und sie berichtete Jim von schlechten Erfahrungen.

Sie bummelten durch die Straßen und schwatzten fröhlich mit Handwerkern, die die beiden in die Hinterstuben ihrer Werkstätten einluden.

Sie verloren sich in phantastischen Ideen und dachten sich neue Wege aus, schnell und leicht das tägliche Brot zu verdienen und dabei noch genug freie Zeit für sich zu behalten. Sie dachten auch daran, Geschenke für Jules einzukaufen; das war allerdings schon schwieriger, da Jules ja wunschlos glücklich war.

So gedachten sie seiner in Liebe und Freundschaft.

Eines Tages betraten sie eine Kirche. Kathe war protestantisch, Jim katholisch. Sie knieten mit der Menge nieder und verharrten. Gerade wurde die Kommunion gereicht. In zwei langen Reihen zogen Schwestern langsam zum Tisch des Herrn, die Augen gesenkt, die Hände gefaltet. Drei von ihnen, jung und ganz in Weiß, waren besonders schön. Zu Jims Überraschung erhob sich Kathe und schloß sich ihnen an, in der gleichen Haltung wie sie die Kommunion empfangend, nachdem sie vorher verstohlen nach rechts und links geschaut hatte, um zu sehen, wie ihre Nachbarinnen sich die Hostie reichen ließen. – Ein Sakrileg? Nein. Kathe tat so etwas spontan und hätte bei jedem Kult und an jedem Ort der Welt nicht anders gehandelt. Sie kam zurück, betete mit den Schwestern und zeigte ein andächtiges Gesicht.

Sie wollten noch eine Woche in der Stadt bleiben. Da aber erhielt Kathe einen dramatischen Brief von Rachel:

»Du mußt wählen: Jim oder die Kinder.«

»Ganz falsch«, sagte Jim: »Jim *und* die Kinder.«

»Bah!« sagte Kathe, »man muß aufhören können, wenn es am schönsten ist. Opfern wir unsere letzte Woche.«

Sie sehnte sich nach ihren Kindern, nach Jules, nach Mathilde, nach dem Häuschen, und Jim teilte ihre Sehnsucht. Am nächsten Tag reisten sie ab.

Jules erwartete sie auf dem Bahnsteig, grad an der Stelle, wo Kathe gestürzt war. Jetzt sprang sie vom Zug, noch ehe er hielt, lief Jules entgegen, stürzte in seine Arme und gab ihm einen langen Kuß.

»Erzähl!« sagte sie, »erzähl! Sind hier auch Wunder geschehen?«

Lächelnd begann Jules von ihrem bescheidenen Leben zu viert zu berichten; sie hatten immer nur darauf gewartet, »daß Mama wiederkommt!«

Am Ausgang des Bahnhofs schickte Jules sich an, sie allein zu lassen. Er wollte die Milch holen gehen. Kathe wollte ihn zurückhalten, er aber machte sich frei und lief winkend fort.

»Da hast du den ganzen Jules«, sagte sie, »ich komme heim, ich umarme ihn, ich bin glücklich, und er verläßt mich, um Milch zu holen!«

»In fünf Minuten wird er ja wieder da sein«, sagte Jim.

»Ja«, sagte Kathe, »aber meine Wiedersehensfreude ist dahin.«

Die kleinen Mädchen und Mathilde bereiteten Kathe einen begeisterten Empfang. Und Jim bekam auch seinen Teil ab.

Zu dritt und zu Fuß machten sie bei brütender Hitze eine Wallfahrt zu einem großen, massigen Kloster, das am Ende eines langen Tales mit fetten Weiden lag. Es herrschte wieder vollste Harmonie. Das Asketische des großen, lichten Refektoriums gefiel ihnen ebensogut wie das frugale Mahl, das man ihnen auftischte. Sie besuchten die imponierenden Stallungen mit den langen Reihen des vielfach preisgekrönten Viehs. Kathe gab mit Kennerblick Erklärungen. Sie war stolz darauf, für einige Wochen auf einem Bauernhof gearbeitet zu haben, so daß sie jetzt alles begutachten und erläutern konnte. Jules und Jim vernahmen den Ruf der Natur, kamen sich aber im Vergleich zu Kathe inkompetent vor. Kathe hätte sich am liebsten einen großen Bauernhof gekauft, aber dafür reichten Jules' Mittel nicht aus.

Auf dem Rückweg wanderten sie an einem Fluß mit vielen Stromschnellen und einem Wasserfall entlang. Sie fanden, daß die stürzenden Wasser an Kathe erinnerten, die Wirbel und Schnellen an Jim, die ruhig dahinströmende Flut an Jules.

Das Flußbett öffnete sich breit, sie entdeckten weite Uferflächen, ein Paradies aus Sandbänken und weißen Kieselsteinen. Sie stiegen hinab und spielten. Mit Steinen zu werfen war für Jim das schönste Vergnügen, und die runde Munition ging hier nicht aus. Die Steine flitzten über das Wasser, schlugen auf, schnellten wieder hoch und weiter, und Jim schickte immer neue hinterher. Zuweilen knallten sie in der Luft zusammen. Kathe erlaubte ihnen, bis zum Umfallen Steine zu werfen. Der Himmel schien ganz nah.

Oktober. Über Albert wurde nicht mehr gesprochen. Auch sonst gab es keine Geschichten, und sie verbrachten mit den Kindern und Mathilde eine schöne, ruhige Zeit.

Kathe und Jim waren den anderen ein leuchtendes Beispiel sportlicher Tüchtigkeit. Eines Tages waren sie quer über eine Weide spaziert, da sahen sie Bauern kommen und wollten, hopp!, mit einer eleganten Flanke über die Umzäunung setzen. Es wäre ein großartiger Sprung geworden, aber der Zaun brach unter ihnen zusammen, und sie kullerten ins Gras. Die Bauern gingen vorbei, ohne sie zu beachten.

November. Jim mußte nach Paris zurück. Es gab ja dort noch seine Mutter und auch eine Menge Arbeit. Vielleicht würde er nie wiederkehren? Das würde für

Kathe ihre Liebe ins Relative rücken, und das kam für sie nicht in Frage; Jim würde im Frühjahr wieder da sein, nur würden bis dahin für eine Kathe alle Bäche ohne Wasser sein.

Sie begleitete ihn noch einmal in die Stadt. Oft hatten sie zusammen in diesem verräucherten Zug gesessen. Sie hielten sich die Hände. Sie hatte ihre Handschuhe ausgezogen, einer von ihnen lag umgekehrt auf ihren Knien, er sah aus wie ein Herz, die Aorta geöffnet.

»Schau, mein Herz auf deinen Knien«, sagte Jim.

In der Stadt schob Jim seine Abreise immer wieder um einen Tag hinaus. Der bevorstehende Abschied erinnerte sie an die Grenzen ihres Glücks. Sie kamen sich vor wie Besiegte, doch verzaubert noch in ihrer Niederlage. Aus der Telefonzelle einer Wirtschaft riefen sie eines Nachmittags Jules an. Jim stand hinter Kathe, er streichelte im Helldunkel ihren Rücken, er spürte ihren Atem; es fehlte nicht viel, und er wäre in Ohnmacht gefallen.

Sie dachten an den Tod wie an eine Frucht der Liebe, an etwas, das auf sie beide zukam, vielleicht schon morgen.

Bei einem Essen mit mehreren Freunden und Freundinnen machte Kathe Jim mit Harold bekannt, dem Sportsmann, der noch am Vorabend ihrer Heirat mit Jules ihr Geliebter gewesen war. Jim fand ihn nicht unsympathisch. Er schien ihm ebenso unverletzbar zu sein wie Kathe selbst. Harold, Kavalier vom Scheitel bis zur Sohle, so gekleidet, so gebaut, hatte gerade irgendeinen Wettkampf gewonnen. Er huldigte übrigens auch dem Boxsport, wie Jim. Freimütig und intelligent lenkte er mit seinen schlagfertigen Reden die Frauen an seinem Tisch (außer Kathe natürlich), so wie ein Eskimo mit Hieben seiner Peitsche die Hunde seines Schlittens lenkt.

Jim konnte sich nicht vorstellen, daß Harold und Kathe sich wirklich geliebt hatten. Kathes Absolutismus hätte das nicht zugelassen.

Jim ging sich allein einen Film anschauen, den Kathe schon kannte und den er sehen wollte. Kathe machte inzwischen mit Harold Einkäufe. Jim traf sie wieder zum Tee. Harold gab sich selbstsicher, plauderte lebhaft und sehr trocken mit Kathe, doch mit einer leicht heiseren Stimme, was Jim in seiner Vermutung bestärkte. Alles, was Harold und Kathe verband, war die gemeinsame Vorliebe für gewisse Maler.

Die letzte Nacht. Wie Venus in der Muschel saß Kathe in der großen Sitzbadewanne ihres Zimmers. Der Abschied wäre für Jim herzzerreißend geworden, hätte er nicht die Gewißheit gehabt, daß sie sich bald wohlbehalten und so, wie sie sich jetzt trennten, wiedersehen würden.

Als der Zug abfuhr, schüttelten sie sich lange zärtlich die Hände.

Jules hatte ihnen beim Abschied den Segen gegeben und Jim umarmt. Und Jim hatte ihm Kathe anvertraut.

Denn es stand fest, sie wollten heiraten und Kinder haben.

SIEBEN
Gilberte · Albert · Fortunio

Jim kehrte nach Paris zurück. Er hatte dort seit Jahren eine Liebesfreundschaft, die immer wieder auflebte und dauerte, weil sie so leicht wog: Gilberte. Aber das ist eine andere Geschichte. Anstelle der eisigen Gipfel, der glühendheißen Ebenen, der Stürme und Taifune in der Liebe von Kathe offenbarte diese Liebe hier eine liebliche Landschaft mit mildem Klima, wo lediglich das Licht des Himmels das außergewöhnliche Ereignis war. Jim hatte sich dieses Glück nie nehmen lassen, und ihm gegenüber wurden keine Forderungen geltend gemacht.

Gilberte und Jim waren einander begegnet, als beide wenig mehr als zwanzig Jahre zählten. Anfangs war es mehr eine Wahlverwandtschaft ähnlicher Naturen, eine verliebte Zuneigung von Freunden. Stillschweigend hatten sie eine Entente gegen alle Liebesleidenschaft gebildet. Sie hatten taktvoll im Verborgenen ihre Liebe gehegt, ohne sie mit Freunden zu belasten, weder Neugierde noch materielle Fragen aufkommen zu lassen. Eine winzige, hochgelegene Wohnung mit schöner Aussicht hatte Jim ausschließlich für diesen Zweck gemietet. Dort trafen sie sich einmal in der Woche. Da sie sich nur selten sahen, sparte der eine dem anderen das Beste von sich auf; sie wollten sich auch gar nicht öfter sehen. Beide führten ihr eigenes Leben. Einmal im Jahr fuhren sie für acht Tage aufs Land. Niemals besuchte Jim Gilberte in ihrer Wohnung, niemals Gilberte Jim in seiner eigentlichen Wohnung. Beide verreisten oft, jeder für sich, Jim manchmal jahrelang. Sie fanden sich zu allen Zeiten wieder. Nichts kettete sie aneinander.

Zehn Jahre waren wie im Flug vergangen. Gilberte hatte einmal erzählt, daß sie ihre Mutter mit fünf Jahren verloren hatte. Sie zeigte Jim ein Foto von sich im Waisenhaus, in das man sie gesteckt hatte, bis sich später eine Tante ihrer annahm. Auf diesem Foto, inmitten all der Waisenkinder, sah Gilberte so hilflos und so anständig aus, daß Jim, ohne daß es ihm recht bewußt geworden war, dieses kleine Mädchen ein für allezeit wie an Kindesstatt angenommen hatte.

Einige Jahre später hatte Jim sie gefragt, ob sie ihn heiraten wolle. In aller Ruhe hatten sie die Frage erwogen. Sie waren zusammen zu einem Spezialisten für Eugenik gegangen, der ihnen wenig robuste Kinder vorausgesagt hatte. Zum anderen hätten sie für die erste Zeit die Wohnung mit Jims Mutter teilen müssen, wovor Gilberte Angst gehabt hatte. So hatten sie beschlossen, an ihrem Leben nichts zu ändern. Jim hatte nur zu Gilberte gesagt:

»Wenn du willst, wollen wir zusammen alt werden.«

Und Gilberte hatte zu Jim gesagt:

»Wenn du einmal eine Familie gründen willst, mußt du wissen, daß ich dir nichts in den Weg legen werde.«

Siebzehn Jahre lang hatte es nichts gegeben, was Jim Gilberte hätte vorwerfen können. Er fühlte sich immer frei, eine andere zu heiraten, moralisch aber würde er sich immer Gilberte verbunden fühlen. Unter den Beinamen, die er ihr gegeben hatte, figurierten *Anständigkeit* und *Ausgeglichenheit.* Gilberte konnte sich denken, daß Jim während seiner langen Auslandsreisen Abenteuer hatte, aber er kehrte immer wieder zu ihr zurück ... Jim dachte über Gilbertes Treue gar nicht nach, es schien ihm einfach wahrscheinlich, daß sie treu sei.

Er konnte sie ebensowenig verlassen, wie Kathe Jules verlassen konnte. Jules durfte nicht leiden, und Gilberte durfte nicht leiden. Sie waren, jeder auf seine Weise, Früchte der Vergangenheit, und sie dienten als Ausgleich und Gegengewicht. Kathe und Jim hatten beide mit Güte zu behandeln. Vielleicht würde Gilberte eines Tages das akzeptieren, was Jules bereits akzeptiert hatte? Vielleicht könnten sie eines Tages alle vier in einem großen Landhaus mit ihren Kindern, die sie schon hatten und denen, die noch kommen würden, zusammenleben, und jeder könnte dort das tun, nach was ihm der Sinn stehen würde? Davon träumte Jim.

Warum sollten vier Menschen, die auf verschiedene Art untereinander durch Liebe verbunden sind, nicht in Harmonie zusammen sein? Kathe würde Jim nicht betrügen, indem sie nett zu Jules wäre. Jim würde Kathe nicht betrügen, wenn er seine Zärtlichkeit für Gilberte bewahrte. Sie waren alle in seiner Liebe beschlossen, auch wenn sie verschiedene Regionen seines Herzens bewohnten. Könnte Kathe nicht ebenso Jules und Jim mit ihrer Liebe umschließen? Warum sollten Kathe und Gilberte sich feindlich gesonnen sein?

Jim hatte den Frauen, die er in der Fremde geliebt hatte, immer von Gilberte erzählt, und zwar auf eine Weise, die diese Frauen hellhörig gemacht hatte. So hatte er auch Kathe am Tag nach ihrem langen Spaziergang Gilberte geschildert. Kathe hatte sich ein bißchen ironisch über eine so lange Freundschaft, in der sich nichts ereignet, geäußert; sie fand das *abgeklärt* und *resigniert.* Diese Worte schienen ihr am verächtlichsten von allen Worten der Welt.

Jim hatte ein Axiom geprägt: »Jules gleicht Gilberte.« Er mußte aber bald merken, daß Kathe anders darüber dachte: »Gilberte gleicht Jules nicht.«

Jim verkannte die Bedeutung, die Gilberte in seinem Leben hatte, und er wollte auch nicht glauben, daß seine Leidenschaft für Kathe Gilberte sehr schmerzen könne.

Kathe und Jim beschlossen brieflich, möglichst bald zu heiraten und dann gleich Kinder zu haben. Jules war bereit, ihren Wünschen entgegenzukommen und seine Scheidung von Kathe zu beschleunigen. Nachdem darüber Klarheit geschaffen war, nahm Jim das zusammen, was er seinen Mut nannte, und sprach mit Gilberte. Er erzählte ihr kurz von Kathe, er sagte, sie wollten heiraten und Kinder haben, und erwähnte Jules' Einverständnis. Denn Gilberte kannte Jules gut durch Jims Erzählungen, wenn sie ihm auch nie begegnet war.

Gilberte hörte Jim zu, regungslos, ohne das Gesicht zu verziehen. Dann sagte sie:

»Ich beeile mich, zu allem ja zu sagen, solange ich noch die Kraft dazu habe.«

Sie lehnte einen Augenblick lang schwer gegen die Lehne des Diwans, erhob sich dann und ging.

»Tun Sie niemand weh, Jim«, hatte Lucie gesagt.

»Ich habe einen Mord begangen«, dachte Jim plötzlich. Aber eine Stunde später hoffte er: »Sie wird sich daran gewöhnen.«

Schließlich gab er in Paris noch einige Abschieds-Essen.

Kathe verbrachte den Winter mit Jules in ihrem verschneiten Häuschen. Sie war Jims Verlobte und Jules anvertraut. Jeden Tag fragte sie Jules: »Glaubst du, daß Jim mich liebt?«

Wie sie es sich vorgenommen hatte, schrieb Kathe die Geschichte des vergangenen Sommers nieder. Mit einer erstaunlichen Intensität zeichnete sie alles auf, was in ihr und um sie herum vorgegangen war, was sie getan hatte, und vergaß auch Albert nicht. In ihren Schilderungen fand Jules den Schlüssel zu den Stürmen ihres Innern und schöpfte neuen Lebensmut.

Der März kam ins Land. Jim sah sich nach einem Broterwerb in Kathes Heimat um. Er übersetzte ein erfolgreiches Theaterstück und nahm die Einladung des Autors an, vierzehn Tage zu ihm aufs Land zu kommen, um gemeinsam die Übersetzung zu vollenden.

Wie vor dem Wiedersehen mit Jules damals, fühlte er ein Bedürfnis, die Rückkehr noch hinauszuschieben, um sich richtig darauf vorzubereiten; es kam ihm vor, als würde er die Schule schwänzen.

So fand Kathe bald, Jim habe es nicht sehr eilig, sie wiederzusehen.

Jim kam in Begleitung seines Autors durch Kathes Stadt. Er rief sie an. Kathe kam mit Jules zum Tee in Jims Hotel.

Durch das viele Sitzen und Schreiben hatte sie etwas zugenommen. Fast errötete sie ein wenig, wie sie da so als Verlobte kam, von Jules geleitet (wie die Stute, die zum Hengst geführt wird, sagte sie später). Freilich war Jim hier nicht ihr Jim: er traf sich mit ihr gewissermaßen in aller Öffentlichkeit, an der Kandare eines Herrn, dem er sich wie ein Lohnsklave verkauft hatte und der ihn gleich wieder mit sich wegschleppen würde. Kathe war schön wie immer und bildete sich ein, sie sei häßlich geworden. Jules fühlte auch, daß diese Begegnung ein wenig unselig war. Jim versuchte zu erklären, daß er ja für Kathe Arbeit angenommen habe. Aber zählte das bei ihr? Vielleicht hätte er alles stehen und liegen lassen müssen und gradwegs zu ihr zurückkommen sollen. Beiläufig befragte Kathe ihn über seine Pariser Abschieds-Essen. Er antwortete ihr auf eine Art, die er für ausreichend hielt.

Kathes Anblick hatte ihn gebannt. Er hätte sie am liebsten nicht mehr verlassen – aber er war eine Verpflichtung eingegangen.

Drei Wochen später kehrte er dann endlich ins Häuschen zurück. Kathe war nicht da. Sie war gerade für einige Tage fortgereist, sie hatte – auch sie geschäftlich – bei ihrer Schwester in der Hauptstadt zu tun. Weit davon entfernt, enttäuscht zu sein, fand Jim das ganz in Ordnung. Nicht so Jules. Wenn Kathe das Weite suchte, war das immer ein gefährliches Zeichen.

Jules erzählte Jim, wie Kathe ihr Tagebuch verfaßt hatte; er sagte, er habe sie nie so erlebt. Außerdem sei sie beleidigt gewesen, als sie beim Tee in der Stadt erfahren habe, daß Jim große Betrachtungen über sie beide geschrieben habe, aber kein richtiges Werk.

Sie schrieb kurze Briefe, schob ihre Rückkehr hinaus und entschuldigte sich, wie Jim, mit unaufschiebbaren Geschäften.

Jules und Jim waren ganz allein in dem Häuschen, sie widmeten sich ihrer Muße, dem ruhigen Leben und ihren unerschöpflichen Gesprächen. Eine Bäuerin kam ab und zu, um den Haushalt zu besorgen. Jules übersetzte ein Buch von Jim. Jules sah in der Küche nach dem Rechten, immer die Pfeife zwischen den Zähnen, und während er Kartoffeln schälte, las Jim laut vor. Sie unternahmen ausgedehnte Spaziergänge.

Die Scheidung war eingeleitet. Jules beunruhigte sich über irgendetwas, aber Jim konnte nicht herausfinden, was es war. Sie schrieben Kathe, das Haus sei wohl bestellt und sie brauche sich nicht mit der Rückkehr zu beeilen. Dann kam für Jim ein Telegramm von ihr: »Erwarte mich allein morgen am Abendzug in der Stadt, wo wir schlafen.«

Schon war Jim in der Stadt. Kathe sprang aus ihrem Abteil, sie faßten sich an den Händen und lachten vor Freude. Sie sagte zu ihm:

»Jetzt bitte nichts Ernsthaftes sagen!«

Sie selbst erzählte aber als erstes, wie bewunderungswürdig Jules über sie gewacht habe, Jim zuliebe.

Wegen der polizeilichen Bestimmungen mußten sie im Hotel zwei Zimmer nehmen. Kathe ließ Jim auf dem Sofa neben ihr Platz nehmen und sagte:

»Also. Du bist mein Jim, ich bin deine Kathe. Es ist alles in Ordnung. Nur: Als wir uns vor anderthalb Monaten hier zum Tee trafen, sprachst du von deinen Geschäften, und auch ich habe meine Geschäfte. Du hast erzählt, wie du von deinen Lieben Abschied genommen hast, und auch ich habe mich aufgemacht, um von meinen Lieben Abschied zu nehmen; du wirst mich jetzt in deinen Armen halten, die ganze Nacht, aber nicht mehr! Wir wollen doch ein Kind haben, Jim, nicht wahr? Gut, aber wenn du mir jetzt eins schenkst ... dann werde ich nicht wissen ... ob es von dir ist. Verstehst du, Jim?«

Und sie wartete gespannt, was er sagen würde.

Jim verstand. Der Schlag traf ihn hart. Sie war in sein Herz eingedrungen und trank von seinem Blut. Wie sie trank! Jim war nicht zornig, sondern traurig und er fühlte seine Liebe aus sich wegfließen.

Sie fuhr fort:

»Es mußte sein, Jim. Ich habe es für uns beide getan. Ich mußte das Gleichgewicht wiederherstellen. Ich hatte gefürchtet, nein, gewußt, daß du die, die du in Paris zurückgelassen hast, auf deine Art getröstet hast. Ich konnte nur deine Verlobte bleiben, indem ich den oder die, die ich verließ, auf meine Art (wir haben darin dieselbe Art) tröstete. Ich habe Albert benachrichtigt, ich habe ihn bei meiner Schwester getroffen, und wir haben zusammen alle Spuren deiner Untreue ausgelöscht. Und jetzt sind wir zwei rein und quitt.«

»Liebst du Albert?« fragte Jim.

»Nein«, sagte Kathe, »obwohl er beträchtliche Qualitäten hat.«

»Er liebt dich?«

»Ja.«

Jim wog alles wohl ab. Ja, er hatte einige Abschiede so gefeiert, wie Kathe annahm. Ja, er hatte es getan, aber ohne daß es seine Liebe zu Kathe berührt hätte. Hatte Kathe es vielleicht auch getan, ohne daß es ihre Liebe zu Jim berührt hatte? So nahm Jim den von Kathe vorgeschlagenen Ausgleich an. Er fühlte, daß sie ihn liebte, wie er sie liebte, und daß es nur die eine gewaltige Kraft gab, die sie zueinander führte. Er verzieh ihr, und Kathe verzieh ihm. Sie hielten sich in den Armen, zitternd und keusch.

Und keusch blieben sie diese ganze große Liebesnacht lang. Sie blieben es weiter, bis Kathe sicher war, daß sie kein Kind von Albert trug.

»Herrlich!« sagte Jules zu Jim, »das nenn' ich einen Streich! Was ihr euch alles einfallen laßt, um euch noch besser zu erregen!«

Da Kathe sie nun beide betrogen hatte, fühlten Jules und Jim sich mehr denn je als Brüder.

Die Zurückhaltung, die Kathe und Jim sich auferlegt hatten, machte beide verrückt. Sie fühlten sich wie einem Gelübde unterworfen, wie einem großen Ehrenwort ergeben. Abwechselnd rettete einer von ihnen die Ehre, wenn der andere sie antastete. Sie gaben nicht auf, sie spielten nicht falsch. Das verheißene Land kam in Sicht.

Das verheißene Land entschwand wieder unerwartet.

Sie waren zu dritt in die Stadt zum Anwalt gegangen, der die Scheidung betrieb und die Heirat vorbereitete. Sie betrachteten die Angelegenheit als Spaß und als eine reine Formalität.

Von dem außerordentlichen Einvernehmen und der Fröhlichkeit der drei Komplizen etwas schockiert, rückte der Anwalt an seiner Brille, fixierte sie und sprach:

»Es braucht einige Zeit, bis die Scheidung Rechtskraft erlangt. Im übrigen darf ein zu erwartendes Kind nicht vor einem bestimmten, nach der Scheidung einzuhaltenden, maximalen Zeitraum geboren werden, soll es rechtlich nicht dem ersten Ehemann zugesprochen werden.«

»Wie bitte? Was meinen Sie?« fragte Kathe, die von diesem juristischen Kauderwelsch kaum die Hälfte verstand.

Der Anwalt übersetzte seine Ausführungen in Daten. Man habe mit dem Planen besagten Kindes etwa zwei Monate zu warten. Mit der Eheschließung dauere es zwar noch länger, aber das Kind könne dann schon dem werdenden Ehemann zugesprochen werden.

Die drei waren zerschmettert. Jules erkundigte sich, ob das Gesetz nicht doch noch plausiblere Verfahrensweisen kenne. Nein, es kannte keine.

Kathe und Jim verlängerten ihr Gelübde nicht, aber sie legten sich Zügel an, und das machte sie nervös. Sie schämten sich, den Gesetzen zu folgen, und nicht dem einen Gesetz, das sie in sich trugen.

Das Leben in dem Häuschen ging fröhlich und friedlich weiter, nur dieser eine große Schatten überdeckte es.

Kathe las ihnen lange Partien aus ihrem Tagebuch des vergangenen Jahres vor; es begann mit Jims Ankunft und endete mit dessen Abreise. Es war verwirrend wie ein Hindu-Tempel, ein Labyrinth, in dem man sich leicht verirren konnte.

Jims Tagebuch aus der gleichen Zeit war vergleichsweise nicht mehr als eine Inhaltsübersicht. Jules und Jim fühlten Hochachtung vor Kathe.

»Wenn ihr beide, jeder für sich, gründlich, ehrlich und jeder aus seiner Sicht eure Geschichten aufschreibt und sie zur gleichen Zeit veröffentlicht, dann wird das ein einzigartiges Werk«, sagte Jules.

Kathe trug ihnen die Tanz-Nummer vor, die sie in ihrem Atelier in der Stadt einstudiert hatte. Es machte ihnen wenig Eindruck.

»Es würde erst in einer verrauchten, verrückten Bar richtig wirken«, meinte Kathe.

Vielleicht ... aber vielleicht auch hat sie in ihrem Atelier überhaupt nichts einstudiert, sondern dort immer nur Albert getroffen ...? Diesen Gedanken konnte Jim sich gerade noch verkneifen.

Mit Jim bewohnte Kathe nacheinander alle Betten und alle Zimmer des Hauses, die sie eins nach dem andern beschlagnahmte, nur vor Jules' mönchischer Klause machte sie Halt. Schließlich entschied sie sich für ein breites, bäuerliches Himmelbett, das einst ein Bauernmaler mit riesigen Früchten und Blumen bemalt hatte.

In einer jungen Zeitschrift veröffentlichte Kathe aufsehenerregende Zeichnungen. Selbst wenn sie arbeitete, war sie immer mit Jim zusammen: er brauchte nur die Lippen zu bewegen, schon vergaß sie ihre Zeichnungen, und Jim vergalt es ihr, indem er ihre Augen küßte. Doch bei all ihren Zärtlichkeiten dachten sie nur an ihr Kind. Sie wurden mit etwas Zurückhaltung erwidert.

Der Winter kam noch einmal zurück. Eines schönen Morgens bedeckte ein weißer Mantel den Park. Kathe bemerkte es zuerst, weckte das ganze Haus mit Freudenschreien auf, schlüpfte aus ihrem Pyjama und sprang völlig nackt in den frischen Schnee. Sie schwamm darin, verschwand darin, schlug Purzelbäume.

»Wenn ihr größer seid«, sagte sie zu ihren Töchtern, »werden wir so gemeinsam den ersten Schnee begrüßen.«

Im Rasen unter der Schneedecke waren hier und da kurze Pfähle und spitze Wurzeln, und Jules und Jim fürchteten, Kathe könne sich bei ihren Tollereien daran verletzen. Aber ohne daß sie die Gefahr wirklich bedachte, schien sie sich ganz genau zu erinnern, wo jedes einzelne der Hindernisse war.

Ein Telegramm kündigte das Eintreffen Fortunios an; er wollte vierundzwanzig Stunden bleiben. Noch am selben Abend war er da. Als er siebzehn gewesen war, hatten Jules und Jim ihn durch das Paris der Poeten geführt; sie betrachteten ihn noch immer als einen jüngeren Bruder. Er nannte sie auch ›Vater Jules‹ und ›Vater Jim‹. Sechs Jahre nach der Pariser Zeit damals war er Kathes Liebhaber gewesen, fast unter Jules' Augen. Aber wie hätte man ihm daraus einen Vorwurf machen können? Es war ja immer Kathe, die die Wahl traf; sie nahm sich ihre Liebhaber, sie wurde nicht von ihnen genommen – und zu jener Zeit hatte sie mit einigem Recht zu Fortunio sagen können, an ihrer Liebe zu Jules sei ohnehin nichts mehr zu zerstören.

Da war er nun, Fortunio, in einen riesigen schottisch karierten Umhang gehüllt, mit seiner klingenden Stimme, seinem Gesicht wie Milch und Blut, und schien nur darauf zu warten, wie ein junger Rassehund getätschelt zu werden.

»Wo bringen wir ihn unter?« fragte Jules.

»Bei uns«, sagte Kathe.

Jules dachte zwar daran, daß es gar kein freies Bett mehr im Hause gab, aber Kathe hatte ›bei uns‹ gesagt, also hatte er mit der Sache nichts mehr zu tun. Am Abend, zur gewohnten Stunde, begab er sich in sein Junggesellenzimmer und ging sofort zu Bett, denn er wollte am nächsten Morgen früh aufstehen.

Ein paar Stunden später nahmen Kathe, Jim und Fortunio das Himmelbett in Augenschein. Kathe sagte:

»Es ist so groß, daß wir alle drei darin schlafen können.«

»Warum nicht?« sagten die Männer.

Jim hatte den Eindruck, daß Kathe wieder einmal auf ein Experiment aus war. Bitte! Er ließ es darauf ankommen.

Die Nacht war schnell hereingebrochen, so legten sie sich schlafen. Das Bettzeug roch frisch. Kathe auch. Sie hatte sich in die Mitte gelegt. Für Fortunio lag schon ein Pyjama bereit. Jim dachte an Magda und an die Nacht des Ätherrauschs.

Sie unterhielten sich noch ein Weilchen, dann trat Stille ein. Kathes rechte Hand hielt Jim. Jim war ziemlich sicher, daß ihre Linke Fortunio hielt. Sollte er sich vergewissern? Sollte er den Lichtschalter knipsen, der an einer Schnur hinter seinem Kopf baumelte? Doch nein, er wollte nicht der Spielverderber sein. Sie waren ja alle drei frei. In diesem Augenblick war Jim bereit, Kathe stillschweigend zu verlieren. Fortunio war sicher zu allem bereit, was Kathe verlangen würde. Und Jim dachte weiter: ›Wenn Kathe sich Fortunio hingibt, dann bin ich frei von ihr.‹ Die Stille und die undurchsichtigen Manöver Kathes dauerten an. Jim wünschte sich plötzlich nicht mehr, ein Kind mit Kathe zu haben.

Da wandte Kathe ihren Kopf zu Fortunio, sagte laut »gute Nacht, Fortunio!« und gab ihm einen Kuß. Sie drehte sich zu Jim, zweifellos, um auch ihm gute Nacht zu wünschen. Er kam ihr jedoch zuvor und flüsterte ihr ins Ohr:

»Zu der Zeit, als ich mit dir ein Kind haben wollte ...«

»Was?« sagte Kathe, »von welcher Zeit sprichst du?«

»Von der Zeit, die vor zehn Minuten zu Ende ging.«

Kathe trat Jim mit Macht ans Bein, so daß er beinahe aus dem Bett fiel, stieß ihn dann in die Mitte des Betts, bis er zu ihrer Linken lag, und warf sich ihm in die Arme.

»Weiter, Jim!« sagte sie gespannt.

»Weiter habe ich nichts zu sagen«, entgegnete Jim.

Sie schmiegte sich enger an ihn. Jim aber nahm Rücksicht auf die Anwesenheit Fortunios, und schließlich schliefen sie ein. Am Morgen erwachten alle drei frisch und munter. Fortunio war charmant und verschwand.

Kathe las Jules und Jim ein Kapitel aus den ›Wahlverwandtschaften‹ vor, den Tod des im See ertrunkenen Kindes. Ihre Tränen flossen dabei, und auch Jim spürte seine Augen feucht werden. Alles, was mit Kindern zu tun hatte, erregte sie tief. Jules fühlte mit ihnen.

Jim las ein Gedicht vor: ›Daphnis und Chloë‹.

CHLOË
Daphnis, gibt es nicht noch mehr,
Als sich in den Armen liegen
Und gemeinsam schlummern?

DAPHNIS
Doch, Chloë: Es gibt
Die Liebe,
Von der ich nun überzeugt bin.

CHLOË
Daphnis, gibt es nicht noch mehr
Als die Liebe,
Mit der du mich überschüttest?

DAPHNIS
Doch, Chloé. Es gibt noch mehr:
Sich in den Armen liegen
Und gemeinsam schlummern.

Kathe sagte:
»Ich finde es schön, daß sich das so im Kreise dreht.«
Jules sagte:
»Es ist wie eine wörtliche Übersetzung mehrerer miteinander vermischter Sprachen.«

Jim meinte, man müsse die Grenzen zwischen den Sprachen niederreißen. Und so verfaßten sie kleine Gedichte in drei Sprachen, wie es ihnen grad zuflog, fast wie im Traum. Jules und Jim sprachen von ihrem Austrasien. Kathe meinte, daß es bis dahin noch viel Zwist und große Kriege geben werde.

»Ihr seid gute Europäer«, sagte Jules zu ihnen. »Im Innern eurer Liebe seid ihr nur Nationalisten.«

Es dauerte lange, dieses entnervende Warten ...

Zwischen Kathe und Jim gab es nicht mehr das schöne Gleichmaß, sondern ein bewegtes Auf und Ab. Am klaren, blauen Himmel zuckten immer wieder grelle Blitze, wenn Kathe von einer Zerstörungswut befallen wurde.

Es dürstete sie nach Streit und frischem Blut.

Auf ihrem Gesicht malten sich Zweifel, ihr Ausdruck wurde furchterregend. Das archaische Lächeln verzog sich zu schneidender Schärfe.

In solchen Augenblicken schien es Jules, als werde Kathe von einer Krankheit heimgesucht, einer heiligen Krankheit, einem ›Erdbeben der Seele‹, gefährlich für sie selbst und andere. In Kathes Familie hatte es schon immer nicht nur beachtliche Talente, sondern auch zahlreiche unerklärliche Selbstmorde gegeben.

Und immer dann, wenn Jim sehr glücklich war, schlug diese Krankheit zu.

An einem schönen Tag gingen sie zusammen in die Stadt. Um die langweiligen Besorgungen schneller zu erledigen und um dann mehr Zeit für gemeinsame lustigere Unternehmungen zu haben, schlug Jim vor, er werde sich allein um ein noch fehlendes Dokument für die Hochzeit kümmern und sie könne einen Kaufhausbummel machen.

Vielleicht schätzte sie es nicht, in der Stadt alleingelassen zu werden, wie ein Pferd die Zügel am Halfter nur wenig gelockert, damit es nicht fortgaloppiert; jedenfalls bestieg sie ein Taxi, und während es schon anfuhr, sagte sie zu Jim, der sich zum Wagenfenster niederbeugte, um ihr einen Kuß zu geben:

»Und jetzt werde ich etwas *Nichtwiedergutzumachendes* tun.«

Sie hatten sich zum Tee verabredet, aber Kathe erschien nicht. Jim sah sie erst am Abend im Häuschen wieder. Er hatte den Nachmittag damit verbracht, ihre Liebe in lauter kleine Stücke zu zerreißen.

Sie fügte kraft eines plötzlichen Freudentaumels, Jim wiedergefunden zu haben, die Stücke wieder zusammen. Sie sagte, es sei nichts passiert. Jim glaubte es. Jules glaubte es nicht, gerade, weil sie sich so ausgeglichen zeigte und in Jim verliebt. ›Was macht's‹, dachte er, ›das ist eben ihre Art zu lieben.‹

Als sie einmal nach dem Essen noch um den Tisch saßen, riskierte Jules, ganz gegen seine Gewohnheit, eine etwas gewagte Bemerkung; es ging um ein Nachthemd von Kathe. Jim mochte solche Stachel nicht, für Kathe gar waren sie eine *Majestätsbeleidigung*. Sie schleuderte beiden ihren Ärger vor die Füße. Vergeblich wies Jim darauf hin, daß er ja gar nichts gesagt habe. Wenn sie einem von beiden etwas vorzuwerfen hatte, schloß sie den anderen automatisch mit in ihren Tadel ein; sie pflegte sich so an der Solidarität zwischen Jules und Jim zu rächen. Jules machte eine beleidigte Miene. Dabei mußte er sich eigentlich das Lachen verbeißen.

»Meine kleine Germanin«, sagte Jim zu Kathe, »warum mußt du mir immer den Krieg erklären?«

»Weil ihr mir immer Anlaß dazu bietet!« antwortete sie.

Lucie hielt sich für kurze Zeit in der benachbarten Stadt auf, dort, wo Jim sie kennengelernt hatte. Seit sieben Jahren hatte er sie nicht gesehen. Lucie hatte der Krieg hart getroffen: ihre Eltern waren umgekommen, ihre Familie war ruiniert. Jules besuchte sie zuerst allein. Abends erzählte er, Lucie habe sich zwar sehr verändert, doch sei sie immer noch Lucie. Sie war so alt wie Jim, acht Jahre älter als Kathe. Jules hatte ihr laufend über alles, was geschehen war, berichtet. Nun kam sie, um alle wiederzusehen.

Der Anblick einer gealterten Lucie bewegte Jim. Ihre schönen Hände zeigten Spuren harter Arbeit. Sie aßen zusammen zu Mittag, dann setzten sie sich in den Park. Kathe konnte der Versuchung nicht widerstehen, Lucie schmerzlich klarzumachen, daß diese beiden Männer, die sie, Lucie, einst geliebt hatten, nun ihr, Kathe, gehörten. Aber das berührte Lucie nicht wirklich, über derartigen Ehrgeiz war sie erhaben. Sie wußte, daß Jules und Jim in den Stürmen, die sie an Kathes Seite zu bestehen hatten, die alte Liebe zu ihr nur umso fester bewahren würden. Sie bewunderte die Kraft und die Kühnheit Kathes, aber das war auch alles.

Kathe erzählte ihr von der Scheidung und von der Verlobung mit Jim. Und sie hatte auch wieder eine These parat: Frauen, die Berufung in sich tragen, dürfen zum

Besten ihrer Rasse Kinder von verschiedenen Männern bekommen, wie ihr Instinkt es ihnen vorschreibt, aber sie dürfen diese Kinder nicht alle selbst erziehen, weil sie dafür nicht unbedingt geeignet sind. Sie fragte dann Lucie, ob sie das Kind erziehen wolle, das aus ihrer Ehe mit Jim hervorgehen würde. Zunächst sagte Lucie nichts, dann meinte sie:

»Ich werde es tun, wenn Jim mich darum bittet, und wenn das Kind ein für allemal mir allein anvertraut wird.«

Jim bewunderte Lucie.

Lucie lebte jetzt ganz für sich in ihrem großen Haus, einige Zimmer waren vermietet, sie bewohnte nur den obersten Stock. Sie lud beide zu einem Besuch ein, wenn sie einmal in die Gegend kommen sollten. Jim nahm die Einladung an, und Kathe schien nichts dagegen zu haben.

Lucie reiste wieder ab.

»Die Ruhe«, bemerkte Kathe, »ist nur eine Maske. Die Maske einer Maske. Ich ziehe die Leidenschaftlichkeit vor.«

Jules fühlte immer noch ein bißchen Bitterkeit gegen Lucie, weil sie ihn einst so entschieden abgewiesen hatte. Er dachte an das gradlinige, gefestigte Leben, das er an ihrer Seite gefunden hätte, hätte sie nur gewollt. Jim aber dachte jetzt nur an Kathe und die Kinder, die er mit ihr haben würde. Nur Lucie dachte vielleicht: ›Jim und Kathe – das geht nicht lange gut.‹

ACHT
Der Pavillon Edgar Allan Poe

Kathe nahm Jim mit in die Hauptstadt, zeigte ihm die Fassade ihres Geburtshauses und erzählte Kindheitserinnerungen.

Sie trafen Fortunio und gingen in Bars, wo die Matrosen zusammen tanzten, in andere Bars, wo Stenotypistinnen zusammen tanzten, und in wieder andere Bars, die allen Vorschriften zuwider die ganze Nacht geöffnet blieben; der Tumult, wenn dort die Polizei auftauchte und mit einem Schlag alle Lichter auslöschte, war für die Stammgäste ein besonderer Spaß. Sie sahen ein Geheimballett mit nackten, keuschen Mädchen, ein wahres Meisterwerk. Und sie sahen noch andere Meisterwerke dieser Art. Zur Überraschung seiner Gefährten fühlte sich Jim bald von dem Nachtleben gelangweilt; er zog es vor, seine Abende ›zuhaus‹ zu verbringen.

›Zuhaus‹, das war ein einstöckiger Pavillon aus schönen roten und schwarzen Ziegelsteinen mit Blick auf einen großen Hofgarten; er lag in einem bürgerlichen Viertel der Stadt und gehörte Kathes älterer Schwester Irene. Er bestand aus einem geräumigen Wintergarten, einem Musikzimmer und zwei weiteren größeren Räumen. Die Einrichtung war wunderlich, halb prunkvoll, halb gemütlich. Die Kommoden und Schränke waren vollgepfropft mit verstaubten Erinnerungsstücken, darunter ein Dutzend romantischer Hüte, die Irene einst getragen hatte. Irene selbst war verwitwet und wohnte mit ihren fünf Kindern in einem schönen Landhaus, kaum eine Stunde weit von der Stadt. Der Pavillon diente ihnen als Quartier, wenn sie in die Stadt kamen.

Im Familienalbum hatte Jim ein Foto der jungen Irene entdeckt. Wäre er nicht vorher der um sechs Jahre jüngeren Kathe begegnet, dann hätte er sich wahrscheinlich in Irene verliebt. Nur war das Lächeln der größeren Schwester nicht archaisch, sondern gewinnend. Seit sie Witwe war, umgab sie sich mit einem auserwählten Kreis von Thronanwärtern und Liebhabern.

Kathe fuhr mit Jim auch ein paar Tage ins Landhaus zu Irene. Er wußte, daß Albert erst vor wenigen Monaten dort zwei Tage mit Kathe verbracht hatte; die beiden Schwestern waren zwar geborene Rivalinnen, aber aus Prinzip standen sie einander in ihren Liebesaffären bei. Irene kokettierte mit Jim, ungeachtet der Anwesenheit ihres Hofstaates und Kathes.

Irene hatte hübsche Kinder. Mit den beiden älteren segelten Kathe und Jim eine ganze Nacht auf einem See herum und ließen sich schließlich von ihnen auf Deck das Ersatzsegel ausrollen, um darauf noch etwas zu schlafen. In einem kleinen Gasthof am Seeufer frühstückten sie bei Sonnenaufgang und spielten dann mit Bierdeckeln Tennis.

Kathe wurde von ihren Neffen wie von erfahrenen Liebhabern geküßt. Und über Irenes tolle Streiche urteilte das ganze Haus streng, dennoch liebten alle sie sehr.

Die Wohnung im Pavillon, ohnehin schon sonderbar genug, wurde durch folgende Begebenheiten in Jims Vorstellung noch mehr in eine Welt von Edgar Allan Poe versetzt.

Eine Zigarre zwischen den Zähnen, in Nachsinnen versunken spazierte er auf der Veranda auf und ab. Sein Blick fiel auf die runzelige Ziegelmauer, die den Hofgarten vom Nachbarhof trennte. Es schien ihm, als stünde diese Mauer nicht rechtwinklig zur Erde. Er rieb sich die Augen. Plötzlich, mit einer seltsamen Bedächtigkeit, neigte sich die Mauer, stürzte langsam zu seinen Füßen zusammen und begrub mit dumpfem Getöse Hühnerkäfige und Fahrräder unter sich. Eine Wolke von Staub stieg empor ...

Einen Tag später, Jim schlief, Kathe fest in seinen Armen haltend. Da sah er den Staub der Mauer aus dem Fußboden des Zimmers steigen, es war ihm, als ersticke er, und dann, als kitzelten Kathes Haare ihn in seiner Kehle. ›Was für ein komischer Traum‹, dachte er. Aber als er die Augen öffnete, durchfuhr es ihn: es war gar kein Traum. Dicht über seinem Kopf schwebten kleine rosa Wölkchen. Das ganze Zimmer war in Rauch getränkt, die Morgensonne, die durch die Fenster schien, färbte die dicken Schwaden rot. Er schüttelte behutsam Kathe, die ihn mit ihren Armen im Schlaf umklammert hielt.

»Kathe! Hier brennt's!«

Kathe öffnete ein Auge, zog den Rauch tief in die Nase ein, beurteilte den Ernst der Lage und schloß das Auge wieder.

»Kathe! Es wird lichterloh brennen, wenn das Fensterglas zerspringt!«

»Gib mir noch eine Minute, Jim, ich denke nach, was das sein kann.«

»Was kann es denn sein, Kathe?«

»Die verflixte Irene mit ihrer Unordnung! In weiser Voraussicht hat sie eines Tages ihren Gaskocher auf eine Packkiste voll mit Stroh und mit Holzwolle gestellt, und da hat er fünf Jahre gestanden. Aber gestern abend beim Essenkochen hat die verflixte Kathe oder der verflixte Jim nicht aufgepaßt und ein Streichholz, das noch glimmte, durch eine Ritze fallen lassen, und nun schmort das Feuer in der Kiste.«

»Wollen wir nachsehen?«

»Oh, jetzt, wo wir wissen, was es ist ...?« sagte Kathe und drehte sich um, um weiter zu schlafen.

Jim mußte lachen.

Der Rauch störte sie aber doch zu sehr; sie standen auf, begossen die Kiste vergeblich mit Wasser, hörten damit auf, sie zu löschen und warfen sie schließlich mit einiger Kraftanstrengung aus dem Fenster. Kathe, ganz nackt, schaffte den Hauptteil der Arbeit.

Eines Abends, schon spät, machten zwei reichlich vertrocknete Barone Kathe ihre Aufwartung. Jim hatte keine Lust, noch einmal aufzustehen. Kathe empfing sie. Jim hörte sich vom Bett aus die dröhnenden Scherze an: die alten Herren machten Kathe eine Reihe von Vorschlägen, darunter den höchstbesten, Kathe möge ihnen erlauben, den Franzosen aus dem Fenster zu schmeißen. Jim spielte einen Augenblick lang mit dem Gedanken, sich im Salon zu präsentieren, war dann aber doch zu faul sich anzuziehen. Kathe amüsierte sich hörbar über die Konversation und begoß sie aus kleinen Gläsern. Sie vertrug nicht viel Alkohol, und Jim nahm sich vor, in Zukunft Barone und scharfe Getränke von ihr fernzuhalten.

Nachdem die Besucher gegangen waren, sagte er ihr das auch ganz behutsam. Sie nahm es gleich krumm. Zwei Minuten, und der Krach war da. Kathe erwähnte Gilberte. Jim entgegnete:

»Gilberte ist wie Jules.«

Kathe fand eine Steigerung:

»Gilberte ist wie Albert.«

Dann wurde es arg.

Sie erwarteten Jules, der für ein paar Tage angereist war; er mußte bald aus dem Theater kommen und würde sich dann im Zimmer nebenan schlafen legen.

»Ihr seid mir schöne Psychologen«, sagte Kathe, »Jules und du! Man kann es ihnen schwarz auf weiß hinschreiben, und sie lesen es dann, ohne das Geringste zu verstehen, und dabei zwinkern sie sich verständnisinnig zu!«

»Was meinst du?« sagte Jim.

Kam es vom Alkohol? Kathe war entschlossen, zu einem vernichtenden Streich auszuholen.

»Ich meine zum Beispiel, daß ich in meinem Tagebuch über den Tag vor deiner Abreise, über den Nachmittag, an dem du dir diesen Film da angesehen hast, geschrieben habe: ›Ich bin zu Harold gegangen, und er hat seine Hände auf meine Hüften gelegt‹, (sie wiederholte es und illustrierte es mit ihren Händen, das Gesicht zu einem imaginären Harold emporgehoben) ... seine Hände ... auf meine Hüften ... Wenn das nicht klar ist, was ist euch dann überhaupt noch klar?!«

Sie kniete auf dem Bett, den Kopf hochgereckt, die Haare zerzaust, ihre Augen fest in Jims Augen. Er wußte, daß sie die Wahrheit sprach.

Sie hatte es also getan, grad da, als Jim ihr völlig vertraute, als ihre Liebe am heißesten war, und sie hatte dieses Gift für ihn aufgespart, trotz all ihrer Ab- und Aufrechnungen.

In Jim stürzte etwas zusammen, ungefähr so wie die Mauer. Zugleich spürte er seine rechte Hand schwerer und schwerer werden. Er riß die Hand hoch und schlug Kathe ins Gesicht. Sie flog quer übers Bett. Er sah die Grübchen auf ihren Wangen, die er so liebte, und er schlug noch einmal zu, auf jedes Grübchen eine Ohrfeige; er war über sich selbst erstaunt – und darüber, wie schmiegsam ihre Haut war.

Sie schrie auf.

Es klopfte an die Tür.

Von draußen hörte man Jules' Stimme: »Was gibt's? Braucht ihr mich?«

»Nein, Jules, vielen Dank!« schrie Kathe und sie erhob sich. Ihre Wangen schwollen an. Ihr Blick strahlte.

»Endlich«, flüsterte sie Jim zu. »Endlich ein Mann, der mich schlägt, wenn ich Schläge verdiene! Du liebst mich, Jim! ...«

Und sie barg ihr Haupt an Jims Brust.

Er stieß sie nicht zurück. Aber er sah noch lange Harolds Hände vor sich und fragte sich immer wieder: »Was verschweigt sie mir außerdem noch?«

Kathes Wangen schmerzten, ihr Gesicht blieb ein paar Tage lang geschwollen, dann ging sie wieder in der Stadt spazieren.

Aber die Wunde, die sie Jim zugefügt hatte, schmerzte noch ärger. Und er sann auf Rache.

Eine Gelegenheit bot sich bald. Kathe mußte für vierundzwanzig Stunden zu ihrer Schwester aufs Land fahren; sie hatte dort eine Verabredung mit ihrem Anwalt. Irene nahm den umgekehrten Weg und erschien im Pavillon bei Jim, um die Mittagszeit, just in dem Augenblick, da Kathe im Landhaus eintraf und eine Nachricht ihrer Schwester vorfand. Jim konnte nicht umhin, Irene zum Essen einzuladen.

Sie trug ein Sommerkleid, das ihr gut stand, und einen Hut, der noch romantischer war als das Dutzend verstaubter Exemplare in der Kommode. Sie war vergnügt: aus einer Laune heraus hatte sie zu einem enormen Preis, der ihr den Tadel der ganzen Familie eingetragen hatte, ein Stück Land mit einem bewaldeten Hügel gekauft, und jetzt erwies sich dieser Kauf durch die fortschreitende Geldentwertung als ein brillanter Schachzug.

Auf der Straße kamen Jim und Irene an einem Laden voll von herrlichen roten Rosen vorbei. Jim erstand für Irene einen Strauß, ohne daß er die Bedeutung dieses Geschenks recht bedachte.

Zwar konnte Irene auch ernsthaft sein wie Kathe, aber sie hatte außerdem noch etwas Verspieltes, Leichtlebiges, was Kathe fehlte. Sie äußerte den Wunsch, in einem der zwei Zimmer des Pavillons ein kurzes Schläfchen zu halten (schließlich war sie ja bei sich zuhaus) und dann in einen Film zu gehen. Jim bot sich als Begleiter an. Schon war es beschlossene Sache. Später dann wollten sie in einem gemütlichen »Lokal«, das Irene ihm zeigen würde, zu Abend essen.

Beim Tee sprach sie von Kathe, über die gemeinsame Kindheit mit ihr, über ihre unterschiedlichen Ansichten über alles und jedes; sie schätzten sich gegenseitig, waren aber in nichts einer Meinung, vor allem in der Liebe nicht.

Da nun einmal von Liebe gesprochen wurde, hielt Jim es in Anbetracht der kommenden Nacht für strategisch geschickt zu bemerken, er für seinen Teil glaube an die Treue, jedenfalls übe er sie Kathe gegenüber. »Bravo!« sagte Irene mit einem herausfordernden Lächeln. Jim hatte durchaus den Eindruck, sie sei gesonnen, sich zu amüsieren und ihn, Jim, zu erobern. Ihr Parfüm duftete nach fernen Inseln, und ihre Nase und ihr Kinn waren fraulichere Varianten von Kathes Nase und Kinn.

Und schließlich: Irene – welch köstliche Rache an Kathe würde das sein, welch trefflich gezielter Gegenschlag zur rechten Stunde und am rechten Platz! Das würde sie lehren, was es heißt, sich Harolds Händen anzuvertrauen! Kaum hatte er seine Treueerklärung für Kathe abgegeben, da gab Jim sich schon in Gedanken Irene hin. Er war bereit, auf Film und Abendessen zu verzichten. Es sollte sofort sein.

Sie kehrten in die Wohnung zurück und waren schon Verbündete.

Wen trafen sie dort, bleich, in den rosaroten Pyjama gehüllt, artig wie ein Kind am Klavier eine Beethoven-Sonate klimpernd? Kathe persönlich.

Sobald sie auf dem Land den Brief gefunden hatte, mit dem Irene ihre Abwesenheit entschuldigte, hatte Kathe, die ihre Schwester und ihren Jim nur zu gut kannte, auf dem Fuße kehrtgemacht und war, ohne den

Anwalt gesehen und Mittag gegessen zu haben, mit dem nächsten Zug in die Stadt zurückgefahren.

Kathe verfuhr streng mit Irene, die sich allerdings nichts daraus machte. Sie war es gewohnt, daß Kathe bei ihren schwesterlichen Zwistigkeiten die Oberhand behielt. So zog sie sich in Demut auf ihr Zimmer zurück und beorderte telefonisch einen anderen Kavalier herbei.

Mit Jim verfuhr Kathe ungemein nachsichtig: sie verstand alles, sie vergab alles, umso bereitwilliger, als ja nichts passiert war. Wie eine junge Mutter, die beim Zuckerbäcker ihrem Kind eine Torte ausredet, die es gerne haben möchte, indem sie ihm eine viel bessere verspricht (das Kindchen muß nicht weinen, denn die Torte, die es zuhaus bekommt, wird ja noch viel besser schmecken!), streckte sie sich neben ihm aus, entdeckte ihm ihre Kostbarkeiten und gab ihm nach und nach alles, was er von Irene ersehnt hatte.

Und es ward Frieden zwischen ihnen, ohne daß Jim eine Vergeltung geübt hatte.

NEUN
Der schwarze Spaziergang

Sie kehrten ins Häuschen zurück. Der Frühling hatte sich davongemacht, der Sommer zog ins Land. Die Scheidung war ausgesprochen. Bald würden Kathe und Jim an ein Kind denken dürfen, das dann nicht Jules' Familiennamen tragen würde. Für eine Eheschließung zwischen Angehörigen verschiedener Nationen mußte man damals einen umfangreichen Papierkrieg führen. ›Was macht's‹, dachte Jim, ›denken wir zuerst an das Kind, Hochzeit zu feiern bleibt bis zur Geburt dann noch Zeit.‹

Sie machte einen Spaziergang mit den Töchtern. In der Nähe des Dorfes hielt ein Zigeuner in einem Bretterverschlag zwei Affen. Sie gingen hinein, um sie mit Nüssen zu füttern. Das größere der beiden Tiere sprang auf Lisbeths Schulter, nahm ihr die Nüsse weg und riß an ihren Haaren. Jim bat den bärtigen Sohn des Zigeuners einzugreifen. Aber schon war Kathe hinzugesprungen und hatte den Affen in die Flucht gejagt. ›Sie ist immer so verteufelt schnell!‹ dachte Jim.

Abends beim Essen wurde über wilde Tiere gesprochen, die am Grunde des Meeres in Höhlen hausen.

Kathe sagte zu ihren Töchtern:

»In Wirklichkeit gibt es keine Ungeheuer, weil sie ja selbst gar nicht wissen, daß sie für andere Ungeheuer sind. Sie sind unschuldig wie wir, und sie lieben ihre Kleinen wie wir. Gott hat sie alle geschaffen, und er ist auch der allmächtige Vater der Schlangen, der Diebe und der Mörder.«

Da faßten alle tiefe Sympathie für die Ungeheuer.

In einem Sportgeschäft, wo sie einige Einkäufe gemacht hatten, schwatzte Kathe dem Verkäufer, gleichsam als Zugabe, einen kleinen Kompaß ab und zeigte das Beutestück stolz den Kindern.

»So was soll man ihnen nicht vormachen«, sagte Jim. »Es macht aber Spaß«, sagte Kathe, »und schließlich haben wir die anderen Sachen redlich bezahlt.«

Der Zeitpunkt kam heran, an dem sie nun auch von Rechts wegen an ihr Kind denken durften. Die Freiheit, die sie endlich errungen hatten, überraschte sie fast. Sie hatten sich auf ihre Aufgabe vorbereitet: durch Auswahl der Nahrung, durch ein gesundes Leben, durch Konzentration auf dieses eine Ziel. Sie hätten am liebsten schon den Zeitpunkt der Geburt festgelegt. Sie verwandten viel Liebe und Andacht darauf, ein Kind zu bekommen. Sie fühlten sich wie zwei wilde und freie Tiere, nachts im Park – und auch in ihrer Höhle, dem farbenprunkenden Himmelbett.

Als die Zeit kam, stellten sie erstaunt fest, daß Kathe nicht schwanger war. Jules gab mit ironischer Zärtlichkeit Kommentare.

»Es ist wie beim Golf«, sagte Kathe, »wenn man sich seiner Sache sicher ist, vergibt man den Schlag.«

Sie begannen von neuem, diesmal etwas bescheidener. Sie waren Adam und Eva, ihren Instinkten unterworfen.

Einen Monat später hatten sie wieder die Gewißheit, daß ›Gott ihren Bund nicht gesegnet hatte.‹

Diesmal traf es sie wie ein Schock.

Sie suchten einen Spezialisten auf, der meinte, sie seien völlig normal und durchaus zeugungsfähig. Das Wort ›normal‹ beleidigte sie fast. In diesem Bereich beschränkten sie sich ungern auf ein Mittelmaß. Der Arzt sagte, sie sollten geduldig warten; es gäbe immer Imponderabilien, und es sei überhaupt bei vielen Paaren so, daß es erst nach Monaten zur Empfängnis käme.

Kathe und Jim beschlossen, geduldig zu sein. Sie nahmen ihre Beschäftigung wieder auf; Kathe zeichnete, Jim schrieb. Dann gingen sie in die weiten Wälder und liebten sich, und Jim hob Kathe an den Füßen hoch und schüttelte sie sanft, etwa, wie man einen Sack Nüsse leert; das sollte es ihr leichter machen, ein Baby zu bekommen. Sie fühlten sich eins mit dem Gras, den Steinen, den Bäumen, den Sternen.

Der nächste Neumond brachte ihnen eine neue Enttäuschung.

Jules sagte zu ihnen:

»Kinder? Möglicherweise widerfährt es euch noch – eure Spezialität ist es jedenfalls nicht.«

Kathe meinte, eine Luftveränderung würde Wunder tun.

Im Oktober brachen sie nach einer historischen Stadt auf – eine geistliche Pilgerreise zu gar irdischen Zwecken.

Allmählich kamen ihnen Zweifel an ihrer Berufung zur Elternschaft. Sogar Jules hatte sein Kind schneller gehabt. Sie mußten sich weiter um ihre Papiere zur Eheschließung kümmern, aber Kathe hatte vergessen, ihre Dokumente mit auf die Reise zu nehmen; für Jim war das ein deutliches Indiz.

Nach ihren Fotos aus der Zeit ihrer Schwangerschaft und nach Jules' Erzählungen zu schließen, war Kathe niemals so sehr Kathe, als wenn sie ein Kind erwartete. Jim sehnte sich danach, für eine gerundete, fruchtbare friedliche Kathe zu sorgen. Doch ein Kreuz wuchs zwi- schen ihnen empor, das sie in ihren Umarmungen immer nur für Augenblicke wieder niederreißen konnten.

Freilich hatten sie wie ehdem ihren Spaß. Dann, wenn sie mit Revolvern und Steinschleudern Raben jagten, ohne je einen zu treffen. Dann, wenn sie sich in den Armen lagen. Aber immer warteten sie auf das große Ereignis. Was würden sie tun, wenn es wieder nicht eintraf?

›Wozu heiraten, wenn keine Kinder da sein werden?‹ dachte Jim niedergeschlagen. Wir stellen sie uns so gerne vor, eins schöner als das andere, wir möchten ein großes Haus füllen: die Kinder, Jules, die Mädchen, Mathilde darin, ein Zimmer für Freunde, die immer willkommen sind ... Kathe, dachte er, wird sich wieder ihren Abenteuern hingeben, wenn wir keine Kinder bekommen.

War es wahre Berufung, wenn sie jetzt wieder arbeiteten? Oder wollten sie nicht vielmehr aus einem einzigen Grunde Erfolg haben und Geld verdienen, damit es ihren Kindern gut ginge?

Kathe machte sich auch Gedanken, teilte sie aber nicht mit. Manchmal ging sie zum Kaffee allein in eine Bar. Eines Tages nahm sie Jim mit und stellte ihn einem kleinen, energischen, agilen und bösartigen Box-Trainer vor.

Sie gingen mit ihm in die Boxhalle und sahen ein paar Kämpfe an. Jim boxte mit dem Trainer, traf ihn einmal, wurde selbst mehrmals getroffen, unterwarf sich der Beweglichkeit und dem Können des Gegners und gab auf.

Zwischendurch unterwies der Trainer Kathe in der schwierigen Kunst des Falschspiels mit Karten. Sie zeigte Talent. Jim waren solche Ambitionen fremd; er stellte fest, daß die Bar eine Atmosphäre hatte, die Kathe wohl sehr zusagte, nicht aber ihm.

Eines Abends, zu allem Unglück, ließ Jim Kathe allein in ihr Zimmer hochgehen – er beschäftigte sich im Eßzimmer noch mit einer Börsenzeitung: Kathe und er hatten mit ihren paar Spargroschen eine kleine Spekulation riskiert, und die Aussichten schienen gut zu stehen; sollte er jetzt die Aktien verkaufen? – Er stieg zu ihrem Zimmer hoch und glaubte, Kathe würde schon schlafen. Sie aber war angezogen, geschmückt, sprungbereit zum Ausgehen; ihr Blick war heiter und hart zugleich. Sie fragte Jim, ob er mitkommen wolle – offensichtlich nur der Form halber, denn er war ja vergrippt. Sie ging und wollte in einer halben Stunde zurück sein.

Jim beschäftigte sich noch eine Stunde lang mit seinen Berechnungen. Bange Ahnungen beschlichen ihn: Kathe war wie ein Aal davongeglitten. Nach zwei Stunden wurde er unruhig. Nach drei Stunden war er überzeugt, daß Kathe das *Nichtwiedergutzumachende* im Schilde führte, wie sie das nannte. Und er machte sich daran, die Pyramide ihrer Liebe Stein für Stein abzutragen. Der Bericht über diese Nacht, wie er ihn später in sein Tagebuch eintrug, füllte mehrere Seiten. Er fühlte sich fiebrig, es pfiff in seinen Ohren. In diesem Zustand konnte er Kathe nicht suchen gehen; er wollte es auch nicht. Kathe ließ zwar keine Krankheit gelten, aber er war nun mal krank.

Kathe ließ ihm Zeit zum Nachdenken, denn sie kehrte erst um zwei Uhr in der Früh heim, arglos und lächelnd. Sie hatte ›eine herrliche Partie Karten mit dem Boxer und seinen Freunden gespielt‹. Jim überlegte sich, ob er sie schlagen solle, aber er spürte weder Kraft noch Lust. Er hatte nur Lust, auf und davon zu gehen.

Er sagte zu Kathe, seiner Meinung nach habe der Boxer einen schlechten Einfluß auf sie.

»Ich habe dem Boxer von unserem Unglück erzählt.« (Jim erbebte.) »Er hat sich angeboten, mir an deiner Statt ein Kind zu machen.« (Jim hörte es mit Entsetzen.) »Aber ich warte lieber auf eines von dir.«

Sie sah ihm in die Augen, als sie das sagte, und er glaubte ihr.

Ende November nahte. Mit den Vorbereitungen zur Eheschließung ging es nicht recht weiter. Es fehlten immer wieder neue Papiere. Wollten sie überhaupt noch heiraten? Der erste Schnee fiel, das Hotel war schlecht geheizt. Beide sehnten sich nach ihrem Heim, aber jeder nach einem anderen. Sie warteten wieder einmal, ob sie ein Kind haben würden. Das hätte alles zum Guten wenden können.

Zwei Tage später stand es fest, daß Kathe nicht schwanger war.

Jules schrieb einen Brief, Kathe möge zu ihrer Mutter in die Hauptstadt kommen. Jim wußte nicht, was Kathe antwortete. Er litt und sehnte sich danach, zuhaus in seinem Studentenbett zu liegen und von seiner Mutter getröstet zu werden.

Sie beschlossen, für die Zukunft nichts festzulegen und zunächst heimzukehren, jeder zu den Seinen.

Der Tag der Abreise war gekommen, alle Sachen gepackt, da schob Kathe den Aufbruch einen Tag hinaus; sie entführte Jim zu einem Spaziergang durch die verschneite Landschaft. Dieser Spaziergang wurde zu einem ebenso unvergeßlichen Ereignis, wie es jener gewesen war, der ihre Liebe eingeleitet hatte.

Allein, diesmal sprach Kathe nur von Jim und warf ihm kalten Blutes all das vor, was sich in ihr seit Wochen gegen ihn angestaut hatte. Sie führte ihm einen egoistischen, geizigen, unklugen Jim vor Augen. Manches stimmt, dachte Jim, und vieles ist völlig unbegründete *Majestätsbeleidigung.* Im ganzen war die Anklagerede ein Modell in Klarheit und Aufbau. Als sie auf den letzten Monat hier in der Stadt zu sprechen kam, konnte sie ihren Mißmut nicht mehr zügeln und explodierte. Am heftigsten warf sie Jim vor, daß er den Papierkrieg für die Hochzeit so schlampig geführt habe – das überraschte Jim, denn in der Tat war er mit seinen Papieren schon viel erfolgreicher als Kathe mit den ihren.

Zu guter Letzt erklärte Kathe, sie fühle sich verhöhnt und habe nur noch das eine Bedürfnis, möglichst schnell zu dem zärtlichen und großzügigen Jules heimzukehren.

Jim hätte vieles entgegnen können, zog es aber vor, in sich zu gehen. Letzten Endes bin ich im Unrecht, dachte er, denn ich habe ihr kein Kind geben können.

Die letzte Nacht schliefen sie in einem winzigen Hotel am Bahnhof, in einem schmalen, harten Bett. Sie sprachen nicht mehr. Sie nahmen noch einmal voneinander Besitz, ohne zu wissen warum, vielleicht, um einen Schlußpunkt zu setzen. Es war wie eine Beerdigung, oder als wären sie längst tot.

Jim erlebte zum erstenmal eine reglose, kalte Kathe; nur widerstrebend nahm er sie.

Jim brachte Kathe an den Zug. Diesmal wurden keine Taschentücher zum Abschied geschwenkt.

Jim war glücklich, daß sie zu Jules zurückging. Mochte Gott es geben, daß sein Versagen sie umso fester mit Jules verband.

Kathe zieht davon. Er hat sie nicht zu halten vermocht. Ist nun alles zu Ende?

Jim ist allein. Er hat das Gefühl, als sei ein Stein von seiner Brust genommen. Er atmet kräftig. Tief in seiner Lunge ist ein stechender Schmerz.

Kathe hatte von ihm zusätzlich zu seinen die Qualitäten eines Jules gefordert – und von noch andern. Er hatte von ihr die Sicherheit und die Beständigkeit von Lucie gewollt.

Sie waren sehr unvernünftig gewesen.

TEIL DREI
Bis zum Ende

EINS
Bruch?

Krank an Leib und Seele kehrte Jim nach Paris zu seiner Mutter zurück. Er legte sich in sein Studentenbett und blieb darin, drei Monate lang mit Fieber und mit Rückenschmerzen. Das Stechen in der Lunge klang ab. Er stand auf, ging aus und bekam einen Rückfall, der ihn einen weiteren Monat aufs Krankenlager warf.

Er hatte einen intelligenten Arzt, der ihn nach seinem Leben ausfragte, das er im letzten Jahr geführt habe. Jim berichtete in großen Zügen. Von den letzten Wochen abgesehen, hatte er sich eigentlich niemals wohler gefühlt. Der Arzt sagte zu ihm:

»Sie haben sich übernommen, Ihrem Bericht nach in einer exzessiven Euphorie gelebt; jetzt streikt Ihr Körper, und Sie müssen sich einmal gründlich ausruhen. Jeder Luftzug, jeder Ärger kann Sie umbringen.«

Wenn er die letzten acht Monate aus der Sicht seines Krankenlagers betrachtete, schienen sie ihm von Freuden wie auch von erschöpfenden Anstrengungen überzuquellen. Der Waffenstillstand mit Kathe war dringend nötig gewesen.

Er hatte geschrieben, um Neuigkeiten von Kathe und Jules zu erfahren. Sie schickte einen kurzen Brief, aus dem viel Zärtlichkeit für Jules sprach. Eine Wendung ließ erkennen, daß sie die Tür zu etwas anderem, noch Unbekanntem offenließ. Jules seinerseits schrieb etwas zurückhaltend. Er wollte wohl die beiden nicht beeinflussen. Jules war sich nicht klar darüber, ob Jim und Kathe wieder einmal nur zerstritten waren, oder ob sich ein endgültiger Bruch anbahnte. Jim fragte sich, ob Jules und Kathe ihr Eheleben wieder aufgenommen hätten; um Jules' willen hoffte er es. Ob sich Kathe inzwischen wieder mit Albert, Harold oder einem anderen traf? Er glaubte schon. In seinem Zustand jetzt schien ihm alles, was ihn von Kathe trennte, ein Schutzwall zu sein.

Der Winter kam.

Von Kathe kam eine unglaubliche Nachricht: »Ich glaube, ich bin schwanger. Komm!«

»Von wem denn?« dachte Jim.

Er lag mit seinem Rückfall zu Bett und war nicht imstande aufzustehn. Er schrieb es Kathe. Er hatte nicht einmal Lust, zu ihr zu fahren; vermutlich war sie doch von einem anderen schwanger, denn der letzte, so klägliche Abschied konnte ja kaum bewirkt haben, was ihre heftigste Liebe nicht vermocht hatte.

Jules schrieb, ziemlich kurz angebunden, Kathe wolle ihn unbedingt sehen und glaube nicht an seine Krankheit. Verwirrt dachte Jim: sie schätzt alle anderen so ein wie sich selbst. Er schrieb ihr, er habe Zweifel über die Vaterschaft des Kindes (wenn sie überhaupt wirklich eins erwarte), Zweifel, die sich durch Erfahrungen aus ihrer gemeinsamen Vergangenheit begründen ließen; sie möge nur an den Boxer denken, und der erste Brief, den er von ihr nach der Trennung erhalten habe, sei auch nicht sehr freundlich gewesen.

Das Schicksal klopfte an die Pforte: tock tock tock tock.

Ihr Briefwechsel glich einem Gespräch von Schwerhörigen. Die Briefe waren meist drei Tage unterwegs. Kaum hatte Jim den Brief, der all seine Zweifel beinhaltete, aufgegeben, da bekam er einen anderen von Kathe. Das war ein Brief voll fröhlicher Hallos, voll der Freude einer jungen Frau, die endlich ein Kind bekommen wird und Gott dafür dankt. Zugleich versicherte sie Jim, um ihrer selbst willen, um der Gewißheit willen, und um der Zukunft dieses Kindes willen habe sie sich keinem anderen geschenkt als nur ihm. Das, was sie schrieb, voller Unschuld und ohne einen Versuch, sich zu verteidigen, überwältigte Jim. Er sah sie vor sich als ein Lamm. Er schrieb, er würde zu ihr eilen, sobald er aufstehen könne.

In der Zwischenzeit hatte Kathe aber den harten Brief Jims erhalten und glaubte, das sei die Antwort auf ihren liebevollen Brief. Sie war außer sich, bekam einen ihrer berühmten Wutanfälle und schrieb ihm, es sei alles aus; der Brief war gespickt mit giftigen Stacheln.

Kaum hatte sie diesen Brief aufgegeben, da erhielt sie den sanften Brief des überzeugten Jim, der sein baldiges Eintreffen ankündigte. Zum erstenmal glaubte sie an seine Krankheit und fühlte Mitleid mit ihm.

Aber Jim hatte bereits ihren zornigen Brief erhalten, in dem sie ihm mitteilte, es sei alles aus; er schrieb gleich zurück, jawohl, es sei alles aus.

»Ein Federstrich ganz rechts!« – »Ein Federstrich ganz links!« So betrieben sie mit vollem Einsatz ihre Sache, bis ihnen ermattet die Federn aus der Hand fielen. Sie sprachen aufeinander ein wie Lautsprecher, die sinnlos geworden sind, weil der Sturm sie übertönt.

Sie hatten sich versprochen, sich nie anzurufen, weil sie fürchteten, daß sie es nicht aushalten würden, ihre Stimmen zu hören, ohne sich dabei berühren zu können.

Wer das Schwert führt, wird durch das Schwert umkommen. Sie hatten es geführt und wahrlich gewaltige Schläge damit ausgeteilt.

Doch wer anmutig zu lächeln weiß, wird durch ein anmutiges Lächeln gerettet werden. Und sie hatten sich anmutiges Lächeln geschenkt und schenkten es sich noch.

Eines Tages – er lag noch immer zu Bett, wo er den ganzen Winter über ausharrte, war aber nun fieberfrei – lehnte Jim den Kopf tief in die Kissen und malte sich Kathe als werdende Mutter aus. Sie hatte einmal in einem Geschäft spaßhalber die Schwierigkeiten vorgespielt, die sie mit einem geschwollenen Leib haben würde. Ein andermal hatte sie auf ihre Leinwand einen zerzausten, blondgelockten Kinderkopf gemalt. Jim stellte sich Kathe vor, wie sie das Kind in ihren Armen hielt, und Tränen stiegen in seine Augen. Er verstand schlecht, was die Besucher zu ihm sagten, er antwortete beiläufig. Um ihn in Sorge gingen sie wieder und überließen ihn seiner Vision von Frau und Kind.

In einer düsteren Stunde schrieb ihm Kathe: »Komm bald. Vielleicht siehst du das Kind dann noch.« War dieses *vielleicht* eine Drohung? Fast bekam er einen neuen Zusammenbruch. Ein *vielleicht* konnte er nicht ertragen.

In ihnen herrschte totale Sonnenfinsternis.

Sie erwogen die Möglichkeit, daß Kathe zu ihm nach Paris käme. Aber Jim wußte, daß seine Mutter, die auf dem Laufenden war und beider Leben nicht guthieß, Kathe keinen freudigen Empfang bereiten würde. Er fürchtete eine Begegnung der beiden Frauen. Kathe wäre wahrscheinlich wieder schnell gekränkt. So schlug Jim ihr vor, zunächst, nur für die ersten Tage, in ein nahes Hotel zu ziehen. Das faßte sie falsch auf.

Sie liefen schon wieder Gefahr, sich auf halbem Wege zu verlieren.

Jules bot sich an, Kathe wieder zu heiraten und das Kind großzuziehen.

›Ach‹, dachte Jim, ›es ist ein schönes Gefühl, die Naturgesetze noch einmal neu entdecken zu wollen, aber es scheint doch praktischer zu sein, sich an die bekannten Spielregeln zu halten!‹

Schon vor seiner Geburt zwischen Himmel und Hölle hin- und hergezerrt, erlosch das Leben des Kindes noch im Mutterleib.

Dies wurde Jim von Jules in aller Kürze mitgeteilt, mit dem Beisatz, daß Kathe nichts mehr von Jim hören wolle.

Es war ihnen also nicht vergönnt gewesen, Leben zu schenken.

Jim hatte noch oft über Kathes plötzliche Schwangerschaft nachgedacht und auch einen Arzt darüber befragt. Der Arzt meinte:

»Es kann schon vorkommen, daß ein gesundes Ehepaar, das gut zusammenpaßt, lange ohne ein Kind bleibt – und daß sich das plötzlich ändert, wenn die Frau durch irgendeinen Umstand, etwa durch einen Streit, einmal kalt bleibt.«

Die letzte Nacht! Jim ging ein Licht auf. Zum erstenmal schenkte er Kathe voll und ganz Glauben.

Er dachte: ›Wir haben mit den Quellen des Lebens gespielt. Wir haben sie zu Waffen in unserem Streit gemacht. Das Leben trägt uns auf seinen Wogen, spielt mit uns und macht uns unfruchtbar.‹

Wenn Jules eines Tages zu sprechen bereit war, würde Jim die Einzelheiten erfahren.

Mehr und mehr glaubte Jim, es wäre nicht zu dem Unheil gekommen, wenn Kathe und er zur selben Rasse und zur selben Religion gehört hätten.

Vor allem, wenn sie miteinander sprachen, war es, als müßten sie Wort für Wort übersetzen. Und die Worte hatten nicht wirklich dieselbe Bedeutung für beide, nicht einmal die Gesten. In Augenblicken großer Verwirrung, wenn ihre Liebe aus den Fugen geriet – immer dann fehlte ihnen eine gemeinsame Basis. Ihre Begriffe von Ordnung, Autorität, von der Rolle des Mannes und der Frau gingen weit auseinander.

Sie waren verwegen gewesen, sie hatten *eine Brücke schlagen* wollen, sie hatten wacker daran gebaut – aber sie hatten ihren Hochmut nicht abgelegt, sie waren nicht zu Aposteln geworden ... Vielleicht wäre ihr Kind ein Apostel geworden?

Auch Kathe und Jules gehörten nicht zur gleichen Rasse. Kathe war eine reine Germanin, eine ›Kampfhenne‹, Jules war ein Jude, der, von ein paar guten Freunden abgesehen, den Juden aus dem Weg ging.

Es vergingen sechs Monate. Jim kam wieder zu Kräften. Er arbeitete in seinem Paris.

Im Juni ließ Jules ihn wissen, er habe Kathe wieder geheiratet.

So hatte ihr Hausstand alle Stürme überstanden. Kathe blieb bei Jules, Albert war vergessen! Jim schickte seine Glückwünsche.

Im August bot sich ihm eine Gelegenheit, in ihre Hauptstadt zu fahren, wo sie jetzt lebten.

Er schrieb an Jules, fragte ihn, ob er ihn besuchen könnte. Jules sagte ja – ließ aber durchblicken, daß Kathe ihn lieber nicht treffen wolle.

Jim verstand das.

ZWEI

Der weiße Pyjama · Im Lande Hamlets

Wieder in Jules' Stadt vereint, vergruben die Freunde sich mit selbstverständlicher Harmonie in ihre stundenlangen Gespräche. Es war für Jim unmöglich zu sagen, was Jules für ihn bedeutete. Man nannte die beiden längst Don Quixote und Sancho Panza. Wenn er mit Jules zusammen war, so wie er einst mit Kathe zusammen gewesen war, verging für Jim die Zeit im Flug. Er konnte sich mit ihm über ein Nichts prächtig amüsieren. Und Jules' Zigarren schmeckten Jim viel besser als die eigenen. Überhaupt hatte Jules Jim immer sehr viel gegeben, eigentlich ohne daß es ihm bewußt geworden war. Jules zog Jim an wie ein Magnet.

Jules verfaßte jetzt Gedichte über die großen Götter der Hindus.

Allmählich kam er auf Kathe zu sprechen: Er hatte ihren Selbstmord gefürchtet. Sie hatte einen Revolver gekauft. Sie sagte: »Der Soundso ist auch durch Selbstmord umgekommen«, wie man sagt: »Den Soundso hat auch die Cholera dahingerafft.« Der Selbstmord war für sie ein unwiderstehliches Phänomen, das sich vor dir auftut wie ein heiliger Mantel, um dich davonzutragen.

Sie wußte, daß Jim da war und Jules ihn sah. Sie gestattete Jules eine begrenzte Anzahl von Stunden für das Zusammensein mit Jim. Sie achtete nur darauf, daß Jules deshalb seine Gewohnheiten zuhaus nicht änderte.

Eines Tages überbrachte Jules Jim eine Einladung von Kathe, zu ihnen zum Tee zu kommen.

Schon auf dem Weg fragte sich Jim, ob er nicht vielleicht nur zu dem Zweck hergereist sei, um Kathe wiederzusehen. Er gab sich selbst die Antwort: ›nein.‹

Er fand Kathe als gramgebeugte Witwe vor. Ihr Gesicht trug das *Lächeln des Todes,* wie sie selbst sagte. Sie bewegte sich müde und schleppend, wie einer, der nach langem Krankenlager erstmalig wieder aufgestanden ist.

Nach dem Tee führte sie Jim in Jules' großes Arbeitszimmer und sagte zu ihm:

»Im letzten Winter bin ich einmal hier allein hineingegangen und habe mir vorgestellt, Sie würden dort am Tisch sitzen. Ich habe auf Sie angelegt und geschossen. Die Kugel ist ins Holz eingedrungen, hier, und in die Wand, da ...«

Sie zeigte ihm die Stellen. Jules hatte nichts davon erzählt.

Sie war erschöpft und bat die beiden, mit ihr am nächsten Tag einen Spaziergang rund um einen See in der Nähe zu machen.

Sie sagte zu ihrem Dienstmädchen: »Machen Sie aus meinem weißen Seidenpyjama ein kleines Päckchen.« Jules trug dann das wohlverschnürte Päckchen den ganzen Tag am Zeigefinger. Jim fragte sich, was das wohl bedeuten solle, dachte aber bald nicht mehr daran.

Schweigend marschierten sie auf einer schönen, von Bäumen gesäumten Allee. Es sah aus, als gingen sie hinter einem Sarg her. Jim spürte, daß Kathe etwas im Schilde führte. Sie und Jules schienen in gutem Einvernehmen zu sein. Sie war wieder mit ihm verheiratet, sie war ruhig. Als Jules im Bahnhof die Billetts löste, sah sie Jim zum erstenmal voll in die Augen.

»Was Sie zerstört haben ...«, sagte sie.

Jim wollte antworten, stockte aber, seine Worte würden nicht zählen.

Sie nahmen alle drei einen kleinen Zug und gelangten an einen See, der zwischen bewaldeten Hügeln lag, und wanderten weiter auf wurzelholprigen Pfaden am Ufer entlang. Hier gingen sie nun, im schönen Nachmittagslicht – aber das Band, das sie drei einst geeint hatte, flatterte zerrissen hinter ihnen her.

Dann schien es Jim, als wolle ihm Kathe trotz all ihrer Zurückhaltung noch etwas Hoffnung machen. Worauf? – Am Abend ihrer Trennung, acht Monate war das jetzt her, hatten sie sich ehrlich und wahrhaftig ausgesprochen, und was sie sich damals gesagt hatten, galt für Jim, galt mehr als alle Briefe, die seither gewechselt worden waren. Was wollte sie? Warum war er wieder hergekommen?

Jules und Jim respektierten Kathes Melancholie. Wie Odysseus, der sich an den Mast band, um dem Gesang der Sirenen zu widerstehen, mußte Jim alle seine Kräfte gegen die Stimme von Kathe aufbieten.

In der Dämmerung leuchteten plötzlich die bunten Lämpchen eines Restaurants am Seeufer auf.

»Ich habe Hunger. Wollen wir hier essen?« fragte Kathe beiläufig.

Sie schlug die Allee entlang der Lustwäldchen ein und betrat das letzte, das zum See führte.

Dort saß, rauchend in einen Rohrsessel gelehnt, Harold.

›Gut gespielt‹, dachte der verdutzte Jim.

»Teufel noch eins, Harold!« sagte Kathe, »was machen Sie hier?«

»Ich warte auf meine Erdbeeren«, sagte Harold, indem er Kathe die Hand küßte und die von Jules und Jim hastig drückte.

»Essen Sie mit uns?« fragte Kathe.

»Gern«, sagte er, »wenn es nicht zu lange dauert.«

»Sie haben wohl in der Stadt noch ein galantes Rendezvous?«

»Vielleicht ...«

Sie setzten sich an den Tisch, Kathe gegenüber Jules, zwischen Harold und Jim.

Jim fragte sich, ob Kathe, die ja immer Rechtsprechung auf eigene Faust übte, sich ausgedacht hatte, ihn in den See stoßen zu lassen. – Er würde sich zur Wehr setzen.

Die drei anderen unterhielten sich in ihrer Sprache lebhaft und brillant. Jim verstand manche Wörter nicht, er gab es auf, mitzukommen.

Da war also Harold, der Mann von Welt. Er hatte Kathe als junges Mädchen gehabt und am Vorabend ihrer Hochzeit mit Jules. Und er hatte sie am Vorabend von Jims erster Abreise gehabt, während dieser im Kino war. Harold war der Vollstrecker von Kathes Vergeltungsaktionen. Jim hätte gern gegen Harold geboxt, um ihn besser kennenzulernen. Er malte sich in Gedanken diesen Kampf aus.

Harold und Kathe tranken Schnaps.

Nach dem Essen marschierten sie, schon etwas angeheitert, zu viert durch den Wald. Kathe stützte sich einen Augenblick lang auf Harolds Arm, um einen Stein aus ihrem Schuh zu fischen. Was hatte sie vor?

Der Heimweg, der Bahnhof, der kleine Zug, die Stadt. Zu Fuß gingen sie um einen Park herum. Sie kamen zu Harolds Haus und sagten sich Aufwiedersehen. Kathe knuffte Harold in die Seite. Dann lief sie Jules und Jim nach und bat sie, noch einmal zurückzukommen. Was sollte all das?

Kathe besann sich anders:

»Gib mir das Päckchen!« sagte sie zu Jules.

Er trug es immer noch an einem Bändchen um den kleinen Finger. Er reichte es ihr. Sie nahm es, ging zu Harold, faßte ihn zärtlich am Arm, wünschte höflich »Gute Nacht!« und verschwand mit ihm durch die Gartenpforte. Die Haustür fiel ins Schloß. Jules und Jim standen wie angewurzelt da und rissen weit die Augen auf.

»Wieder gut gespielt!« sagte Jim, »zweiter Theatercoup und Nutzanwendung des Pyjamas. Damit hatte ich nicht gerechnet.«

Kathe hatte auf einen Streich beiden eins ausgewischt. Jim nahm den Arm von Jules und gemeinsam zogen sie von dannen.

»Uff!« stöhnte Jim.

»Uff!« wiederholte Jules matt.

»Wahrscheinlich muß das sein«, sagte Jim ... »Es

wundert mich nur, daß Kathe sich nicht einen neuen Darsteller für diese Rolle ausgesucht hat; Harold hat die Partie schon so oft spielen müssen ...«

»Warum?« sagte Jules, »Harold war wie geschaffen für diesen Abend.«

Sie gingen in eine Kneipe, tranken Bier vom Faß, steckten ihre Virginias an und widmeten sich bis spät in die Nacht ihrem Junggesellengespräch, in dem Kathe nicht einmal vorkam.

Am Mittag des nächsten Tages lag Jim in seinem hübschen Hotelzimmerchen noch im Bett. Er machte Pläne für die kommenden Monate und dachte nach über Briefe, die fällig waren.

Da klopfte der Zimmerkellner an die Tür und sagte, daß man ihn am Telefon verlange. Das konnte nur Jules sein. Er lief zu der Telefonzelle am Korridorende.

»Jim! Jim! Jim!«

Die Stimme von Kathe, seine heißgeliebte Stimme von einst, die Stimme der zärtlichen Löwin.

»Jim ... was war das für eine Nacht! Ganz hübsch im großen ganzen, aber ich hatte dort wirklich nichts zu schaffen. Jetzt ist es mir klar geworden. Ich will dieses Leben, diese Gedanken vergessen ... Es war wie in der Wüste, Jim, es war zum Sterben! Ich habe von dir gesprochen. Ich habe dich gesucht, Jim. Bist du da, Jim? Hörst du zu?«

»Ja.«

»Also komm schnell!«

Kathe hing auf.

Jim zögerte.

Er traf sie im Salon, sie strahlte. Was galt ihr der Streich von gestern abend! Sie hatte ihre Sicherheit und ihre wahre Liebe wiedergefunden. Die Nacht hatte ihr endlich Erkenntnis gebracht. Ihre Liebe zu Jim war aufgegangen wie ein Stern, überstrahlte nun alles. Sie sprach von dieser Liebe, auch von Einzelheiten, die Jim unangenehm sein mußten, und sie sprach mit Feuer und Überzeugung: wenn Kathe redete, war sie ein Genie.

Jim hörte ihr zu und dachte dabei an den Kreuzweg des vergangenen Winters. Er hatte diese Liebe schon begraben. Er ließ Kathe erzählen ... Nun sagte sie fest und bestimmt:

»Kinder? Jim, wir werden Kinder haben, wenn wir sie uns jetzt wirklich wünschen! Wir haben ja noch das ganze Leben vor uns.«

Sie brach Jims Widerstand. Sie fragte ihn nicht nach seiner Meinung, sie riß ihn einfach mit. Sie standen in hellen Flammen, wie ein naphthagetränkter Docht, der mit einem Schlag Feuer fängt.

»Und Jules?« fragte Jim schließlich.

»Er liebt uns beide. Er wird nicht überrascht sein. Er wird weniger leiden, wenn wir uns lieben. Er war in diesem Winter genau so unglücklich wie wir. Wir werden ihn lieben und achten ... auf unsere Weise.«

Es klopfte an die Tür. Man hörte Jules' Stimme:

»Die Kinder warten auf dich zum Essen.«

»Komm 'rein, Jules!« schrie Kathe.

Jules kam herein und sah, daß sie sich an den Händen hielten.

»Sieh uns an, Jules«, sagte Kathe, um ihn an ihrem Glück teilnehmen zu lassen.

Er hob streng die Augenbrauen, schien aber nicht überrascht.

»Jim bleibt zum Essen da, Jules«, sagte Kathe.

»Gut«, sagte Jules, »aber kommt schnell!«

Die Töchter und Mathilde wurden von der Freude der Mutter angesteckt und feierten Jim.

Sie hielten Jules' Wohnung heilig, aber Kathe blieb, mit Jules' Wissen, oft bis Mitternacht bei Jim. Die Trennung dann zu dieser Stunde fiel ihnen immer schwer.

Jules sagte zu Kathe:

»Ich schätze es nicht, wenn man mich für einen Heiligen hält. Einen Heiligen kann man behandeln wie einen Esel. Nein, ich bin kein Heiliger. Aber was soll ich machen?«

Kathe und Jim platzten fast in ihrer freiwillig angelegten Zwangsjacke. Es war September. Kathe sagte zu Jim:

»Wir verreisen.«

»Wohin?«

»In das Land Hamlets.«

Sie sprangen in den nächsten Eilzug. Rauchend standen sie im Wagengang und bewunderten die flache Landschaft, die vorbeiflog. Das Rauchen war übrigens verboten, wie ein Emailleschild bekanntgab. Der Kontrolleur kam prompt und kassierte eine Strafe gegen Überlassung einer entsprechenden Quittung. Die Inflation wütete, die Strafe war gering. Sie rauchten weiter, und die anderen Reisenden im Gang machten es ihnen nach. Ab und zu erschien der Kontrolleur und kassierte immer wieder ab. Es war schon ein Sport für die Raucher geworden. Er sagte mit kaum merklichem Lächeln:

»Ab nächsten Montag wird ein neuer Straftarif eingeführt und es gibt neue Quittungsformulare.«

Jim empfand Bewunderung für diesen Mann.

Sie durchkreuzten alle Winkel Dänemarks, stiegen schließlich in einem kleinen, in Dünen versteckten Badeort ab. Es war schon Nachsaison. Trotz der vorgeschriebenen Rationierung servierte das Hotel Portionen, die sie gar nicht bewältigen konnten.

Bei Ebbe konnte man weit ins Wattenmeer hinauslaufen und stundenlang auf dem gewellten und gerillten Sand dahinwandern. Wenn die Flut kam, füllten sich die Priele mit reißenden Wassern. Kathe liebte es, sich dann von dem steigenden Meer umzingeln zu lassen, aus Spaß, und weil sie Freude daran hatte, dem kläglichen Schwimmer Jim an ihrer Seite Hilfe zu leisten.

Selbst nach ausgedehnten Mahlzeiten sprang sie nackt ins kalte Wasser. Sie versicherte Jim:

»Ich habe noch nie Verdauungsbeschwerden gehabt.«

Eines Vormittags entdeckten sie eine kilometerweit hingestreckte Sandbank. An ihrem Ende war ein kleiner Holzverschlag. Sie sahen nach, was das sein könnte: es war eine kleine Fischerhütte, auf ein paar hohen Pfählen waren Reflektoren aufgesteckt, am Boden lag ein toter Seevogel, groß wie eine Handfläche, schimmernd wie ein Kolibri. Wahrscheinlich war er gegen die Reflektoren geflogen. ›Hoffentlich ist das kein böses Omen‹, dachte Jim.

Sie kehrten um, ehe die Flut einsetzte.

Jim machte Fotos von Kathe, wie sie nackt auf diesen einsamen Sandbänken lag, wohin sich niemals jemand verirrte. Eines unter den Bildern fand er besonders schön. Da sie gerade etwas knapp mit Geld waren, dachten sie daran, das Foto bei einem von Kodak ausgeschriebenen Wettbewerb einzureichen. Aber man hätte Kathe vielleicht erkennen können, obgleich sie nur von hinten zu sehen war, und so gaben sie die Idee wieder auf.

Zehn Tage vergingen zwischen dem Blau des Himmels und dem Ockergelb des Sands. Schwierigkeiten, die früher immer zu Mißverständnissen geführt hatten, gingen beide mit Fleiß aus dem Wege.

Auf der Heimreise im überfüllten Zug gab Kathe nicht acht und ließ Jims Platz zu ihrer Rechten von einem anderen in Beschlag nehmen; Jim mußte stundenlang, weit weg von ihr, im Gang stehen. War sie enttäuscht, daß er sich nicht erbittert um den Platz schlug? Es hatte Jim überrascht, daß sie einfach einen anderen Mann an ihrer Seite Platz nehmen ließ; im ersten Augenblick glaubte er, es handele sich um einen Kriegsversehrten. Dann war es zu spät zum Protestieren.

Sie fanden die Familie in ihrer neuen großen Wohnung wieder. Kathe, die Mädchen und Mathilde führten Jim stolz herum: die Sonne schien in alle Räume, und durch die Fenster sah man hinaus auf eine Waldlichtung. Kathe hatte die Wohnung kürzlich entdeckt und kurzerhand erworben. Sie erzählten Jim die Geschichte.

Der große, viereckige Raum war anfangs als Kathes und Jules' Schlafzimmer vorgesehen. Das nächste Zimmer, gleichfalls quadratisch, wurde Jules' Arbeitszimmer. Daran schlossen sich Salon, Eßzimmer und ein paar kleinere Zimmer an.

Kathe hatte große Empfänge für ihre Freunde gegeben, aber Jules fühlte sich dadurch in seiner Arbeit gestört. Er zog mit seinen Sachen in eines der kleineren Zimmer. Dann zog er auch aus dem gemeinsamen Schlafzimmer aus. Jules war auf der Suche nach Ruhe und Abgeschiedenheit, Kathes unermüdlicher Tatendrang irritierte ihn; schließlich richtete er sich zum Leben, Schlafen und Arbeiten in dem einzigen Zimmer ein, das auf den Hinterhof hinausführte. Er baute sich ringsum Regale bis hoch unter die Decke und stapelte seine Bücher auf. Er lebte dort wie ein Mönch und in Frieden, solange Kathe nicht nach ihm rief. Doch er liebte es, wenn sie ihn in seinem Zimmer besuchte – nur Fremde wollte er dort nicht sehen. Sie hatten diese Wohnung untervermietet während der zwei Jahre, die sie im Häuschen wohnten, und hatten sie im vergangenen Herbst wieder bezogen.

Nun, da Jim wieder mit von der Partie war, nahm Jules auch an Kathes Leben wieder größeren Anteil.

Jim stattete Jules ausgedehnte Besuche in der ruhigen Klause ab, ließ sich aus Jules' neuen Werken vorlesen und half bei Übersetzungen. Kathe akzeptierte die Zusammenarbeit.

Was machte sie selbst währenddessen? Sie bemalte große weiße Vorhänge in einem symbolischen, fast kubistischen Stil mit der Geschichte von Kathe und Jim. Von einigen realistischen Details abgesehen, konnte ein unberufenes Auge nichts mit Sicherheit entschlüsseln. Erst, als Kathe zuhilfe kam und mit einem langen Weißbrot als Zeigestock Erläuterungen gab, konnte Jim das ganze Kunstwerk deuten.

Kathe und Jules hatten Jim wieder in ihren Hausstand aufgenommen; er lebte jetzt nicht mehr im Hotel.

Kathe hatte zwei Freundinnen irgendwo auf dem Land, die sie Jim unbedingt vorstellen wollte. Sie erzählte oft von ihnen und übertrieb maßlos dabei; wenigstens behauptete das Jules.

Sie waren sehr verschieden. Die eine Rennreiterin, die andere Fürsorgerin. Beide nicht verheiratet. Kathe machte sich ein Vergnügen daraus, sich vorzustellen, wie Jim sich in die eine oder andere verlieben würde; sie schien ganz genau zu wissen, was er zu ihnen sagen würde, und was ihre Freundinnen antworten könnten. Bei Tisch machte sie ein Spiel daraus; Jules und die Kinder mußten mitmachen. Und nach und nach wurde für Kathe das Spiel zur Wirklichkeit. Großzügig verheiratete sie Jim mal mit der einen, mal mit der anderen. Jim lachte, seiner Liebe zu Kathe sicher.

Dann, eines Tages, stieg Kathe mit Jim die Treppe hinauf, die Jim zu der Amazone führen sollte. Mit klopfendem Herzen machte Kathe vor der Tür noch einmal halt und sagte:

»In zehn Sekunden wirst du eine andere lieben.«

Und sie küßte ihn.

Die Amazone war rassig und hatte Köpfchen. Sie bot ihnen Cocktails an. Sie plauderten. Alles aber, was nicht Pferd war, galt ihr nichts. Sie begleiteten sie auf einen Kasernenhof, wo sie auf eine wilde Stute sprang und losgaloppierte. Ein schönes Schauspiel, aber es kitzelte

Jim nicht. Sie ihrerseits konnte keinen Mann achten, der nicht fest wie sie im Sattel saß. Sie schauten ihr noch eine Weile zu.

»Nun«, stellte Kathe fest, »dann wird es eben Angelika sein.«

Nachdem sie sich von der Amazone verabschiedet hatten, führte sie Jim zur nächsten Freundin. Eine freundliche, harmlose Wohnung. Ein Mädchen mit Kopf und mit Herz, das ganz in seiner Arbeit aufging. Jim schien keinen Eindruck auf sie zu machen, obwohl Kathe lebhaft alle Qualitäten des Kandidaten herausstrich.

»Sie ist sehr zurückhaltend, aber es kann noch werden: alles braucht halt seine Zeit«, sagte Kathe nach dem Besuch. »Und du, Jim, was hältst du von ihr?«

»Sie ist sehr angenehm in ihrer Art«, sagte Jim. »Wenn wir, sie und ich, auf einer einsamen Insel ausgesetzt wären, könnten wir möglicherweise Gefallen aneinander finden und eine Familie gründen.«

Kathe war zugleich erleichtert und enttäuscht. Jules verfolgte diese Geschichte weit weniger ernsthaft als Jim; er brachte alles mit seinen Hindu-Göttern in Verbindung.

Jules schien meist glücklich. Er kam ihnen wie ein Buddha vor, der sie viel besser kannte, als sie sich selbst. Wie Laetitia, Napoleons Mutter, pflegte er zu sagen: »Pourvu que cela dure!«

Wenn sie zusammen etwas spielten, harmonierte Jules viel besser mit Kathe, als Jim es vermochte. Mit den Kindern sangen und mimten sie französische und deutsche Volkslieder. Ihr: *»Brave Marin revint de guerre ...*

tout doux ...« rührte Jim zu Tränen, wenn die *Schöne Wirtin* ihren Kopf neigte, während der *Tapfere Matrose* zu ihr sagte:

... Vous aviez de lui trois enfants
Vous en avez quatre à présent ...

Kathe erfand ein Spiel: *Der Dorftrottel.* Der Tisch stellte das Dorf dar. Jim war der Trottel. Das Spiel bestand darin, daß alle mit dem Trottel sprachen und dabei Angst vor ihm hatten, ohne es ihn aber merken zu lassen, und bei all dem mußte man den anderen Mitspielern zu verstehen geben, für wie trottelig man den Trottel halte. Vor allem Kathe lachte sich halb krank. Jims Lachen erstarb zusehends. Nach einer Stunde fühlte er sich wirklich als Dorftrottel.

Von Martine und Lisbeth gefolgt marschierte Kathe in das Eßzimmer, stramm wie ein Tambourmajor, und pfiff dabei einen Marsch vom Alten Fritz.

Wie ein kleines Regiment defilierten sie rund um den Tisch. Kathe wußte erstaunliche Anekdoten über den Preußenkönig zu erzählen.

In ihrem Arbeitszimmer bewahrte sie eine eindrucksvolle Reproduktion der Totenmaske von Friedrich, dem großen, unersättlichen Idealisten auf. Seine Züge ähnelten den ihren.

Immer wenn sie ihre Strafexpeditionen unternahm, konsultierte sie ihn.

Es war eine Lieblingsvorstellung von ihr, daß er und Napoleon sich eine Schlacht liefern könnten; um der Schönheit des Wettkampfs willen.

DREI
Vergeltungsstrafen · Venedig

Mit Kathes Einwilligung fuhr Jim des öfteren und jeweils für längere Zeit nach Paris. Er schrieb Reportagen über das Theater, die ihn durch ganz Mitteleuropa führten. Zwischendurch verbrachte er immer wieder mit Kathe und Jules wundervolle zwei Wochen, von denen er dann monatelang zehrte.

Ein glückliches Jahr verging, nahezu ohne Zwischenfälle. Kathe und Jim hüteten sich vor Exzessen und vergaßen fast, daß sie einst am liebsten mit der Streitaxt aufeinander losgegangen waren. Sie ergaben sich der überirdischen, treibenden Kraft. Sie führten (auf ihre Weise) ein Leben der Reinheit, und einer war dem anderen untertan. Sie gaben es auf, allzu gescheit sein zu wollen. Möglichst oft waren sie mit Jules zusammen, der ansonsten in benediktinischer Abgeschiedenheit seiner Arbeit nachging.

Sie glaubten sich in Obhut vor ihren eigenen bösen Instinkten. Doch plötzlich, wie mit einem Gongschlag, kam es zu einem Rückfall.

Eines Tages kam aus Paris der Sohn einer Frau zu ihnen, die einst in Jims Leben eine bedeutende Rolle gespielt hatte, und die über Kathes und Jims Liebe Bescheid wußte. Aus Diskretion Jules gegenüber, seinem Gastgeber und Kathes Ehemann, verbarg Jim diesem Freund seine Intimität mit Kathe. Kathe aber zog sofort ihre Schlüsse: »Wenn Jim dem Sohn dieser Frau unsere Liebe verheimlichen will, dann nur deshalb, weil die Mama in Paris immer noch seine Geliebte ist, trotz allem, was er behauptet.«

Mit bleichem Gesicht erhob sie sich, sah Jules mit dem Lächeln an, das etwas *Nichtwiedergutzumachendes* bedeutete, und entschwand.

»Arme Kathe!« sagte Jules.

Jim sah wieder die Hölle auf sich zukommen. Aber er wollte nicht mehr. Er legte sich auf ihr gemeinsames Bett, kreuzte die Arme und schloß die Augen. Er dachte daran, wie lange sie bis jetzt ein Herz und eine Seele gewesen waren. Eine Stunde verging.

Er sah nicht, daß Kathe zurückkehrte, daß sie ihn lange betrachtete; er hörte nicht einmal ihre Schritte.

»Laß es gut sein, Jim«, sagte Kathe leise. »Ich habe geglaubt, daß du mich betrogen hast. Ich habe dich betrogen, jetzt ist Schluß.«

»Mit was ist Schluß?« fragte Jim.

»Mit unserem Unglück, mit deiner Schlechtigkeit, die ich wieder gutgemacht habe.«

»Was hast du getan?« fragte Jim.

Sie erzählte. Es handelte sich um einen Mann, den Jim nicht kannte, einen Maler, der Kathe schon früher den Hof gemacht hatte; er war Wachs in ihren Händen. Er hatte ihr diesen Dienst erwiesen, ohne zu weit zu gehen, und ohne daß es Folgen haben würde; es reichte gerade, um ein Gegengewicht zu schaffen und das Gleichgewicht wiederherzustellen.

»Wozu brauchst du ein Gleichgewicht?« sagte Jim, »es ist ja gar nichts gewesen.«

»Ein Gleichgewicht für das, was ich geglaubt habe«, sagte Kathe. »Jetzt glaube ich es nicht mehr. Aber ohne das hätte ich es alle Zeit weiter geglaubt.«

»Und wer gibt mir mein Gleichgewicht wieder?« seufzte Jim.

»Deine Tränen, Jim.«

Und Kathe strahlte, sie trank aus seinen Augen; dadurch merkte Jim erst, daß sie feucht waren. Das unwiderstehliche Ungeheuer nährte sich von seinem liebsten Trunk. Sie drang mit Wonne in sein Herzblut ein. Jim sank hoffnungslos und erschöpft zusammen.

Kathe hielt ihn die ganze Nacht wie ein krankes Kind in ihren Armen.

Erst am nächsten Tag fanden sie wieder zueinander.

Die neue Wunde schmerzte Jim noch lange. Im folgenden Monat reiste er nach Paris. Sie schrieben sich ausführlich, so als sprächen sie miteinander.

Dann trat Schweigen auf Kathes Seite ein; nur Jules schrieb einmal, doch seltsam gewunden. Endlich wieder ein Brief von Kathe, allerdings verdächtig ausschweifend. Sie erzählte von einem Balkon, auf den man emporklettern könnte, von einer blumengeschmückten Terrasse und von etwas, was sich dort abspielte, worüber sie aber nichts Näheres berichtete. Jim dachte lange über diesen Brief nach und kam zu dem Schluß, er erinnere verteufelt an jene berühmte Seite in Kathes Tagebuch, auf der sie von Harolds Händen berichtet hatte: sie verriet etwas, ohne es zu verraten, und jedem, der mehr darüber wissen wollte, würde sie sagen: »Ich habe alles gesagt, aber du hast mich nicht verstanden.«

Jim beschloß, sofort zu handeln, und zwar à la Kathe. Er traf sich mit einer Malerin, mit der er vor zehn Jahren (wie Kathe) geflirtet hatte, einer hübschen, emanzipierten Frau. Sie waren nicht sentimental miteinander, nur vergnügt, sie taten ihrer gegenseitigen Neugierde Genüge. Jim kostete seine Rache in kleinen Zügen aus. Wie leicht es war, sich gehen zu lassen! Er verbrachte die ganze Nacht mit der *anderen.* Er verschwieg ihr nicht, daß er anderweitig gebunden war; sie war es auch und machte keinen Hehl daraus. O ja, es stimmte, was Kathe manchmal sagte: ›Es macht kaum etwas, ob man es oft oder seltener tut – man muß nur darauf achten, daß man es *trotz seiner Liebe* tut.‹

Er versuchte, sich die Stunden vorzustellen, die Kathe mit Albert, mit Harold, mit ihrem letzten Liebhaber verbracht hatte. Vielleicht war Jim nur deshalb untreu, um all das besser zu verstehen? Dennoch entsprach das ihrer Liebe, und das war eine starke Droge, die man nicht zu oft nehmen darf. Im ganzen gesehen: Jim war nicht besser als Kathe, das brachte ihn ihr näher.

Er schrieb sogleich an Kathe, was er getan hatte, und wartete ungeduldig auf ihre Antwort. Sie kam postwendend:

»Was für eine Narretei!« schrieb sie. »Wir werden noch darüber sprechen! Aber sofort Schluß damit. Auf der Terrasse hat sich nichts von all dem abgespielt, was du dir einbildest. Komm.«

Auch von Jules kam eine Nachricht, mit der Versicherung: »Nein, mein Lieber, es ist nichts gewesen.«

Jim las Kathes letzte Briefe noch einmal und fand plötzlich nichts Beunruhigendes mehr darin. Diesmal war er der Schuldige. Er eilte zu ihr. Er fand sie betrübt über das, was er angestellt hatte; doch sie war bereit zu verzeihen und bezeugte ihm indirekt fachmännische Anerkennung.

Würde sie sich nun in Zukunft nicht mehr zu derartigen Vergeltungsmaßnahmen hinreißen lassen, vor allem nicht auf einen bloßen Verdacht hin? Aber vielleicht gilt ihr der Verdacht so viel wie Gewißheit? – Oder wird sie ihm in Zukunft ganz einfach nichts mehr verraten?

Nun, sie begannen noch einmal ganz von vorn – und sie bauten ihr Nest wieder sehr hoch, wie ungestüme Raubvögel.

Immer waren sie von einer ängstlichen Unruhe besessen, wenn sie sich nach einer Trennung wiedersahen. Fürchteten sie, der eine könne dem anderen nicht mehr als eine Wiederholung bieten? So, wie man niemals den gleichen Sonnenuntergang zweimal erlebt, trafen sie sich nie als die gleichen wieder.

Ein weiteres Jahr verging, mit vielen Besuchen von Jim. Endlich konnten sie daran denken, einen langgehegten Plan zu verwirklichen. Sie fuhren für zwei Wochen in eine kleine Pension am Ufer des Luganer Sees, die Jim vor zwanzig Jahren während einer Reise mit seiner Mutter entdeckt hatte. Nach einem rauhen Winter fanden sie hier den Frühling, nach vielen Entbehrungen den Überfluß. Dieses Licht und das italienische Klima waren für Kathe eine Offenbarung.

Sie genossen die Tabletts mit Schokolade, Butter und Konfitüre, die das Schweizer Stubenmädchen ihnen ans

Bett schleppte, nachdem es die Vorhänge aufgezogen und die Sonne ins Zimmer gelassen hatte.

Jim sah zu, wenn Kathe aus einem Boot ins Wasser sprang und wie Undine durch die Wellen glitt. Er selbst amüsierte sich lieber damit, mit dem Ruder vorbeitreibende Flaschen zu zerschmettern.

Sie hatten für nichts zu sorgen als für sich selbst.

Bei einem nächtlichen Spaziergang versteckte Kathe sich hinter einem Busch und sprang dem arglosen Jim mit voller Wucht um den Hals. Er fiel beinahe in Ohnmacht. Sie stellten fest, daß Jims Herz allzu großen Aufregungen nicht gewachsen war.

Sie kletterten auf einen der nahen Berge. Beim Abstieg spürte Jim einen jähen Schmerz in seinem Knie, an dem er sich früher schon einmal verletzt hatte. Kathe war entzückt, ihm ihre Schulter als Stütze leihen zu dürfen.

Sie ruderten bis zum italienischen Ufer hinüber. Auf dem Rückweg zog sich um die Berggipfel ein Unwetter zusammen, das sehr bald über ihnen angelangte. Der Regen peitschte in ihre Augen, die Wellen schlugen ins Boot, Blitz und Donner krachten schroff. Sie legten sich kraftvoll in alle vier Ruder, um das Ufer zu erreichen, es war noch gut eine Viertelstunde weit entfernt. Die Ruder stießen aneinander.

»Jim, setz dich nach hinten«, sagte Kathe, »schöpf das Wasser aus und laß mich nur machen!«

Jim ruderte gut, Kathe aber noch besser. Er gehorchte. Vor sich sah er Kathe, bis auf die Haut durchnäßt: die weiße Bluse klebte an ihrem Körper, sie ruderte aus Leibeskräften und fluchte wie ein Matrose. Ihre Augen funkelten. Sie bat den Himmel, das Boot kentern zu lassen, damit der Schreck ein Ende nähme; sie würde Jim dann retten – oder mit ihm zusammen ertrinken.

Sie steuerte das Boot in den sicheren Port.

Sie besuchten das Kasino und spielten Roulette, jeder für sich, jeder mit dem gleichen Einsatz. Um mehr Spaß dabei zu haben, stellten sie sich vor, jeder ihrer Schweizer Franken sei zehn Franken wert. Jim beobachtete Kathe beim Spielen: sie war gesammelt, reglos, dann plötzlich von einer Zahl inspiriert. Sie inhalierte das Spiel wie den Rauch seiner Zigaretten. Sie gewann, gewann noch einmal, spielte mit höherem Einsatz und verlor alles.

»Der Spaß war es wert« sagte sie. »Was macht es, ob man gewinnt, ob man verliert! Wie steht's bei dir, Jim?«

»Im Augenblick ein kleiner Gewinn.«

»Dann wollen wir ihn lieber schnell vertrinken!«

Sie setzten sich auf die Terrasse eines Cafés, tranken ganz gegen ihre Gewohnheit Cognac und rauchten richtige englische Zigaretten. Vor ihren Augen dehnte sich ein großer Platz, dessen Aussehen Ochsenkarren und ein Bauernmarkt bestimmten.

Sie sprachen über die erste Italienreise, die Jules als Student unternommen hatte und von der er ihnen oft erzählt hatte: er war mit dem Rad gefahren, es hatte geregnet, unter dem weiten Umhang hatte er den Rucksack getragen, und es hatte ausgesehen, als habe er einen Buckel. Er war an einer Fabrik vorbeigekommen, wo gerade Feierabend war. Die jungen Arbeiterinnen hatten ihn angehalten, ihn umringt, und jede hatte versucht, seinen Buckel zu berühren, weil das *Glück bringt.* An eine von ihnen hatte sich Jules noch lange erinnert und hatte es immer bedauert, nicht ihretwegen in jener Stadt geblieben zu sein. Er muß damals sehr komisch und sehr nett gewesen sein, ihr Jules ..., dachte Kathe.

Sie versprachen einander, eine richtige Italienreise zu unternehmen. Das ließ sie das Ende der Ferien leichter ertragen.

Ein paar Monate später fanden sie sich dann tatsächlich in Venedig wieder.

Sie traten in eine große Kirche, als gerade buntgekleidete Chorknaben die Allerheiligen-Litanei sangen. Kathe und Jim lernten dabei eine ganze Reihe neuer Namen kennen. Und von Zeit zu Zeit wiederholte der Chor: »E tutti i Santi del Paradiso«, und zwar mit einer Betonung, die Jim an den ersten italienischen Satz erinnerte, den er aus dem Munde eines kleinen Jungen gehört hatte, als er einst mit Jules, auf dem Weg nach Athen, in Neapel an Land ging: »O già mangiato la farinata.« (Ich habe meine Mehlsuppe schon gegessen.) Dieser paradiesische Gesang stand am Anfang ihrer großen Ferien.

Wie für alle Liebenden war Venedig, dieser Edelstein von altem und neuem Glanz, für sie der ideale Rahmen.

Sie bezogen ein wunderbares ›letto matrimoniale‹ (Doppelbett) unter einem aufgespannten Moskitonetz. Im Brückenstübchen knabberten sie kleine, pflaumengroße, in Weinessig eingelegte Tintenfische. Sie ließen sich von dem Volkstheater und dem unglaublichen Vergnügen, das das Publikum an den rohesten Scherzen hatte, hinreißen. Sie gondelten über die Kanäle, immer ins Blaue hinein, immer auf Entdeckungsfahrten.

Nach zehn Tagen beschlossen sie dann, in ihre Entdeckungsfahrten System zu bringen. Am Slawonierkai mieteten sie ein kleines Motorboot und durchstreiften mit Muße die weite Lagune. Die Landschaft, überall so flach wie der Horizont, entzückte sie. Sie besuchten Chioggia, eine Stadt mit am Schorf erkrankten Kindern in den Armen ihrer Mütter, die Augen von Fliegen übersät, die niemand fortscheuchte ... und die Augen der Jungen und Mädchen in dieser Stadt waren außergewöhnlich hübsch.

Sie siedelten in die Herberge eines Fischerhafens um. Von dort konnten sie zu Fuß in einer Stunde den Lido erreichen. Sie bekamen ein sauberes, schneeweißes Doppelbettzimmer. Hier lebten sie wie die Fischer von Spaghetti und Tomaten.

Auf dem Lido mieteten sie ein Zelt mitten zwischen kinderreichen venetianischen Familien, verbrannten sich im heißen Sand die Fußsohlen und sprangen dreimal am Tag ins Meer. Kathe tat ihr Bestes, um Jims Schwimmkünste zu verbessern.

An einer anderen Ecke des Strandes aalten sich die erwachsenen Schwimmer und Schwimmerinnen im Sand und ließen sich von früh bis spät in der Sonne braten, als hätten sie nichts anderes zu tun auf Erden. Manche, vor allem die Blonden, waren schon ganz schokoladenfarben. Bronzene Recken strengten sich mächtig an, mit akrobatischen Übungen die Aufmerksamkeit auf sich zu lenken. Welch ein Unterschied zur Nacktbaderei im Norden. Exhibitionismus und Sex-Appeal waren direkter, man gab sich weit ungezwungener. Es war ein Milieu von Bars und Lebemännern, wo Kathe, blond und nun auch gebräunt, schnell an jedem Finger einen Verehrer gehabt hätte, hätte sie es darauf angelegt.

Ein Erfolg, ohne es zu wollen, war sie ohnehin. Ihre Najadenschultern, ihre schlanken Beine, ihre Art sich zu bewegen und zu schwimmen, all das heischte Aufmerksamkeit. Einzig eine rassige Brünette, die Königin des Strandes, hätte Kathe vielleicht über eine kurze Distanz geschlagen; man sprach schon von einem Wettbewerb zwischen den beiden Damen, aber Kathe ließ es nicht darauf ankommen.

Jim kam sich bald wie ein von Kathe ausgehaltener Schwächling vor, ein unverdienter Liebling, weil er weder Schwimmer noch Lebemann war. Seine Qualitäten als Boxer und Speerwerfer kamen hier nicht zur Geltung; er war hier nur der Prinzgemahl. Alle Männer ringsum waren schöner und lustiger als er (und sicher auch als Jules): hatten sie also nicht auch mehr Anspruch auf Kathe als er? Jim war sicher, daß man, wenn er sich nur einen Augenblick von Kathe entfernte, ringsum sofort Komplotte schmiedete, um mit ihr ins Gespräch zu kommen.

Eines Nachmittags sprang Kathe ins Meer, und nach einiger Zeit wurde ihm bewußt, daß sie auf eine der entlegensten Sandbänke zuschwamm. Ein Riese mit schwarzen, glänzenden Haaren erhob sich, tauchte gleichfalls in das Naß und folgte ihrer Kiellinie. Er kam Jim wie der Neger aus dem Scheherazade-Ballett vor. Der ganze Strand sah den beiden nach. Schließlich wurden sie immer kleiner, und bald konnte sie Jim nicht einmal mehr mit dem Fernglas ausmachen. Es dauerte eine Zeit, dann sah man sie als winzige Figuren auf der

Sandbank auftauchen, sich setzen, ganz nah beieinander. Jim fürchtete das Schlimmste. Sie schienen sich zu unterhalten. Der Riese stand auf und fuchtelte mit den Armen herum. Als erster sprang er wieder ins Meer.

Als er den Strand erreichte, wurde er sofort von Neugierigen umringt. Er hatte große schwarze Augen und einen roten Mund. Zu den Umstehenden gewandt machte er mit dem Kopf eine resignierende Geste in Richtung auf Jim, wälzte sich im Sand herum, um sich abzutrocknen, und ging mit seinen Freunden in die Bar.

Jim sah durch das Fernglas, daß Kathe sich näherte, mit ruhigen Bewegungen, die Augen ein bißchen starr. Er lief ihr entgegen und streckte ihr das Badetuch hin.

Sie berichtete:

»Ich hatte Dreiviertel des Weges zurückgelegt, als ich zu meiner Überraschung eine Stimme hinter mir hörte und den Burschen bemerkte. Er fing an zu flirten und wollte mich umfassen, um mir beim Schwimmen zu helfen, wie er sagte. Ich sagte ihm ruhig, das sei nicht nötig. Er faßte mich trotzdem um die Taille. Ich wendete das bißchen Jiu-Jitsu an, das ich kenne, so konnte ich mich leicht von ihm befreien. Als wir auf die Sandbank stiegen, war ich ein wenig ängstlich: er schien zu allem entschlossen, und ich hätte mich kaum wehren können. Trotzdem hätte er nur wirkliche Chancen gehabt, wenn ich mich in eine Panik hätte treiben lassen, oder wenn ich mit allem einverstanden gewesen wäre. Ich begegnete ihm kameradschaftlich, nett, distanziert und kritisierte seinen Schwimmstil. Darauf fing er an, mit den Armen herumzurudern, um mir die Vorzüge seines Stils zu demonstrieren, und man konnte sehen, wie erregt er tatsächlich war. Ich tat so, als bemerkte ich nichts, und erklärte ihm, bei uns zuhaus verstünde man sich besser aufs Schwimmen. Und dann entkam ich ihm mit heiler Haut.«

Jim beklagte seine Unfähigkeit, ihr zu folgen. Er fragte:

»Und dieser hübsche Junge in dieser hübschen Umgebung hat dich überhaupt nicht gereizt?«

»Doch«, sagte sie. »Ebenso wie dich die hübsche Brünette unter den gleichen Umständen gereizt hätte – aber nicht mehr.«

»Aber sie hätte doch gar keinen Anlaß, sich mir anzubieten«, sagte Jim.

»Davon verstehst du nichts: das ist ihre Sache, nicht die deine. Weißt du, Jim, meine Domäne ist das Wasser, du bist anderswo in deinem Element.«

Und da sie sah, daß er noch nicht völlig überzeugt war:

»Früher hätte er mich vielleicht gereizt ... aber er ist wirklich nur ein hübscher Bengel. Und das ist nicht das, was ich suche.«

Sie schloß:

»Diesen Badestrand hier kennen wir jetzt zur Genüge. Ich werde anderswo baden.«

Obwohl doch wahrscheinlich Kathe das Wettschwimmen für Damen von einer Insel bis zur nächsten und zurück, das gerade ausgeschrieben wurde, mit Leichtigkeit gewonnen hätte; obwohl es ihr sicher viel Spaß gemacht hätte.

Jim brachte sie um ein großes Vergnügen.

Zwischendurch verbrachten sie wieder einen Tag in Venedig, um behaglich über die Lagune zu gleiten, begleitet vom leisen Tick-Tack des *Vaporettos.*

Auf dem Markusplatz aß Kathe ein Eis, das ihr nicht bekam. Mitten in der Stadt bekam sie darauf einen Herzanfall. Sie mußte in einem Café, dann in einem Hotel, schließlich sogar bei fremden Leuten Zuflucht suchen, um wieder zu Kräften zu kommen. In ihrem Kopf drehte sich alles, auf ihrer Stirne standen dicke Schweißperlen. Manchmal mußte Jim sie tragen; er fand sie an diesem Tage sehr leicht. Selbst das: krank zu sein – Kathe besorgte es gründlich. Jim brachte sie zu einem kleinen Motorboot. Auf dem Kai wurde es ihr immer wieder schlecht, und sie sagte, schwer auf Jim gestützt: »Siehst du, Jim, du kannst mir sehr wohl helfen und tust es so nett, du teilst wahrhaftig auch noch meine Herzanfälle mit mir.«

Die Tage waren so heiß, daß sie am liebsten keinen Faden mehr am Leib behielten. Sie blieben in ihrem großen Zimmer, sprachen miteinander und liebten sich. Vielleicht unterhielten sie sich zu viel. Vielleicht liebten sie sich zu viel. Vielleicht konnten sie es nicht vertragen, wenn ihr Glück zu lange anhielt. Vielleicht machte die schreckliche Hitze sie reizbar. In ihnen bohrte die Unruhe, und weder die schimmernde Landschaft noch das festliche Venedig stimmten sie friedlicher. Kathe erwähnte einmal Gilberte.

Eines Abends legten sie sich im Freien schlafen, auf dem Rasen nahe den Kais und nahe den Schifferbooten, in denen die Fischer bei Einbruch der Dämmerung kleine Holzfeuer anfachten, um ihre Spaghetti zu kochen. Sie schwiegen und schauten zu den Sternen auf, die am Himmel aufgingen.

»Wenn du einverstanden bist, Jim«, unterbrach Kathe die Stille, »dann wollen wir zu Jules und den Kindern zurückkehren. Und dann wollen wir alle an die Ostsee fahren. Ich fühle mich hier nicht wohl, der Norden gefällt mir besser. Ich liebe mein Preußen, und du fängst ja auch schon an, es zu lieben. Du weißt, daß ich auch Frankreich liebe. Das sind die Länder, in denen wir uns immer zuhause fühlen werden.«

»Du hast recht, Kathe«, sagte Jim. »Wir fahren morgen, wenn du willst.«

Sie fuhren dem Norden ebenso freudig entgegen, wie sie gen Süden gezogen waren. Im Zug zeichnete Kathe Karikaturen von Jim und fügte Kommentare hinzu, über die er sich krank lachte. Sie kannte ihn gut, ihren Jim.

Am ersten Bahnhofsbüfett in Kathes Heimatland sahen sie, in welch schwindelnde Höhen der Preis für eine Tasse Tee geklettert war. Die Inflation war auf ihrem Höhepunkt. Ein alter Kellner kam mit dem Rechnen nicht mehr zurecht und fing an, abwechselnd zu weinen und die Gäste zu beschimpfen. Er wurde mit einem Nervenzusammenbruch abtransportiert.

Andererseits gestattete ihnen die Inflation zum erstenmal, zusammen ein Schlafwagenabteil zu nehmen, und so gelangten sie schnell zu Jules und den Kindern.

VIER

Die Ostsee-Insel

In der großen Wohnung trafen sie alle wieder aufeinander. Die Ferien näherten sich ihrem Ende, aber die Rückkehr der Mama war Grund genug, sich in neue Ferien zu stürzen.

»Siehst du«, sagte Lisbeth, »ich habe recht: sie ist zurückgekommen.«

»Ja«, sagte Martine, und sie zitierte ihre Mutter: »aber man hat nie mehr als ein klein bißchen recht.«

Alle, außer Jules, der von seiner Arbeit zurückgehalten wurde, fuhren auf eine Ostsee-Insel und quartierten sich in einem Fischerdörfchen ein. Das Licht war hier so, wie Kathe es beschrieben hatte, und Jim verstand nun ihr Heimweh. Die Fischer waren sehr nett und ähnelten den venetianischen Fischern nicht im geringsten. Sie hatten tiefblaue Augen.

Kathe mußte ihren Paß erneuern lassen. Sie ging mit Jim zum Bürgermeisteramt. Man nahm ihre Personalien auf.

»Gesicht ... *oval«,* diktierte der Beamte, indem er Kathe musterte. »Haare ... *blond,* Augen ...«, er zögerte einen Augenblick, dann stellte er fest: *»grau.«*

Sie waren in einem Land, in dem man die sprichwörtlich blauen Augen Kathes vergleichsweise als grau bezeichnete! Kathe wollte zuerst protestieren, dann ließ sie es lieber sein.

Mit Lisbeth und Martine tollten sie nackt in den Dünen herum. Sie lebten von frischen und geräucherten Fischen. Sie spielten Tennis: Kathe verteidigte sich wie der Teufel, Jim genoß den Anblick ihrer erbitterten Tapferkeit. Er gewann, ließ aber das nächste Spiel Kathe gewinnen. Beim Ping-Pong war es umgekehrt.

Nachts segelten sie mit einem alten Kahn aufs Meer hinaus, Kathe führte die Manöver aus. Sie brachte Jim bei, wie man das Steuerruder hält, wie man laviert und seine Position nach den Sternen bestimmt. Der alte Maat, der immer mitkam, schmauchte seine Pfeife und übernahm erst an der Mole wieder das Kommando. Die Insel war schmal, und man erreichte von überall schnell das Wasser. Das Leben hier gefiel ihnen so gut, daß sie beschlossen, sich auf der Insel ein Häuschen zu bauen.

Kathe kaufte ein Tannengrundstück. Jim erhielt ein Honorar, mit dem er noch gar nicht gerechnet hatte, und so fingen sie alle gemeinsam an, einen Plan für das Haus zu machen.

Es sollte so klein sein, daß die Sonne überall hineinscheinen könne, und hoch genug, daß es die Tannen überrage; jeder sollte ein kleines, wie eine Schiffskabine eingerichtetes Zimmer bekommen, zwei größere Zimmer waren für Kathe-Jim und als Eßzimmer vorgesehen. Kein Bad, keine Duschen. Jules sollte unten wohnen.

Ein avangardistischer Innenarchitekt zeigte Interesse an den detaillierten Fragen, die ihm Kathe in punkto Gestaltung auch des kleinsten Winkels unterbreitete, und er schickte ihr Skizzen. Das ganze Haus sollte an ein Schiff erinnern. Kathe trieb einen Maurer und einen Zimmermann auf und überzeugte sie von ihren Vorstellungen.

Da wurde Jim durch ein Telegramm aus New York nach Paris gerufen. Er mußte abreisen.

Kathe schickte ihre Familie nach Hause und blieb allein auf der Insel, um den Bau zu überwachen. Der erste Schnee fiel, aber zu Weihnachten konnte sie mit den Handwerkern das Richtfest feiern. Im Frühling dann sollte der Rest besorgt werden.

Das alles war nicht leicht gewesen, und Jim erhielt Bericht von manchen Zwischenfällen.

Es war ein amerikanisches Ehepaar, Jack und Micheline, das Jim nach Paris gerufen hatte; sie arbeiteten an einer Sammlung moderner Autographen, und Jim sollte ihnen dabei helfen.

Nächst Jules war Jack Jims bester Freund. Er war ein wahrer Boß vom Scheitel bis zur Sohle, von Gerechtigkeit durchdrungen und hart gegen sich selbst, wenn ihn Zweifel befielen.

Ein oder zwei Monate lang verbrachten Jack und Jim alle Stunden des Tages zusammen, mal auf der Jagd nach raren Stücken, mal beim Golfspiel. Jack war zehn Jahre älter als Jim.

Micheline war jung, von einer hinreißenden Schönheit und sehr verliebt in ihren Mann, über dessen Gesundheit, allem Anschein zuwider recht schwach, sie fürsorglich wachte.

Jim bekam nach und nach heraus, daß eine völlige Vereinigung für beide ein seltenes Erlebnis war, das große Bedeutung für Jacks Kräfte und selbst für seine Stimmung gegenüber seiner Lebensgefährtin hatte.

Sie lebten unter ständigen Tantalusqualen und waren immer bestrebt, sich durch ihre Sammlung abzulenken. Am liebsten waren sie ständig mit Jim zusammen. Sie behandelten ihn wie einen Bruder.

Die beiden liebten sich also und durften sich dennoch nicht vereinen, wann sie wollten. Der süße, immerwährende Sturm war ihnen fremd.

Zu Anfang hatte Jim sie oft alleingelassen und auch dafür gesorgt, daß sie immer ihr eigenes Schlafabteil erhielten; sie hatten ihn jedoch niemals darum gebeten. Als er die Folgen sah, half er ihnen um ihrer selbst willen und teilte auf Reisen sogar das Zimmer mit Jack an jenen Tagen, wo sie Probleme der Sammlung zu bereden hatten.

Wohin entführten ihn seine Freunde? ... *Nach Venedig.*

Das Venedig der Nachsaison, das Venedig der kurzen Tage, das Venedig ohne Kathe ... Jim wurde das Herz schwer.

Jack sagte zu ihm:

»Haben Sie nicht eine nette Freundin, die Sie hierher einladen könnten? Zu viert ist es lustiger als zu dritt.«

»Aber sicher hat er eine Freundin«, fügte Micheline mit augenzwinkerndem Lächeln hinzu.

Ein Telegramm an Kathe juckte Jim in den Fingern. Er stellte sich vor, daß sie glücklich sein würden wie immer, daß sich die Leute nach ihnen umschauen würden wie immer, fand aber auch, daß dies alles das gemäßigtere Glück von Jack und Micheline verletzen könnte. Und er schickte das Telegramm nicht ab.

Sie wohnten in Venedig in einem so exklusiven Hotel, daß Kathe und Jim dort nicht einmal hätten Kaffee trinken können. Und welchen Eindruck gar hätte Kathe in dem mit dekolletierten Angelsächsinnen angefüllten Speisesaal gemacht? Er sah das Bild vor sich: Kathes und Michelines Schultern hätten weithin alles ausgestochen. In ihrer untadeligen Haltung glich Kathe Micheline, wenngleich sie sicher noch stärker die Aufmerksamkeit auf sich gezogen hätte.

Dann spielte Jim mit dem Gedanken, Jules herbeizurufen; er hätte seinen Freunden ebenfalls gut gefallen. Aber Jules hätte sich in diesem hektischen Luxus-Milieu nicht wohlgefühlt?

Venedig glich dem gemeinsamen Schlafwagenabteil: es führte Jack und Micheline einander zu nahe. Beängstigende Depressionen stellten sich bei Jack und damit auch bei Micheline ein. Jim sah es deutlich und empfand, wie sehr er selbst und überhaupt alle Männer, freilich jeder auf eine andere Weise, in Jacks Lage waren: sie waren das Stroh, das man in das lodernde Feuer der Schönheit ihrer Frauen warf. Er, Jim, konnte nicht monatelang ständig mit Kathe zusammenleben; es erschöpfte ihn und führte zu unfreiwilligem Widerwillen, der dann ihre gemeinsamen Katastrophen verursachte. Sie waren glücklicher, wenn sie sich nicht gar so oft sahen. Für Jack und Micheline genügte schon eine Stunde, um beide unglücklich zu machen.

Jim hatte diese beiden Menschen vor Augen, die sich anbeteten, und die sich noch weniger ähnelten als Kathe und er. Und so, indem er sie beobachtete, lernte er einiges mehr über Kathe und sich.

Sie bummelten im Auto durch Italien bis hinunter nach Rom, wo sie einige wertvolle Manuskripte auftrieben. Das Pantheon mit seinen Schätzen und die Villa mit den Wasserspeiern gefielen ihnen besonders, und Micheline war in dieser Zeit sehr zärtlich zu Jack.

Sie kehrten nach Paris zurück. Aber Jim wünschte sich, Kathe und Jack miteinander bekanntzumachen; sie zogen Erkundigungen über die deutschen Sammlungen ein und fanden schließlich, es lohne eine kurze Reise nach Berlin. Micheline blieb in Paris, um sich portraitieren zu lassen.

Bei einem Essen in einem ruhigen Restaurant stellte Jim dann die beiden einander vor. Es war ein voller Erfolg. Kathe und Jack waren sehr voneinander gefesselt und unterbrachen sich nicht einmal gegenseitig in ihrer Unterhaltung (was für beide eine Leistung war). Verbissen, aber spielerisch diskutierten sie über Gott und die Welt. Und wenn sie sich dann über einen Punkt einigten, brachen sie in ein dröhnendes Lachen aus. Sie brachten dem Leben die gleiche Taktik entgegen: wenn es nötig war zu kämpfen, mußte man als erster losschlagen, schnell und gründlich. Man mußte großzügiger sein als die Großzügigen, die Mittelmäßigen verachten, und die Kanaillen vernichten. Jeder feuerte den anderen an, Beispiele zu erzählen. Jim amüsierte sich und fragte sich, aus welchen Gründen ihm diese beiden ihre Freundschaft schenkten. Gehörte er zum Stamme der Piraten wie sie? Oder war er nur ein netter Zaungast, der in ihren Augen Gnade fand?

Kathe lud sie in ihre Wohnung ein. Auf dem Tisch lag die Luxusausgabe eines Werkes aus der Feder eines zeitgenössischen Autoren. Jack schlug das Buch auf und schrieb in seiner temperamentvollen Schrift auf das Vorsatzblatt, daß und warum er das Buch miserabel finde, und setzte seine Unterschrift darunter. Ein Autograph, als Zeichen der Freundschaft. Er sagte zu Kathe:

»Ich habe in Ihr Buch geschrieben, daß ...«

»Es gehört mir nicht«, sagte Kathe, »ich habe es mir geliehen.«

Jack lachte schallend:

»Sie sind wunderbar ... warum haben Sie mich nicht daran gehindert?«

»Weil Sie so schön in Schwung waren.«

Kathe sagte zu Jim:

»Wenn Jack mir in meinen jungen Jahren begegnet wäre, hätte er mir gewaltigen Eindruck gemacht.«

Jack sagte ihm dasselbe.

»Warum macht mir nur das alles soviel Spaß?« fragte sich Jim.

Als der Zug abfuhr, reichte Kathe ihnen durch das offene Abteilfenster Orchideen herein, jedem eine. Jack hielt seine Blume bis kurz vor Paris in den Händen, dann gab er sie Jim; er wollte Micheline nicht beunruhigen.

Sie sahen sich Michelines Portrait an. Sie zeigte darauf einen Ausdruck, der einer Widmung glich: *für Jack.* Jack aber nahm Anstoß daran, daß sie soviel Gefühl vor dem Maler hatte sichtbar werden lassen.

Dann reisten die beiden ab.

Jim wurde für fünf Monate nach Amerika geschickt. Kathe und er wechselten zärtliche Briefe. Er sah einige seiner alten Flirts wieder und hätte sich zudem in neue verlieben können. Aber er blieb Kathe treu: er hoffte, sie möge es ihm mit Gleichem vergelten.

FÜNF

Das Zimmer des Glücks

Nach seiner Rückkehr fand Jim Kathe in Paris vor, sie hatte sich allein in einem Zimmer eingerichtet. Sie hatte sich entschlossen, Jules als Ernährer der Familie nachzueifern, und wollte ihre Karriere als Malerin und Zeichnerin fortsetzen. Sie nahm das sehr ernst und war Jim jetzt nur in solchem Maße wohlgesonnen, als er ihr dabei half.

Jim schätzte das, was sie malte, obwohl es ihn manchmal verwirrte, ja fast aus der Fassung brachte.

Er war gerührt und überrascht von der Unbefangenheit und Gradheit, mit der Kathe hier ihr Leben meisterte und sich ans Werk machte. Sie war nicht mehr die Bienenkönigin, die sich von ihrem Schwarm hofieren läßt, sondern für eine Zeitlang die Arbeitsbiene.

Nachdem beide zunächst, wie üblich, Zurückhaltung geübt hatten, fanden sie sich wieder.

Kathe wohnte nicht weit von Jims Mutter, wo er immer noch seinen Schreibtisch und sein Zimmer hatte. Die meisten Nächte verbrachte er bei Kathe.

Jim machte Kathe mit prominenten Pariserinnen bekannt. Sie trug noch mit Vorliebe Schwarz, die einfachen Kleider, die Jim gefielen, den anderen aber provinziell vorkamen. So wurde sie umgehend nach neuster Pariser Mode gekleidet. Zu Jims großem Bedauern.

Sie lebten nun tatsächlich in derselben Stadt, und sie arbeitete dort genauso wie er. Eine neue Ära brach an, mit all ihren Reizen, mit allen Gefahren. Immer waren sie nur in Ferienstimmung zusammen gewesen – jetzt hieß es, Freizeit und Arbeit unter einen Hut zu bringen.

Sie unternahmen eine Wallfahrt an den denkwürdigen Ort, wo Kathe in die Seine gesprungen war.

Sonntags fuhren sie durch die Umgebung von Paris, auf der Suche nach einem Landhäuschen für sich und *die Familie,* die bald eintreffen sollte. Jim glaubte ein paarmal, das rechte Traumhaus gefunden zu haben, aber Kathe verwarf seine Entdeckungen mit sicherem Instinkt. Sie war es schließlich, die das Haus fand, das sie für den Sommer brauchten.

Munter und kerngesund traf die Familie ein. Im Handumdrehen brachte Kathe sie unter, und sie nahmen das alte Familienleben wieder auf. Jules war mit schwierigen Übersetzungen beschäftigt, und Jim mußte ihm oft helfen.

Jim schränkte seine Pariser Bekanntschaften und Verpflichtungen auf ein Minimum ein. Trotzdem kam es eines Morgens, gleich nach dem Erwachen, zu einem Krach mit Kathe. Sie warf ihm vor, er sei ein Stümper, zerstreut und nur wenig um sie besorgt. Beide schienen von vieler Arbeit überreizt, einer gab dem anderen den Abschied; erst nach Stunden versöhnten sie sich wieder.

Im Haus gab es ein Billard. Nach Tisch pflegten sie einige Partien zu spielen, Jules stellte sich dabei am drolligsten an. Kathe gab den Mädchen Klavierstunden, und auch Jim mußte antreten, obschon es bald klar war, daß er nie über das ›Hackebeil des Metzgers‹ hinauskommen würde.

Kathe hatte Jim einst einen goldenen chinesischen Ring geschenkt, einen sich windenden Drachen. Eines Abends sagte sie zu Jim:

»Den gleichen habe ich Albert geschenkt.«

Jim, der gerade mit dem Ring spielte, zerbrach ihn auf der Stelle zwischen den Händen. Kathe lachte nur und hob den zerbrochenen Ring auf. Jim ließ ihn reparieren, und er tauchte wieder an der Hand Kathes auf.

Kathe machte ein anderes, besser geheiztes Haus für den Winter ausfindig. Es lag in einem Garten und war drei Stockwerke hoch, von denen sie zwei bewohnten. Jules hatte unten ein großes Arbeitszimmer mit einem riesigen, massiven Tisch, auf dem seine Wörterbücher und Manuskripte Platz fanden. Er stand immer früh auf und verließ das Zimmer den ganzen Tag nicht. Abends wurden ihm schnell die Augen schwer, dann bat er Kathe, die das nicht gerne sah, sich zurückziehen zu dürfen.

Das Mobiliar im Haus war alt und gediegen. Die Zimmer waren klein, mit Ausnahme von Jules' Arbeitsraum und Kathes Schlafzimmer.

Dieses Zimmer hatte Möbel aus geschnitzter Eiche, die stellenweise honiggelb gestrichen waren. Das Bett hatte Säulen mit einem Eichenhimmel. Auf dem gewachsten Parkettboden lagen kleine Brücken verstreut. Vor einem der Fenster wuchs eine alte Platane mit einer mächtigen Krone; Jim legte sich gern quer übers Bett und sann über die Blätter des Baumes nach.

Obwohl der Raum eigentlich nicht ihrem Geschmack entsprach, tauften sie ihn nach zwei Wochen *Zimmer des Glücks,* so sehr fühlten Kathe und Jim sich darin geborgen, und so sehr hatten sie hier in fortgesetzter Weise das, was sie ihren Schlafblock nannten. Wenn abends die Herbstsonne unterging, schimmerte das eichene Mobiliar glutrot.

Mathilde, die Deutschland nie zuvor verlassen hatte, war überrascht, wie schnell sie sich an französische Sitten und Gebräuche gewöhnte. Sie meinte zwar, in Frankreich würde mehr und schneller gelogen und alles übertrieben, aber wenn man das erst einmal herausbekommen hätte, machte es nichts mehr. Sie liebte viele Leute in der Stadt, wußte aber nichts mit deren Beredsamkeit anzufangen. Sie schlief mit den Töchtern in einem Zimmer neben Kathe. Jules schlief in seinem Arbeitszimmer auf einem bequemen Liegebett.

So hatten sie ihre Anker in einem friedlichen Hafen geworfen und beschlossen, mindestens zwei Jahre dazubleiben. Das Zimmer des Glücks machte seinem Namen zwanzig Monate lang Ehre. Das ist *viel.* Der Honigduft Kathes vermählte sich mit der Honigfarbe der alten Eichenmöbel. Ihr Schlafblock war ein Dank an den Schöpfer.

Die Mädchen lernten schnell Französisch und kamen in der Schule gut voran.

Gab es noch Anlässe für Verdruß? Die Sorgen schienen für alle Zeit gebannt.

Jims Mutter war auf Reisen, und so lud Jim Kathe ein, einen Tag in seiner Wohnung zu verbringen. Es war für ihn ein seltsames Gefühl, Kathe in diesem Heiligtum zu sehen, wo überall der Geist der Mutter wehte, wo alles dem Leben, das Kathe führte, so heftig widersprach.

Sie und Kathe: das paßte zusammen wie Unabhängigkeit und Absolutismus. Doch seine Mutter war nur zwei Jahre lang verheiratet gewesen und hatte Jims Vater auch danach immer die Treue bewahrt, sie widmete sich ganz ihren Büchern, ihren Gedanken und den Besuchen von Freunden. Sie fand Jim schwach und zerstreut.

Kathe und Jim vermieden es, den Salon und das Schlafgemach der Mutter zu betreten.

Eines Abends gingen sie in die Music-hall. Mitten in der Vorstellung sagte Kathe zu Jim:

»Bleib sitzen. Mir ist's zu heiß. Ich schnappe nur mal Luft.«

Sie kam nicht wieder. Jim beunruhigte sich. Eine Logenschließerin wandte sich an ihn und sagte:

»Monsieur, Sie werden verlangt.«

»Wer verlangt mich?«

»Es ist wegen Madame ...«

Jim folgte der Frau durch einen langen Gang mit dicken Teppichen, die elektrische Funken sprühten, wenn man die Füße hob. Er fand Kathe am Boden liegend, auf dem Rücken ausgestreckt, aus einer offenen Stirnwunde strömte Blut über ihr Gesicht. Er glaubte, sie sei tot, ermordet. Von wem?

Ein Herr, den Jim völlig übersehen hatte, stellte sich vor:

»Ich bin der Bereitschaftsarzt. Die gnädige Frau muß ohnmächtig geworden sein. Sie ist gestürzt und mit dem Gesicht auf diese Heizung gefallen. Ich habe die Wunde untersucht, sie ist nicht tief, aber wir müssen die gnädige Frau ins Krankenhaus bringen. Sie war schon kurz wieder zu sich gekommen und konnte uns angeben, auf welchem Platz wir Sie finden würden.«

Jim versuchte, Kathe aufzuheben, aber sein Herz begann zu pochen. Ein Bühnenarbeiter sprang hinzu und trug Kathe, als sei sie leicht wie eine Puppe, zu einem Taxi. Bei jedem Schritt tropfte Blut auf den Boden.

›Das geht so schnell‹, dachte Jim, ›... es ist wie damals vor der Lokomotive ... Kathe springlebendig, übermütig, blond ... und dann plötzlich ein Stück geschlachtetes Fleisch.‹

Der Bühnenarbeiter wollte von einem Trinkgeld nichts wissen und wünschte gute Besserung.

Sie fuhren ins Krankenhaus Beaujon. Kathe wurde in den Saal für Erste Hilfe gerollt und auf den Operationstisch gelegt.

»Nichts gebrochen«, stellte der diensthabende Internist fest, »nicht einmal das Nasenbein. Tiefe Fleischwunde auf der Stirn. Wir müssen nähen. Der Blutverlust ist nicht so tragisch. Warten Sie bitte draußen, Monsieur.«

Jim wartete vor einer Tür, die sich nach einer halben Stunde öffnete. Jim hörte: »Geben Sie ihr einen heißen Grog ... Ja, wenn sie zuhaus gut gepflegt wird, ist sie transportfähig.«

Man übergab ihm eine zitternde Kathe, das Gesicht unter einem dicken Kreuzverband verborgen, nur die Augen, gottseidank ganz unversehrt, schauten hervor.

Im Taxi drang eine verzweifelte Stimme aus dem Kreuzverband:

»Werden nicht entstellt sein ... werden nicht entstellt sein ... haben sie gesagt ... die Ärzte ... werden sich aber sehr schwach fühlen!«

Daran hatte Jim nicht einmal gedacht ... Hauptsache, sie lebte! Er mußte laut lachen. Er küßte den Verband, aus dem ein Lachen widerklang und auch ein wenig Blut sickerte.

Wie nur hatte Kathe, die immer so behend und leichtfüßig war, gleich einem Klotz hinstürzen können?

Jim lernte den Verband wechseln. Der weiße Turban stand Kathe gut. Die Blutkruste fiel langsam ab. Nach zwei Monaten blieb nur noch eine schmale Narbe zurück und die Erinnerung an ein seltsames Erlebnis, halb Russisches Ballett, halb Kriminalroman.

Der Frühling kam, und auf der Suche nach einem schönen Badestrand machten Kathe und Jim für eine Woche einen Abstecher auf die Insel Oléron.

Dort hausten sie in einem kahlen Dachgeschoß, in einem kargen Doppelbett aus übereinandergeschichteten Strohmatten, unter einem Kruzifix aus rohem Holz. Sie durchstreiften die ganze Insel, aber am liebsten lagen sie an dem meergepeitschten Strand.

An einem nebligen Abend wollte Kathe noch im Ozean schwimmen, der an diesem Tag einen außergewöhnlich friedlichen Eindruck machte.

Jim hatte es nicht gern, wenn sie nachts so weit hinausschwamm: die Brandung war immer reißend und gefährlich. Kathe versprach, bald zurückzukommen.

Er ging am Ufer auf und ab, Kathes Mieder und Rock unter dem Arm, und ärgerte sich mehr und mehr, daß Kathe so lange badete.

Zwar ging Kathe, das war klar, das nasse Element über alles. Aber trieb sie es nicht oft zu weit, nur um Jim zu beunruhigen und sich an seinen Qualen zu erbauen? – Mit Jules gelang ihr das spielend, der hätte auch schon längst angefangen, nach ihr zu rufen, aber er, Jim, war nicht gesonnen, ihr diesen Spaß zu gönnen. Er verscheuchte die Schreckensbilder, die vor ihm auftauchten. Der Nebel fiel tiefer, die Nacht brach herein. Da draußen schwamm irgendwo Kathe; wahrscheinlich hatte sie längst die Orientierung verloren und war am Ende ihrer Kräfte.

Nach einer halben Stunde überlegte Jim, ob er ins Dorf laufen und die Fischer zuhilfe rufen sollte. Aber würden die in stockfinsterer Nacht etwas ausrichten können?

Vielleicht wartete Kathe den Morgen auf einer Klippe ab. Vielleicht würde gar ihr Leichnam von den Wellen an Land gespült werden? Das Meer trat mit der Ebbe zurück, Jim folgte ihm. Er rief nach Kathe, aber das Lärmen der Brandung schluckte seine Stimme.

Er gab es auf, drehte sich um und ging hundert Schritte auf den Wald zu. So ein Wahnsinn! Er stieß Verwünschungen gegen Kathe aus.

Da hörte er das Tappen nackter Füße, und wie ein Echo hallte ihm ein anderer Fluch entgegen. Es war Kathes Stimme.

Da kam sie heran. Sie war an einer anderen Stelle an Land gestiegen, hatte ihn im Nebel nicht gesehen und ihn weiter oben, zum Wald hin, gesucht, während Jim sie hinter seinem Rücken, zum Ozean hin, erwartete. Sie war wütend und fest überzeugt, daß Jim vorgehabt habe, sie aus Jux nackt ins Dorf spazieren zu lassen.

Sie sprang ihm an die Kehle, und erst am nächsten Tag fanden beide das Lachen wieder.

Sie wollten die Gegend von Landes kennenlernen.

Sie nahmen den Nachtzug von Paris und erreichten in der Morgendämmerung eine kleine Stadt am Rande des Beckens von Arcachon. Sie waren hungrig. Eine Austernverkäuferin bot kleine, saftige Austern an. Sie schlürften ein Dutzend nach dem anderen und begossen das Mahl mit einem scheinbar harmlosen Weißwein. Kathe trank, ganz gegen ihre Gewohnheit mehr als Jim, kräftig einen über den Durst.

»Paß auf mit dem Wein, Kathe!«

»Nur keine Angst, Jim!«

Mit geschultertem Rucksack zogen sie weiter durch die Stadt. Kathe fing an, laut zu singen. Es klang hübsch, aber sie würde die Leute aufwecken. Jim sagte es ihr. Sie bedankte sich für den Hinweis, fing aber gleich wieder an.

Sie kamen an die Grenze und sprachen beim Zöllner vor, für den sie ein Empfehlungsschreiben hatten.

»Wenn die junge Dame einen Augenblick in einem Sessel verschnaufen möchte ...?« sagte die Frau des Zöllners und öffnete die Tür zum sauber aufgeräumten Schlafzimmer.

Kathe nickte dankend und verschwand.

Im Eßzimmer plauderte Jim mit dem liebenswürdigen Ehepaar über die Umgegend. Es wurde Zeit zum Aufbruch. Die Frau des Zöllners klopfte an die Schlafzimmertür. Nichts rührte sich. Sie entschloß sich zu öffnen. Jim und der Zöllner folgten ihr. Sie trat ein und machte große Augen: Kathe lag ganz nackt in ihrem Ehebett und schlief den Schlaf der Gerechten, ihre Kleider hatte sie ordentlich auf einen Stuhl gelegt.

Sie ließen sie ausschlafen. Dann lud das Zöllnerpaar Kathe und Jim zu einem herzhaften Essen ein. Kathe entschuldigte sich, es sei ihr plötzlich schwindelig geworden, sie habe nicht mehr gewußt, wo sie war. Der Weißwein hatte seine Wirkung getan.

Kathe und Jim folgten einem Weg aus weichem Sand zwischen hohen Tannen und kamen zu zwei aneinandergrenzenden Hütten. Hier lebte eine große Harzeinsammlerfamilie. Eine der Hütten, die ein Freund Jims erbaut hatte, wurde ihnen vermietet. Durchs Dach konnte man ein paar Sterne sehen, es regnete aber nicht durch.

Am folgenden Morgen gingen sie auf Drosseljagd, und Kathe lernte, auf sie im Flug zu schießen. Sie fielen wie Pflaumen vom Himmel. Sie entdeckten das Vergnügen der gemeinsamen Jagd, und als Fleischnahrung hatten sie nur das Wild, das sie erlegten.

Mit den Harzeinsammlern gingen sie zu den Ringeltauben: Sie versteckten sich alle in einer mit Kiefernzweigen getarnten Sandgrube und brachten mit Schnüren die Flügel der gefangenen Ringeltauben zum Schlagen, die sie auf Latten in den Kronen der umstehenden Bäume festgebunden hatten. Daraufhin ließen sich Schwärme von Wildtauben auf die Bäume ringsum nieder. Auf ein Zeichen hin wurde aus der Grube geschossen. Jim und Kathe fanden aber bald diesen

Sport zu leicht. Sie postierten sich lieber im Freien auf einer Bank und schossen von dort auf die Sperber, die die Tauben verfolgten. Das war doch wenigstens noch rechtes Schießen, selbst wenn sie meist vorbeitrafen.

Abends wurde es kalt. Kathe und Jim erwärmten sich nackt an einem lodernden Feuer aus Tannenzweigen.

Sie durchstreiften die Dünen, die hundert Meter hoch und ausreichend breit waren, daß man darin ›Sahara‹ spielen konnte. Sie verbrachten ausgelassene Tage nackt am Strand des Ozeans, und einer begrub den anderen unter dem heißen Sand; man sah von ihnen dann nichts mehr außer zwei Papierröhrchen, die sie zum Atmen brauchten, und manchmal zwei Brustwarzen. Sie bauten einen Tempel mit Treibholz und Vogelskeletten.

Sie kamen sich vor wie Adam und Eva.

Einmal verliefen sie sich in dem endlosen Wald, der überall gleich aussah. Nach stundenlangem Umherirren mußten sie schließlich in das Horn stoßen, das die Harzeinsammler ihnen vorsorglich geliehen hatten, und das sie nur mit sich trugen, um sie nicht zu kränken. (Denn sie hielten es für ausgeschlossen, daß sie vom Weg abkämen.) Allein, wie man das rettende Signal bläst, hatte man ihnen nicht beigebracht, und die Töne, die sie jetzt dem Horn bis zur Erschöpfung entlockten, ähnelten verteufelt dem Alarmruf: ›Feuer im Wald!‹ Von allen Seiten kamen Leute herbeigelaufen, die sich für Opfer eines schlechten Scherzes hielten und sie einsperren lassen wollten. Das Auftauchen ihrer Harzeinsammlerfreunde rettete sie.

Es gab Riesengelächter, als sie nach der Rückkehr bei Tisch von ihren Abenteuern erzählten. Jules brachten sie eine Meerschaumpfeife mit, und die Kinder bekamen rosa Muschelketten, Mathilde schwarze.

An einem sonnigen Morgen stand Jim sehr früh auf und spazierte durch den Garten. An einem wurmstichigen Holzpfahl entdeckte er einen winzigen grünlichen Fleck, der seine Form zu verändern schien. Er sah näher hin: es war eine Halbkugel, so groß wie eine kleine Flintenkugel, die sich Zug um Zug in perfektem Gleichschritt streckte und wieder zusammenzog, wie eine Kompanie Rebhühner, die sich bald niedersenkt und bald wieder davonfliegt. Spinnen? Blattläuse? – Ein kleiner Vogel pickte sorgfältig am nächsten Pfahl. Fraß er ähnliche Kugeln? Jim ging noch etwas näher heran. Die kleine Kugel streckte sich sehr weit aus und wurde unsichtbar im nahen Schimmelpilz. Wer hatte gewarnt? Jim war bewegt, und diese kleine Kugel blieb für ihn ein Bild ihrer Familie, die völlig von Kathes Instinkt geleitet wurde.

Jim saß mit den Kindern im Gras.

»Sag mir, Jim«, begann Martine, »was macht man, wenn man tot ist?«

»Sie will sagen«, erklärte Lisbeth: »was machen dann die Seelen?«

»Sie schlüpfen aus dem Körper«, sagte Jim, »so wie die Libellen aus den Larven schlüpfen.«

»Ja«, sagte Martine, »sie trocknen ihre Flügel.«

»Sie treffen sich mit anderen Seelen«, fuhr Jim fort, »und husch! schießen sie wie Aale ganz gerade davon, aber zum Mond.«

»Und was machen sie da?« fragte Lisbeth.

»Sie denken nach und eines schönen Tages ziehen sie weiter zu Planeten aus Feuer, aus Eis und zu anderen Planeten.«

»Ich hätte es lieber«, sagte Martine, »wenn sie sich in Tiere verwandelten.«

»Das geht auf der Erde, sie dringen danach zu den vielen Milliarden Sternen vor, die an der Milchstraße stehen, und da spielen sie Versteck mit dem lieben Gott.«

»Und finden sie ihn?« wollte Martine wissen.

»Das weiß man nicht genau. Aber das wichtigste ist, daß sie miteinander spielen.«

»Ah ja«, sagte Martine verständig.

»Nein«, sagte Lisbeth.

»Und was wird aus Mama?« fragte Martine.

»Mama kommt immer zu euch zurück«, sagte Jim.

Tags drauf erschien Kathe mit einem unlängst erschienenen Buch, das sie begeistert in der Hand schwenkte.

»Endlich ein Mann«, sagte sie, »der ganz laut zu sagen wagt, was ich nur leise zu denken gewagt habe: der Himmel über uns ist in Wirklichkeit eine Hohlkugel, nicht größer als so. Wir bewegen uns aufrecht, unser Kopf zeigt zum Zentrum der Kugel. Die Anziehungskraft unter unseren Füßen wirkt nach außen hin, in Richtung der festen Kruste, in die diese Blase eingeschlossen ist.«

»Wie dick ist diese Kruste und was verhüllt sie uns?« fragte Jim.

»Hört euch das an«, sagte Kathe, »... was verhüllt sie uns? Ist das eine Frage, die man unter Gentlemen stellt?«

Alle lachten.

So flog die Zeit dahin. Das Glück erzählt sich schlecht, und es nutzt sich ab, ohne daß man den Verschleiß bemerkt.

Das war eine Aufregung für alle, als Jim es sich endlich leisten konnte, Kathe einen kleinen Wagen zu schenken, ein Modell, dessen Innenausstattung in schottischem Blaubraun gehalten war. Kathe lernte schnell fahren. Das Auto besaß nur drei Plätze, aber wenn sie zum Picknick ausfuhren, quetschte Kathe die ganze Familie hinein. Jeden Morgen nahm sie Jim mit nach Paris, jeden Abend holte sie ihn wieder ab. Das ersparte ihm die Fahrt im überfüllten, unregelmäßig verkehrenden Vorortzug. Regelmäßig wusch die ganze Familie, Mathilde eingeschlossen, das teure Gefährt: sie liebten es wie einen treuen Hund, und schon gab es die schönsten Legenden über das Auto. Jim erfand für die Kinder sogar ein langes Märchen, in dem das kleine Auto Kathes Leben rettete, nachdem es ihr ganz allein auf der Straße gefolgt war.

Jim machte eine Griechenlandreise, Jules fehlte ihm sehr. *Dem Lächeln* stattete er diesmal keinen Besuch ab: warum auch? Er hatte es ja daheim. Auf der Rückreise traf er sich mit Kathe an der Riviera. Sie brauchte zwei Tage, für das kleine Auto eine Gewalttour. Von dort unternahmen sie in aller Muße eine halbe Frankreich-Rundfahrt. Jim hatte inzwischen ebenfalls fahren gelernt; unter seinen Händen erwachte das Auto erst richtig zum Leben. Mit einigem Recht nahm Kathe gegen Jim für das Auto Partei. Als das Auto in die Reparatur mußte, unternahmen sie eine Fußwanderung durch die Pyrenäen.

In einem zu dieser Zeit fast menschenleeren Badeort besuchte Kathe aus Neugier das Haus mit den Thermalbädern. Jim fand sie in einem überhitzten Saal, durch den ein eisiger Windzug pfiff. Er entdeckte, daß ein Fenster zersplittert war.

»Daher also«, sagte Kathe, »ich dachte schon, das gehöre mit zur Kur. Zum Glück erkälte ich mich nie. Bei uns zuhaus würde man jedoch die Badewärterin, die mich hierhergesetzt hat, hart bestrafen: wenn ich wirklich krank gewesen wäre, hätte ich mir hier ja den Tod holen können.«

Während sie auf das Auto warteten, studierten sie in einem alten Jahrgang des *Landboten* einen Beitrag aus der Feder eines Anonymus und prägten sich daraus ein paar besonders kuriose Stellen ein.

Sie fuhren ab.

Carcassonne fanden sie verödet vor, es machte einen tristen Eindruck, doch sie entdeckten hellere und schönere Flecken.

Ein paarmal verdunkelten Schatten ihr Glück. Dann, wenn Jim fand, Kathe springe ein wenig barsch mit bestimmten Leuten um. Er sagte:

»Man muß die Menschen nicht vor den Kopf stoßen.«

Kathe verdächtigte ihn sofort, er denke dabei an Gilberte.

»Doch«, sagte sie, »man muß. Wenn man das Leben ungestört genießen will, muß man wie ein Chirurg verfahren, Vorsorge treffen und zu Zeiten operieren.«

Sie kehrten nach Paris zurück.

Jules, der immer wieder die Streitereien der beiden erlebte, erzählte ein Hindu-Märchen:

»Zwei Liebende litten die Qualen der Liebe und der Eifersucht. Sie erlebten zusammen das höchste Glück und das Leid. Sie gingen oft auseinander und fanden sich wieder, und dann liebten sie sich umso mehr. Aber schließlich überwog das Leid, das sie sich einander zufügten. Sie trennten sich für immer. Einige Jahre später wollte er, dessen Herz gebrochen war, sie vor seinem Tod noch einmal wiedersehen. Er reiste umher und suchte sie, fest überzeugt, sie zu finden: denn wo sie auch sein mochte, sie war so schön, daß man von ihrer Schönheit weithin Kunde tragen würde. Er fand sie. Sie war jetzt der Stern einer Tanzgruppe und führte ein leichtes Leben. Er ging zu ihr und sah sie an. Sprechen konnte er nicht, denn die Tränen rannen an seinen Wangen herab. Er folgte der Truppe und sah zu, wenn seine Frau für andere tanzte, für andere lachte. Er hatte ihr nichts vorzuwerfen und wünschte sich nur, sie möge ihn nicht davonjagen. Es genügte ihm, sie anzuschauen. – ›Endlich liebst du mich wirklich!‹ sagte sie zu ihm.«

Sie deuteten gemeinsam dieses Märchen. Kathe gefiel es. Jim dachte an Manon und Des Grieux.

Jules sagte zu Kathe:

»Deine Maxime lautet: bei einem Liebespaar muß wenigstens einer von beiden die Treue wahren, nämlich der andere.«

Und er setzte hinzu:

»Wenn man jemanden liebt, muß man ihn so lieben, wie er ist. Man will ihn nicht ändern, denn wenn einem das gelänge, wäre er nicht mehr derselbe. Es zählt mehr, den, den man liebt, zu verlassen, als ihn ändern zu wollen, Mitleid mit ihm zu haben, oder ihn gar zu beherrschen.«

Jim wollte vor Kathe sterben. Überleben war eine Sünde. Die Spinnenmännchen wissen es, und die Spinnenweibchen auch.

Und wenn es eine Sünde gewesen ist, zieht sie die anderen Sünden nach sich.

SECHS

Paul

»Auf eine Reihe schöner Tage folgen stürmische Zeiten. Warum? Noch hat man die Sonne im Auge – und schon ist der Monat verpfuscht, die Saison verpfuscht, ja vielleicht das ganze Jahr verpfuscht.«

(DER LANDBOTE)

Kathe saß hinter Jim, der den Wagen steuerte. Kathe machte unvermittelt eine Bemerkung über Gilberte. Jim gab keine Antwort. Dann erzählte Jim irgend etwas, und Kathe antwortete nicht. Sie fuhren langsam durch den Bois de Boulogne. Jim dachte, Kathe sei müde und wolle nachdenken. Er achtete ihr Schweigen und kurvte durch den schönen Tag.

Er konnte sie im Rückspiegel sehen. Er sah, wie sie sich vorbeugte und nach seinem Spazierstock angelte. Er fühlte, daß sich hinter seinem Rücken ein Gewitter zusammenballte. Kathe hob die Hände. Er fühlte den Schlag kommen und zog schnell den Kopf ein; Kathe traf ihn mit aller Kraft, die sie hier im Wagen aufbieten konnte, am Ohr. Er glaubte, Blut rieseln zu fühlen, aber seine Hände blieben weiß. Halb betäubt nahm er ihr den Stock aus den Händen.

»Oh Kathe«, sagte er.

Sie hatte nur seinem Schweigen, das sie als Beleidigung empfand, ein Ende setzen wollen.

»Ach«, sagte sie eines Tages, »wann wirst du aufhören, dich mir nur häppchenweise zu überlassen? Wann wirst du dich dazu durchringen, mir ganz zu gehören?«

»Ach«, sagte Jim, »wann wirst du es unserer Liebe gestatten, sich ein ruhiges, zärtliches Flußbett zu suchen, anstatt sie blitzartig zu zerschneiden wie der Bäcker seinen Teig?«

Ein junger Mann tauchte in Kathes Leben auf, so wie ein riesiges Insekt auf einen Balkon klatscht.

Sie erzählte Jules und Jim von ihm.

Sie hatte ihn eines Tages kennengelernt, als sie mit Mathilde beim Einkaufen war. Er war ihnen fast eine Stunde lang scheu gefolgt, hinter ihnen in die Kaufläden geschlüpft und hatte in aller Ruhe die beiden beobachtet.

Beim zweiten Mal war Kathe allein. Er faßte Mut, stellte sich ihr mit artiger Ungezwungenheit vor und äußerte den Wunsch, sich mit ihr zu unterhalten. Sein seriöses Aussehen nahm Kathe für ihn ein. Sie ließ sich von ihm zum Tee in eine Konditorei einladen. Er war groß, benahm sich korrekt und distinguiert und sprach mit Vorliebe von seinem Beruf; er war Architekt. Er fand, die Welt sei unnötig kompliziert eingerichtet und die Menschen verstünden ihre Zeit nicht gut zu nutzen.

Er forderte mehr Ordnung, mehr Klarheit und neue Wertbegriffe. Er war überzeugt, Kathes Haltung und ihre Art, sich zu kleiden, ließen darauf schließen, daß sie mit ihm einer Meinung sei.

Jules und Jim meinten, der junge Mann habe sicher recht: Kathes archaisches Lächeln enthalte in der Tat ein vernichtendes Urteil über das gegenwärtige Zeitalter.

Kathe sah ihn wieder und erstattete Bericht. Er hatte eine junge Frau, schlank und groß wie er selbst, die jedoch nicht seine reformatorischen Gedanken teilte. Beide waren Naturanhänger und begeisterte Schwimmer. Sie hatten keine Kinder.

Auf all das hin fanden Jules und Jim ihn nicht unsympathisch. Es war indessen auch klar, daß Paul (so hieß er) in Kathes Händen bald ein williges Werkzeug sein würde. Kathe hatte eine Menge Anklagepunkte gesammelt. Eine Lawine ballte sich zusammen. Die Zeit Alberts und Harolds konnte mit neuen Variationen jederzeit wiederkehren.

Kathe stachelte Jims Unruhe genußvoll an: Paul hätte geäußert, der Schwung ihrer Beine sei symbolisch für sie. Hatte er sie berührt?

Jim wollte Paul kennenlernen. Dieser Wunsch stieß bei Paul offensichtlich auf Gegenliebe. Die erste Begegnung fand in einem Café statt. Kathe gab sich, als könne sie kein Wässerchen trüben, und die beiden Männer versuchten, es ihr gleichzutun. Paul war in der Tat so, wie Kathe ihn beschrieben hatte. Er drängte sich nicht auf. Aber er schien durchaus dazu fähig, Kathes Phantasie auf eine Weise zu beschäftigen, die weder seiner Frau noch Jim angenehm sein konnte – und das tat er kaltblütig vor aller Augen.

Jim war entschlossen, kommen zu lassen, was anscheinend kommen mußte. Mit seinem Herzen und mit seinen Händen baute er einen kleinen Schutzwall um Kathe, damit sie ihm nicht unversehens entglitt; aber er errichtete keine Mauer.

Jules dachte: »Es hätte schlimmer kommen können.«

Jim erinnerte sich, daß Jules einmal zu Kathe gesagt hatte: »Jeden Sommer nimmst du dir einen anderen meiner Freunde zum Liebhaber.«

Paul aber hatte sie nun ganz allein gefunden.

Es war Jules' und Jims Schuld. Sie konnten Kathe nicht alles geben, was sie brauchte.

Eines Abends zogen Kathe und Jim sich fein an und fuhren mit dem Auto zum Essen in die Stadt. Sie leisteten sich einmal teure Gerichte und tranken Wein.

Nach dem Essen trafen sie in einem Velodrom Paul und dessen Frau; sie wollten dort einen berühmten Neger boxen sehen. Der Gegner war ein untersetzter, flinker und sturer Engländer. Trotz seiner ungewöhnlichen Meisterschaft konnte der Neger nur nach Punkten siegen. Das Publikum war enttäuscht.

Im Café darauf erwies sich Pauls Frau als eine reizende Person, war aber, wie Kathe angedeutet hatte, ein wenig konservativ. Kathe ergriff die Initiative. Paul verhielt sich sympathisch und zurückhaltend.

Jim blieb auf dem Quivive. War er nicht auch zuvorkommend, wie Kathe es erwartet hatte? Sie wünschte sich doch immer einen aufmerksamen Diener und Kavalier.

Mit der höchsten Geschwindigkeit, zu der ihr kleines Auto fähig war, fuhren sie wieder heim. Wie jeden Abend badeten sie zusammen.

Was begab sich nun? Für was wurden sie bestraft?

Für das frugale Mahl, das sie sich geleistet hatten? Für ihre animalische Teilnahme am Boxkampf?

Jim nahm die nackte Kathe zärtlich in die Arme, um sie zu küssen. Kathe sträubte sich. Jim war sicher, daß sie schon nachgeben würde und ließ nicht locker. Kathe war von den Unwägbarkeiten des Abends zu viert überreizt, glaubte sich roh behandelt und stieß Jim hart zurück. Er sah ihr zorniges Gesicht vor sich. Sie griff nach einem Bügeleisen, um es ihm an den Kopf zu werfen. In dem engen Badezimmer aber hätten sie an solchen Waffen beide Schaden genommen. Schnell reagieren schien geboten. Jim schlug ihr mit der flachen Hand ein paarmal ins Gesicht; er wollte sie nicht verletzen, sie sollte nur zu sich kommen. Sie klammerte sich an ihn und taumelte dann rückwärts in das Zimmer des Glücks hinein. Sie fiel aufs Bett, und Jim fiel über sie. Er hatte seine Hand auf ihrem Herzen, das beruhigte sie. Sie nahm ihn in die Arme. Seufzend und weinend trösteten sie einander. Sie schliefen ein, ohne es zu merken.

Kathe blieb den nächsten Tag im Bett, Jim leistete ihr Gesellschaft. Ihr Gesicht war nur ein bißchen angeschwollen. Den Kindern erzählte sie, sie sei auf der Treppe gestürzt. Mathilde beäugte Jim mißtrauisch.

Sie fanden in die Tiefen ihres Liebesglücks zurück, aber dieser Liebe saßen zwei Störenfriede im Nacken: Gilberte und Paul.

Jim hatte niemals aufgehört, Gilberte zu besuchen, und Kathe traf sich regelmäßig mit Paul.

Jim blieb bei seinem Kredo: »Gilberte ist wie Jules. Sprechen wir nicht mehr über sie und laß uns glücklich sein.« Kathe fand eine neue Losung: »Gilberte ist wie Paul.«

Was bedeutete ihr Paul? Das fragte sich Jim inständig, doch ohne Hoffnung, eine Antwort zu finden. Seit Jim seinen Racheakt an ihr verübt hatte, gestand Kathe ihm nichts mehr ein, war aber zu allem fähig. Und sie hatte für alles so viel Ausreden parat, daß es sich gar nicht lohnte, in sie zu dringen.

Kathe gewann den Eindruck, Jim beunruhige sich nicht genug Pauls wegen. Wenn Jim das Problem Paul kalt ließ, dann hatte sie ja freie Hand gegenüber Paul!

Doch für jeden Fall beschloß sie, seine Seele noch stärker und sorgsamer als zuvor mit Zweifel anzufüllen.

Jim dachte: »Das Glück wohnt in diesem Haus. Wenn sie das nicht sieht, umso schlimmer für sie. Wenn sie immer nur Streit will, mache ich nicht mehr mit.«

Eines Nachts stieß Jim mit der Hand zwischen dem Kissen und der Stirnwand des Bettes, nahe Kathes Kopf auf etwas Kaltes, Hartes. Es war sein Revolver aus dem Auto. Er sagte nichts und versteckte ihn.

Jules, dachte Jim, hätte sich nicht verteidigt: deshalb hatte Kathe auch niemals Lust verspürt, ernstlich gegen ihn loszugehen. Jules hatte immer den Frieden gewahrt, den Kathe verschmähte.

Kathe wollte in Paris eine Wohnung suchen; sie meinte, es sei für die Studien der Kinder und für ihre eigene Arbeit wichtig. Sie fand etwas Geeignetes. Jim ahnte, daß sie dort weniger und weniger glücklich sein würden. Gelegentlich träumte er davon, nach Amerika auszuwandern. Aber Kathes Aktivität und Überzeugungskraft hielten ihn zurück.

Sie sagten dem Zimmer des Glücks, das seit Pauls Erscheinen seinen Namen nicht mehr verdiente, Lebwohl.

Um ihr neues Logis möblieren zu können, verkauften sie ihr Haus auf der Insel. Sie alle liebten es, aber keiner von ihnen außer Kathe hatte es gesehen. Es war weit weg, und wann hätten sie die Zeit gehabt, um dort zu leben?

Die neue Wohnung wurde von Paul mit Geschmack und Phantasie eingerichtet. In jedem Zimmer wurden die vier Wände mit vier verschiedenen, aufeinander sorgfältig abgestimmten Farben bemalt.

SIEBEN
Es knistert im Gebälk

»Die Schere, das Messer und die Brille
kamen eines schönen Tages abhanden.
Sie hörten die Stimme ihres Herrn und
wollten antworten: ›Da bin ich!‹ – aber sie
konnten sich nicht vernehmlich machen.«
(DER LANDBOTE)

Mehr als zwei Jahre verbrachten sie dort.

Jules nahm eine Stellung in seiner Heimat an und besuchte sie nur noch gelegentlich, er, *der Beschützer.*

Kathe und Jim hatten es aufgegeben, ihre Konflikte mittels schneller und heroischer Handlungen aus der Welt zu schaffen. Aber unterschwellig drängte die Mißstimmung zur Entladung. Ihr ständiger Zankapfel hieß Gilberte.

Kathe wohnte drei Minuten von Jim, fünf Minuten von Gilberte entfernt. Da es immer deutlicher wurde, wieviel Zeit Jim bei Gilberte verbrachte, war diese Nachbarschaft Kathe ein Dorn im Auge. Zwischen ihnen herrschte ein geheimer Krieg.

Kathe nahm Jim mit an den Kanal, um ein Häuschen für den Sommer zu suchen. Sie fuhren bei Tag und kamen in finsterer Nacht an. Es regnete in Strömen. Die Scheinwerfer gingen nicht mehr.

Sie versuchten, den Wagen rückwärts in den kleinen Garagenschuppen hineinzubringen. Sie schafften es nicht. Sie steckten Streichhölzer an, sie schoben vergeblich. Sie verfolgten ihr Ziel, als gelte es, gemeinsam ein Schachproblem zu lösen. Sie fühlten sich von einer übermächtigen Kraft, von einem bösen Geist befehdet. Sie suchten auf allen Vieren nach dem unsichtbaren Hindernis, einem Pflaster- oder Grenzstein, fanden aber nichts. Verärgert, deprimiert und ohne etwas gegessen zu haben, legten sie sich schlafen und sprachen über das Vorgefallene, wobei sie sich ähnliche Geschichten aus ihrer Kindheit erzählten, die sich nur ungewöhnlich auflösten. Sie fühlten sich verfolgt und sprachen von bösen Vorzeichen.

Sie standen spät auf und liefen zum Auto. Ein halb vom Dach heruntergestürzter Balken hatte sich im Wagenverdeck verfangen und das Auto blockiert. Mit dieser Möglichkeit hatten sie nicht gerechnet.

Jules, die Kinder und Mathilde kamen nach, und das schöne, alte Familienleben begann wieder.

Am ersten Vormittag spielte Jim, der sich in verschiedenen Sportarten betätigte, mit Martine über eine Gartenhecke hinweg Federball. Sie kamen auf dreihundert Schläge, ohne einen einzigen zu vergeben.

Beim Essen bekam Kathe ein Telegramm. Sie wurde für vierundzwanzig Stunden nach Paris gerufen.

»Ich fahre«, sagte sie zu Jim, was soviel heißen sollte wie: »Wir fahren.«

»Och«, sagte Jim, dem es in der Seeluft gefiel, ganz abgesehen davon, daß er sich gerade zu einem Nickerchen niederlegen wollte: »Ist es unbedingt notwendig, daß ich mitkomme?«

»Auwei!« dachte er gleich darauf, als ihm klar wurde, was für eine Ungeheuerlichkeit er sich da geleistet hatte.

»Na bitte!« sagte Kathe, »dann nehme ich Jules und Mathilde mit, wenn sie wollen.«

Jules und Mathilde waren derartige Gunstbeweise von Kathe nicht mehr gewohnt und nahmen dankend an.

Jim war sich seiner großen Schuld bewußt.

Er blieb zwei Tage lang mit Lisbeth und Martine allein. Zum Aperitif, das heißt zur Orangenlimonade, nahm er sie mit auf die Terrasse des kleinen Strandcafés – es bestand aus zwei runden Tischen. Hier beobachteten sie das Treiben der Enten, sie entrüsteten sich über die brutalen Umgangsformen der Erpel und tauschten darüber ihre Meinungen aus, in denen Jim Zug um Zug den Geist von Jules und Kathe wiederfand. Das amüsierte ihn. Doch tief in ihm schwelte die große Unruhe.

Die drei kehrten zufrieden über ihre Reise zurück und bildeten einen Block, den Kathe behauptete.

Wenig später fragte sie Jim, ob er wie gewöhnlich im Herbst mit Gilberte aufs Land zu fahren gedenke. Als Jim ja sagte, warf sie ihn hinaus. Das war der Beginn ihrer großen Ferien am Meer.

Das übrige Bienenvolk war nicht auf dem Laufenden und ahnte nur dunkel, daß es zwischen Jim und ihrer

Königin Verstimmung gab: seine Abreise war also etwas ganz Normales.

Für Jim war es freilich ein richtiger Bruch.

Gilberte war die ständige Gegenwart von Kathe wohl vertraut. Einst, als Jim sich entschloß, Kathe zu heiraten und mit ihr Kinder zu haben, hatte sie sofort zugestimmt. Daß es nicht geschehen war, ließ sie zwar ein wenig hoffen, aber sie war immer noch unglücklich.

Auch Jim war unglücklich. Er konnte Gilberte nicht einfach fortschicken. Das hätte ihn in seinen Augen entwürdigt. Er hatte es Kathe von Anfang an gesagt, und sie hatte es hingenommen. Doch Jim hatte erfahren müssen, daß all sein guter Wille und all seine Redlichkeit, sein Glaube, daß er der einen nichts gab, was der anderen gehörte, vor Gilbertes Schmerz und Kathes Zorn fehlschlugen. Er hatte den Glauben an seine Lieblingsvorstellung nicht verloren, aber daran, daß diese noch einmal auf Erden Wirklichkeit würde.

Seine Liebe zu Kathe war wie ein strahlender Komet durch sein Leben gezogen. Jetzt sah er sie zuweilen wie einen Hirschkäfer, der im Luftnetz gefangen ist. ›Es wird schon alles gut werden‹, hatte er sich einst gesagt. Seine Mutter jedoch, die sowohl Kathe als auch Gilberte ein wenig kannte, hatte ihm gesagt: ›Nichts wird gut, und man muß für alles zahlen.‹

Immer häufiger verbrachte er die Abende und die Nächte bei seiner Mutter, in seinem Studentenbett. Von Gilberte und Kathe bedrängt, fühlte er sich da in einem neutralen Hafen.

Jim schätzte seine Mutter. Sie hatte ihm von klein auf beigebracht, niemals auf etwas zu beharren. Sein Ja sollte Ja sein, sein Nein sollte Nein bleiben, und der kleine Jim hatte die Nachbarskinder bedauert, die ihre Zeit mit Jereminaden vergeudeten, um ihre Eltern umzustimmen. Seit er erwachsen war, hatte seine Mutter keinen Einfluß mehr auf ihn, höchstens im umgekehrten Sinn; sie hatte ihr Leben dem Apriorismus verschrieben, Jim aber liebte das Experiment.

Er hatte nie eines der jungen Mädchen heiraten wollen, die seine Mutter für ihn ausgesucht hatte, und sie wiederum hatte nie eine von Jims Bekanntschaften gebilligt. Doch immer fand Jim bei ihr eine offene Tür und offene Ohren; nicht zuletzt deshalb war er Junggeselle geblieben. Die Mahlzeiten standen ständig in der Küche bereit; jeder aß, wenn er Lust dazu hatte. Und ebenso arbeitete jeder für sich in seinem Zimmer; sie besuchten sich häufig, wenn auch immer nur kurz.

Freimütig und ohne weitere Umstände lud Kathe Künstler aus ihrer Heimat und aus Frankreich zu sich ein. Es hieß jetzt: »... gibt sich die Ehre«, und nicht mehr: »... geben sich die Ehre«. Jim fühlte sich überflüssig, er ging kaum noch hin. Nur wenn sie allein waren, konnte er Kathe rückhaltlos bewundern. In Gesellschaft rückte sie für ihn ins Relative.

Manchmal, mitten im Schlaf, der sie immerhin noch vereinte, hörte Jim, wie Kathes Atem kurz und schnaufend wurde wie das Geräusch eines Blasebalgs. Dieses Geräusch beunruhigte ihn dann und stimmte ihn ängstlich, denn es kündigte an, daß Kathe aufgewacht war, daß sie finstere Gedanken wälzte, und daß es bald zu einer langen, fruchtlosen Unterhaltung kommen würde, bis in den frühen Morgen hinein; es würde vielleicht mit einem Wutausbruch Kathes enden, und sie würde versuchen, ihn zu schlagen.

Kathe hatte sich einen kleinen Revolver gekauft, den sie in einem Versteck aufbewahrte; was das anbelangte, hing sie jetzt nicht mehr von Jim ab.

Einmal in der Morgendämmerung, nach einem – um die Kinder nicht zu wecken – halblaut geführten, erbitterten Gespräch über Gilberte, war Kathe aus dem Bett geschlüpft, zum offenen Fenster gelaufen und auf den Balkon hinausgesprungen. Jim beobachtete sie, wie sie da stand, nackt, im Profil, strahlend. Sie blickte von der Höhe der vier Etagen auf die leere Gasse hinunter. Jim wurde von der verrückten Hoffnung gepackt, sie möge hinabspringen ... ohne sich zu besinnen, wäre er ihr nachgesprungen.

Von frischer Luft beruhigt, kehrte Kathe ins Bett zurück.

Der Frühling brachte ihnen neuen Auftrieb. Fast einen Monat lang lebten sie in ihrer zärtlichen Zweisamkeit. Sie hegten sogar wieder Hoffnung auf ein Kind. Zwar waren Kathe und Jules wieder verheiratet, das Kind würde Jules' Familiennamen tragen; ›was macht's?‹ dachte aber Jim, ›das sind doch äußerliche Dinge, und Jules wird nichts dagegen haben.‹ Doch Kathe, die bürgerlich erzogen war (wer hätte das gedacht?!), nahm es nicht so leicht.

Dann reiste Jim mit einem Landsmann von Jack in den Süden. Er dachte oft an das Kind und an das Bild, das Kathe einst von ihm gemalt hatte: ein blonder

Lockenkopf mit ernstem Blick. Er war wieder einmal außer sich vor Liebe zu Kathe und zu dem Kleinen, der alles ändern und alle Probleme lösen würde. Doch dann, bei seiner Rückkehr, hatte sich die Hoffnung auf das Kind wieder als trügerisch erwiesen.

»Wenn alles gut geht«, sagte Kathe, »werden wir schon noch eins bekommen.«

Aber beide glaubten nicht mehr recht daran.

Bald liebten sie sich, bald waren sie einander gleichgültig. Die Gleichgültigkeit gewann Oberhand, aber dann, wenn die Liebe kam, pendelte die Waage wieder aus.

Kathe hatte gesagt: »Man liebt immer nur einen Augenblick lang.« Dieser Augenblick kam immer wieder.

»Die Liebe ist etwas Heiliges, das die Menschen sich gegenseitig schenken«, hatte Jules gesagt.

Kathe mußte für sechs Wochen in ihre Heimat reisen, und es war abgemacht, daß Jim sie fahren sollte. Aber als er von vornherein erklärte, er könne nicht länger als fünf Tage fortbleiben, fuhr sie allein ab. Wieder ein großes Zerwürfnis.

Sie schrieb ihm nicht, er schrieb ihr nicht.

Er glaubte wieder einmal, es sei alles aus.

Es ist schön, nicht gebunden und nicht versprochen zu sein und immer nur auf seine große Liebe zu warten. Aber wenn der Zweifel den Blasebalg tritt, fällt man ins Leere.

ACHT
Es bricht das Herz

»... ein winziger Gewissensbiß in der Liebe, ein Nichts – es wächst in den Himmel wie eine Eiche.«
(DER LANDBOTE)

Jim hatte Zeit zum Nachdenken. Er hatte denen, die ihm nahestanden, Freude bringen wollen und brachte ihnen nur Unheil. Gewiß, es mußte Pioniere geben, die neue Wege suchen. Aber sie mußten bescheiden und frei von Egoismus sein. Er hatte alles zu leicht genommen. Jetzt mußte er Stück für Stück das Unglück wieder gutmachen, das er angerichtet hatte, und seine erste Schuld mußte er zuerst begleichen: er hatte Gilberte versprochen, »zusammen mit ihr alt zu werden«, hatte auch immer an dieses Versprechen gedacht, aber nie sich ein Datum gesetzt, an dem er es einlösen würde – er konnte es beliebig lange hinausschieben. Dieses Versprechen war immer eine gezinkte Karte gewesen. Doch nun würde er Gilberte versprechen, sie zu heiraten, wenn sie noch wollte, und wann sie wollte. Denn er machte sich keine Hoffnung mehr auf eine Ehe mit Kathe.

In einem Roman, den Kathe ihm geliehen hatte, fand er eine von ihr angestrichene Stelle. Eine Frau schenkte sich in Gedanken ihrem Schiffsnachbarn. Es traf Jim wie ein Bekenntnis. Das war Kathes Art, die Welt zu entdecken, und sie setzte solche Vorstellungen in die Wirklichkeit um. Und auch Jim hatte diese gierige Neugier. Vielleicht hatte alle Welt sie. Aber er bewahrte sie für Kathe. Und er war nicht mehr sicher, ob Kathe sie auch für ihn noch bewahrte.

Kathe kehrte zurück, doch es vergingen Tage, ohne daß sie ihn zu kommen bat. Das stärkte Jim in seinen Entschlüssen. Als sie ihn schließlich bestellte, sprach sie ziemlich kalt mit ihm. Jim nutzte das aus, um ihr zu sagen – denn nicht wahr: es würde sie sicher erleichtern –, was er mit Gilberte vorhabe.

Sie saßen in ihrem Auto. Kathe am Steuer. Zuerst schien es, als habe sie ihn nicht verstanden, dann schrak sie heftig zusammen; Jim übernahm das Steuer, sie sagte zu ihm:

»Da du dir das in den Kopf gesetzt hast, mußt du es auch ausführen, und solltest du deine Meinung darüber ändern, so werde ich dich zwingen, es auszuführen.«

Jim antwortete, Gilberte erhoffe sich keine überstürzte Änderung ihres Lebens. – Jim war auf Kathes Zorn, auf ihre Ironie, auf irgendeinen vernichtenden Schlag gefaßt. Doch nein, es erfolgte nichts von alledem.

Sie hatte ihm freilich vor einiger Zeit erklärt: »Jetzt, da ich dich nicht mehr so liebe ...«, was ja fast soviel bedeutet wie: »Jetzt, da ich dich nicht mehr liebe ...«

Ob ihre Liebe nun noch länger oder kürzer dahin kümmerte: an eine gemeinsame Zukunft war nicht mehr zu denken. Kathe hatte Jim allerhand absolut *nichtwiedergutzumachende* Streiche gespielt, ohne daß jemals – so glaubte sie wenigstens – in Jim etwas zerbrochen war. Jetzt drehte Jim den Spieß um, und gleich der erste Schlag war ein Volltreffer.

Jeder von ihnen stand plötzlich einsam und verlassen da, beide suchten eine Zuflucht in ihrem Jammer. Sie fanden keine. Aus Gewohnheit flüchteten sie wieder einmal einander in die Arme, doch diesmal wie Verdammte. Sie fanden sich und glaubten, sie würden daran sterben.

Nachts im Halbschlaf sprach Kathe laut: »Gilberte wünscht keine überstürzte Änderung ...«

Sie stellte alles mögliche an, um sich mit Gilberte zu treffen, mit oder ohne Jim. Sie schrieb ihr Briefe, zuerst sanfte Briefe, dann fiebrige Phantasien, voll Aufrichtigkeit und auch voll Ironie.

Jim versuchte nicht, sie daran zu hindern. Er dachte nur:

›Mögen sie beschließen, was ihnen richtig erscheint, ich werde mich fügen; wenn es dann sein muß, werde ich sogar eine Aussprache zu dritt um den Kampf zweier Welten mitmachen, zu dem es unweigerlich kommt – wenn sie sich nur vertragen, so wie Jules und ich uns immer vertragen haben, und daß nur nicht die eine lacht, wenn die andere leidet.‹

Nachts träumte Jim von einer solchen Aussprache zu dritt. Die Bilder wechselten. Mal schlossen sich die Frauen gegen ihn zusammen. Mal verstanden sie sich gut, verstanden alles, akzeptierten alles. Manchmal schlug Kathe Gilberte, und Gilberte versuchte verzweifelt, sich zu wehren.

Dann hatte Jim einen anderen Traum: Sie trieben wie zwei ungeheure Körper im Meer und zwinkerten sich zu, ihre Leiber glänzten wie Nattern, sie hatten irgend etwas Unheimliches vor, das Jim nicht verstand.

Gilberte schrieb Kathe einen entschiedenen Brief: sie habe nicht vor, Kathe jemals zu treffen und sich ihren Beleidigungen auszusetzen.

Kathe fand diesen Brief spät abends zuhaus vor, las ihn und sprang in ihr Auto.

Jim war zuhause und wollte gerade schlafen gehen, da hörte er die Hupe ihres Wagens und Kathes rhythmisches Hupen.

Zuerst sah er nichts. Dann entdeckte er Kathes Auto auf einem Wall unter Bäumen und sah, wie es den Damm heruntergeschossen kam. Wie ein Pferd ohne Reiter, wie ein Geisterschiff kurvte es wild über den ausgestorbenen Platz vor dem Haus, fuhr auf den Bürgersteig und wieder hinunter, streifte Bänke und Laternenpfähle.

Er winkte und rief mit aller Kraft. Es war vergebens. Kathes Wagen sprang plötzlich wieder auf die Straße und schoß davon.

An der Taxistation gegenüber befand sich kein Wagen, mit dem er sie hätte verfolgen können.

Kathe verlor am nächsten Tag darüber kein Wort.

Jules kam für zwei Tage nach Paris. Sie vertrauten ihm unabhängig voneinander ihre Seelenängste an. Er erinnerte sich an die Zeiten, in denen er verliebt gewesen war. Er hütete sich, das Richtschwert zu schwingen.

Er nahm sich ein Zimmer in der siebten Etage, aber

Kathe bestand darauf, daß er in ihr eigenes Zimmer ziehe, wo er nah bei seinen Töchtern wohnen würde; sie selbst zog mit Jim ins Hotel.

Dort vergaßen sie für kurze Zeit ihr Ungemach. Sie begegneten sich zärtlich und mit Nachsicht. Sie standen den ganzen Tag nicht auf, ließen weder das Zimmermädchen noch den Etagenkellner ins Zimmer und nährten sich von zwei Brötchen, die Jim zufällig in der Tasche hatte.

Doch auch diese letzte Gnadenfrist ihrer Liebe wurde unfreundlich abgekürzt.

Eine Doktorin, Freud-Schülerin und mit Kathe befreundet, kam nach Paris und besuchte sie oft. Sie fragte sie auf ihre Weise aus, Kathe plauderte Vertraulichkeiten aus ihrem Liebesleben mit Jim aus, was dieser schrecklich fand. Die Freundin sagte zu Kathe:

»So kann es nicht weitergehen. Jim wird zuviel Einfluß auf dich gewinnen. Du mußt zusehen, wie du diesen Zustand änderst.«

Kathe kam Jim zuvor und änderte diesen Zustand.

Nun war er aber unbewußt wenigstens für Jim wesentlich, und, ohne daß er es wollte, traf dies ins Mark ihrer Verbindung.

Ihr Block hatte Risse bekommen. Es war, als habe man den Mond in zwei Teile zerbrochen; an seiner Stelle drehten sich die Teile um die Erde, sie zogen sich zwar noch gegenseitig an, aber der geringste Anstoß würde sie für immer auseinanderschleudern.

Jim entdeckte eine Zeichnung von Willette: ein Betrunkener schlägt mit einer leeren Flasche nach seiner jungen, hübschen Frau. Darunter stand: »Es ist nicht so leicht, die Liebe umzubringen.«

»Oh ja«, seufzte Jim, »es ist nicht so leicht! Vielleicht ist es überhaupt nicht möglich?«

Er erinnerte sich an ein chinesisches Stück, in dem sich beim Aufgehen des Vorhangs der Kaiser vor dem Publikum verneigt und ihm anvertraut: »Ihr seht in mir den unglücklichsten aller Menschen, denn ich habe zwei Frauen: meine erste Frau und meine zweite Frau!«

So hätte auch Jim sprechen können.

Zugleich empfand er seinen Liebeskummer als überflüssig und als eine Alterserscheinung; doch dieser Kummer hatte mit der Liebe selbst nichts zu tun.

NEUN
Der Schlüssel klirrt

»Nie zwei ohne drei.«

Gegen seinen Willen – denn er wollte keine neuen Gesichter um sich sehen – wurde Jim eines Tages einem zarten, stillen und trotz starker Hüfte durchscheinenden Mädchen vorgestellt, über das, wie ihm schien, der Tod schon seine Hand hielt. Sie hieß Michèle.

Er traf sie öfter. Wenn er mit ihr zusammen war, vergaß er den Kummer mit den beiden anderen. Sie gab ihm seinen Frieden zurück. Sie erzählte ihm ihr Leben. Er erzählte ihr sein Leben. Sie fanden viele Ähnlichkeiten. Selbst die Linien ihrer Handflächen ähnelten sich. Sie zeigten sich Fotos aus ihrer Kindheit.

Sie besaß eine Sammlung alter Stiche, sie zeigte sie ihm.

Nein, sie hatte keine Krankheit, außer der einen: sie hatte noch keinen Grund zum Leben gefunden.

Er besuchte sie oft.

Drei Monate später starb Jims Mutter nach einem schweren Todeskampf. Er wich die letzten Wochen nicht von ihrer Seite.

Bis zum Ende sagte die Bewegung ihrer Hand auf dem weißen Laken *nein,* wenn der Arzt oder die Krankenschwester ihr eine erleichternde Spritze geben wollten. Sie wollte sich ihren Tod nicht nehmen lassen.

Jim wachte, wie es ihr Wunsch war, allein an der Leiche seiner Mutter. Er ließ ihr gemeinsames Leben noch einmal Revue passieren. Er verstand sie jetzt besser. Er las ein kleines Buch von ihr wieder, das von Jims Kindheit handelte.

Würde er, Jim, nie einen Sohn haben?

Am Morgen kam Gilberte zu ihm.

Nach dem Mittagessen Kathe.

Am Abend Michèle.

Sie waren alle drei still und teilnahmsvoll, jede auf ihre Weise. Sie waren alle drei, jede für sich, mehr wert als Jim.

Gilberte war schlicht, Kathe heftig.

Dann schien es ihm, als unterhielte sich Michèle mit seiner Mutter. Über was?

Es kam ihm eine Erleuchtung: Michèle würde es sein, die ihm einen Sohn schenken würde. Dieser Sohn würde sie der Erde wiederschenken. Wenn sie an ihm stürbe, würde sie zufrieden sterben. Die Kraft und die Schwäche Michèles waren verschieden von seiner Kraft und seiner Schwäche. Die Nachteile würden sich nicht addieren, sondern aufheben. Ihr Sohn würde stärker sein als sie selbst. Gilberte war zu zerbrechlich gewesen. Kathe und Jim hätten ohne ihr Zutun ihre Kinder aufgezehrt. Würde Michèle für Gilberte Verständnis aufbringen?

Er beschloß, Michèle alles zu sagen und sie zu fragen, ob sie mit allem einverstanden sei.

Er tat es.

Sie sagte: ja.

Nun mußte er noch Kathe und Gilberte Mitteilung machen.

Eines Morgens beim Aufwachen sagte Jim zu Kathe, er habe ihr eine längere Geschichte zu erzählen. Die Kinder und Mathilde waren auf Reisen. Sie waren allein. Sie machten es sich im Bett bequem.

Kathe wußte von Michèle nur, daß sie Mitarbeiterin Jims in Kunstangelegenheiten war.

Jim setzte sie behutsam ins Bild, sprach von seinem Wunsch, mit Michèle ein Kind zu haben, und warum.

Wohlwollend und fast zärtlich hörte Kathe bis zum Schluß zu. Dann sagte sie:

»Das ist ja eine schöne Geschichte, Jim!«

Jim fragte sich, was er von diesem Bescheid zu halten habe. Er wurde aus Kathe nie schlau.

Dann flossen Kathes Tränen. Sie saß regungslos im Bett.

Schließlich begann sie, leise zu klagen:

»Und ich, Jim, und ich? Und die Kleinen, die ich von dir haben wollte? Hast du sie nicht auch gewollt?«

»Aber ja doch, Kathe, und wie!«

Ihre Blicke drangen tief in ihn ein.

Kathe saß da wie ein gequältes Lamm.

»Sie wären so schön gewesen, Jim!«

Und Kathe schluchzte.

Jim wünschte sich, er wäre nie geboren. Er atmete kurz und heftig, wie Kathe manchmal nachts.

»Ich bin eine Mutter, Jim, vor allem anderen bin ich eine Mutter!«

Jim dachte an ihre beiden ›einzigen Töchter‹. Er sprach von den tödlichen Mißverständnissen zwischen Kathe und sich.

Kathe hörte nicht zu, sie dachte nach.

Ihr Gesicht wurde immer blasser, ihre Augen zogen sich zusammen, sie wurde zu einer Gorgone.

Jeder von ihnen sah in dem anderen den Mörder seiner Kinder.

Kathe sagte leise:

»Jim, du wirst sterben. Gib mir deinen Revolver. Ich werde dich töten, Jim.«

Jim wollte ihr gehorchen, um allem ein Ende zu bereiten. Er würde sich verachten, wenn er es nicht täte.

Kathe fuhr fort, wie eine Kranke nach dem Revolver zu verlangen, und war erstaunt, daß Jim zögerte.

Sie richtete sich im Sitzen auf, sah Jim an, sah sein Zögern.

»Du bist schwach, Jim, du hast Angst: jetzt ist der Augenblick gekommen!«

Sie begriff, daß Jim nicht wollte. Sie sprang aus dem Bett, stürzte zur Tür, drehte den Schlüssel zweimal um und warf ihn aus dem Fenster. Klirrend fiel er auf das Hofpflaster.

Sie ging zu seinem Schreibtisch, wo der Revolver sein mußte.

Jim erriet ihre Absicht und versperrte ihr den Weg. Sie geriet außer sich. Jim hatte Angst; er war zusammen mit einer Verrückten eingesperrt. Sie warf sich auf ihn, biß ihn und hämmerte mit ihren Fäusten auf sein Gesicht ein.

Er umklammerte ihre Hände, aber diese Hände machten sich gleich wieder frei. Diese Hände waren in diesem Augenblick stärker als Jims Hände. Sie ließen sich nicht fesseln. Es war leichter, ihren Fäusten zu widerstehen, als ihren Tränen.

Wieder warf sie sich auf ihn.

Mit Bedauern schlug er ihr ins Gesicht, gerade nur heftig genug. Sie wankte. Er trug sie auf das Bett. Er legte ihr ein nasses Tuch auf die Stirn. Sie kam wieder zu sich. Sie sagte etwas. Der Wutausbruch war vorbei.

Schreckliche Stunden verstrichen. Kathe, das genesende Opfer. Jim, der entkräftete Mörder. Sie hingen ihren Gedanken nach, aber sie sprachen sie nicht aus. Jim glaubte zu sehen, wie die Luft sich zu Kristallen formte.

Die Tür blieb verschlossen.

Ab und zu riefen sie Kathes Freundin an, die aber nicht zu Hause war.

Jim überwachte Kathe, seit sie sich dem Schreibtisch genähert hatte.

So belauerten sie sich gegenseitig bis zum Abend.

Endlich gab die Freundin Antwort. Sie baten sie, zu kommen und den Schlüssel vom Hof mit heraufzubringen. Sie kam und wurde vom Vorgefallenen unterrichtet.

»Sie sind ein Verbrecher«, sagte sie zu Jim. »Sie wissen es selbst.« (Jim hob die Augenbrauen und antwortete nicht.) »Denken Sie, was hätte passieren können, wenn Kathe nicht ruhig Blut bewahrt hätte! Der Bruch zwischen Ihnen wird Folgen haben.«

Kathe und Jim rührten sich nicht. Jim spürte, daß das Wort *Bruch* dieser Frau Spaß machte – was verband sie damit?

»Kathe, hat seit gestern nichts gegessen«, fuhr die Freundin fort. »Würden Sie gefälligst etwas zum Essen besorgen?«

»Natürlich«, sagte Jim. »Ich möchte nur vorsichtshalber den Revolver mitnehmen.«

»Er ist gar nicht hier«, sagte Kathe.

»Ehrenwort?« sagte der verblüffte Jim.

»Ehrenwort.«

Jim ging zum Schreibtisch, öffnete ihn, fand den Revolver und steckte ihn in die Tasche. Schon war Kathe über ihm. Er stieß sie zurück. Fing die Schlacht schon wieder an? – Nein. – Auf Kathes Gesicht stand ein Lächeln, das verhieß: »Bah! Ich habe Zeit ...«

Jim ging und brachte ein Abendessen. War es das letzte? Sie aßen schweigend und langsam.

Jim verabschiedete sich. Sollte er ihr, wie immer, einen Abschiedskuß geben? – Sie wendete ihr Gesicht ab, sie schüttelten sich die Hände.

Er wartete darauf, daß Kathe ihn zurückriefe.

ZEHN

Der zweite Sprung in die Seine

Kathe telegrafierte Jules: »Brauche dich, komm.«

Jules war verärgert und bestieg fluchend den nächsten Zug. Er dachte: ›Sie sagt nicht einmal, worum es sich handelt. Bestimmt um Jim. Sie sollten mich gefälligst in Ruhe lassen.‹

Im Abteil schlief er gleich ein. Er sah ein großes, schwarzes, galoppierendes Pferd, gefolgt von einer jungen Stute. Die Stute holte auf. Mal war das eine Pferd vorn, mal das andere. Zwischendurch verharrten sie immer wieder, liebkosten sich, bissen sich und schlugen aus. Dann ging der Teufelsgalopp weiter über hohe und höhere Mauern – riesige Sprünge unter schwarzem Himmel. Sie wurden immer magerer vor Erschöpfung, sie hatten langes und dichtes Fell. Aus ihren Nüstern stob Feuer.

Jules erwachte:

›Jim läßt jetzt Kathe ihre Freiheit, wie ich Kathe einst ihre Freiheit lassen mußte ... und das wird sie ihm niemals verzeihen ...

Jim war für Kathe leicht zu erobern, schwer zu halten. Jims Liebe fällt auf den Nullpunkt, wenn Kathes Liebe auf den Nullpunkt fällt; sie steigt auf Hundert, wenn Kathes Liebe auf Hundert steigt. – Von ihren Nullpunkten und ihren Hunderts bin ich immer verschont geblieben. Warum hat Kathe, die Vielumworbene, uns beiden, trotz allem, das Geschenk ihrer Gegenwart gemacht? ... Weil wir ihr grenzenlose Achtung erwiesen haben, wie einer Königin, und weil wir sie besser geliebt haben als alle anderen.‹

Er erinnerte sich an die Domino-Partie, die er mit Jim im Zug gespielt hatte, als sie zu Lucie fuhren. ›Was wäre geworden, wenn Lucie mich genommen hätte? Vielleicht wäre ich ein eitler Schwätzer geworden? Hätte mich Lucie mit ihrer Klugheit so formen können, wie Kathe mit ihrer Wildheit?

Was hätte sie mit mir angestellt? Was für ein Paar wären wir geworden?‹ – Und Jules sah sich als alter Mann, alt wie Lucies Vater, durch den Park des weißen Hauses wandern. Lucie an seinem Arm; sie schaute von der Seite wohlwollend zu ihm auf.

Es wäre zu schön gewesen.

Dann wieder sah er sich in einem Haus, in dem Lucie und Jim als Eheleute lebten. Sie hatten Kinder. Alles ging seinen ruhigen, guten Gang, alle arbeiteten in Frieden, alle benahmen sich aufmerksam und normal, selbst Jim. Jules wurde von allen heiß geliebt.

Er erinnerte sich an die einzige Nacht, die er mit Odile verbracht hatte, während einer seiner Reisen nach Paris, nachdem es zwischen ihr und Jim längst aus war.

Sie hatte ihn vergewaltigt, und er hatte es geschehen lassen. Er hatte gestaunt wie ein Kind unter dem Weihnachtsbaum und gelacht wie nie in seinem Leben. Aber eine solche Nacht war genug für Odile, genug auch für ihn. Es war ein Märchen, er hatte es Jim erzählt. Und Odile hatte es den Mädchen in den Cafés erzählt, die von da an Jules verständnisinnig zuzwinkerten.

In Kathe, allein in Kathe hatte er die Wirklichkeit gefunden – von ihr sich zerbrechen lassen.

Sobald er angekommen war, bat Kathe ihn um geschäftliche Ratschläge, von denen er nur halb überzeugt war. Sie bat ihn, Jim anzurufen und ihn noch für den gleichen Tag zu einem Ausflug zu dritt in ihrem Cabriolet einzuladen. Sie vermied dadurch, daß Jules und Jim sich unter vier Augen sprachen.

Jim nahm die Einladung an.

Was stand auf dem Programm?

Kathe spielte mit der Geschwindigkeit ihres Wagens und stürzte sich aus einer Leichtsinnigkeit in die andere.

Jules saß wie immer hinten. Es herrschte eine Atmosphäre der Erwartung, wie damals beim Spaziergang am Seeufer, bevor sie Harold getroffen hatten.

Sie erreichten das Ufer der Seine, außerhalb von Paris.

Kathe sagte zu Jules:

»Wenn du rechtzeitig zum Essen mit diesem Freund in Paris zurück sein willst, kannst du den Zug in dem Bahnhof da nehmen, Jules.«

Und sie hielt an der Kreuzung an.

Jules stieg aus, ging zum Wagenschlag. Sie küßte ihn herzlich.

Dann sagte sie zu ihm, Feuer in den Augen:

»Gib gut auf uns acht, Jules!«

Und sie sauste mit Jim davon. Statt nach rechts auf die hübsche Straße einzubiegen, die am Fluß entlangführte, steuerte sie gradaus auf die Brücke zu, die wegen Bauarbeiten gesperrt war.

Jim wollte schon fragen:

»Warum denn da lang?«

Aber ihm war schon alles egal.

Jules sah ihnen nach.

Die Fahrbahn und der Gehsteig der Brücke aus Brettern waren frisch geteert.

Linkerhand, in der Mitte der Brücke, war auf einer Strecke von dreißig Metern kein Geländer da. Weiter vorn waren die Instandsetzungsarbeiten im Gang.

Kathe fuhr scharf links, so daß die Räder immer wieder den Rand des Gehsteigs streiften. Jim ahnte etwas.

Kathe riß das Steuer scharf nach rechts. Sie waren schon fast an den gefährlichen dreißig Metern vorbei.

Sie gab Gas und riß das Steuer scharf nach links.

Der Wagen sprang auf den Gehsteig, erst die Vorderräder, dann die Hinterräder. Vor ihnen das Nichts.

Zu spät, um den Wagen herumzureißen, selbst wenn Jim ins Lenkrad gegriffen hätte ... und das Lenkrad hielt Kathe.

Alles, was er hätte tun können, wäre sinnlos gewesen. Also tat er besser nichts. Kathes Garn war wohl gesponnen. Kein Ausweg. Jim hatte mit allem gerechnet, nur mit diesem Streich nicht.

Und sie blieb an seiner Seite!

Ach! Also liebte sie ihn doch? ... Na, dann liebte er sie auch!

Sie drehte sich zu ihm um, lächelte ihm kameradschaftlich und schalkhaft zu, als hätten sie noch viel Zeit ... als seien sie dabei, wieder einmal zu einem schönen Ausflug aufzubrechen.

Und dieser Blick sagte: »Siehst du, Jim ... diesmal habe ich gewonnen!«

Das archaische Lächeln strahlte reiner denn je.

Kathe kippte den Wagen wie eine Schubkarre um.

Jules' Aufschrei zeichnete über ihnen ein flammendes Dreieck.

Die Sekunden vervielfachten sich, eine wurde zu tausend.

Eine wunderbare Ruhe kam über sie.

Die Landschaft drehte sich. Jim fühlte Kathe als ein loderndes Abbild an seiner Seite. Er ließ sich gleiten, ihrem Glanz entgegen. Um ihre Hüften ein Schatten, der sich festklammerte, eine dicke helle Spinne ... doch nein ... es bewegte sich ja ... es waren die Hände von Harold.

ELF

Das Krematorium

Jules hatte etwas geahnt, als Kathe zu ihm sagte: *»Gib gut auf uns acht!«*, und es wurde ihm angst und bang, als er die Stelle ohne Brückengeländer ausmachte. Hatte Kathe wieder einmal ihren Streich gut vorbereitet? Das erste Zickzackfahren nach links hatte ihn zusammenzucken lassen, das zweite Schleudern ihm einen Schrei entpreßt – und schon stürzte das Auto ins Wasser.

Kathe hatte nicht ihre große Stunde, sondern, was noch besser zu ihr paßte: ihren großen Augenblick.

Jules hoffte noch, Jim würde aus dem Wagen springen, Kathe würde wie ein Aal aus den Fluten auftauchen – ein guter Scherz, um ihm wieder einmal Angst zu machen?

Der sich überschlagende Wagen fiel wie ein Deckel auf die beiden, machte *plumps,* als er in die Hochwasser führende Seine klatschte. Und nichts kam mehr zum Vorschein.

Jules würde nie mehr die Angst spüren, die ihn verfolgt hatte, seit er Kathe zum erstenmal begegnet war: zuerst die Angst, sie könne ihn betrügen, dann die Angst, sie würde sterben – denn nun war all das geschehen.

Das Wasser breitete sein Leichentuch über Kathe und Jim, die sich nicht aneinander festhielten, erstaunlicherweise, und sie waren gestorben, weil sie sich losgelassen hatten.

Man fand die Leichen im Gestrüpp einer kleinen, überschwemmten Insel.

Jules allein gab ihnen das Geleit zum Friedhof.

Was hatte er an ihnen geliebt? Ihr Drauflos über alles, was ihnen im Wege stand, über Jules und über sich selbst. Ihr Piratenblut oder Jean-Bart-Erbteil, wie Kathe sagte.

Warum hatten sie die Kinder nicht bekommen, die sie sich so sehr gewünscht hatten und die seinen Namen gehabt hätten?

Nichts von ihnen blieb zurück.

Nur er, Jules, hatte seine Kinder.

»Alles, was geschehen ist, ist zwischen den zwei Sprüngen in die Seine geschehen«, sagte er sich. »Mit dem ersten wollte sie mich warnen und Jim verführen. Mit dem zweiten wollte sie uns strafen und das Kapitel schließen.«

Er sah noch einmal die Kathe, wie sie ganz am Anfang war, vor sich, die Kathe, die noch nicht blutdürstend war, die verspielte Kathe, die schon bei *zwei!* losrannte und jedes Rennen gewann, die großzügige, die unwiderstehliche Kathe. Die strenge, die unbesiegbare Kathe. Die Alexander-der-Große-Kathe, die Windrosen-Kathe, die Kathe, die ihn entwaffnet hatte, die ihn vor ihren Triumphwagen gespannt hatte.

Die Kathe der Kriegsjahre, ein leuchtendes Licht in

der Ferne. Sein erster Urlaub ... Das Fiasko des Pseudohelden.

Die Sinnlosigkeit ihrer Ehe, die Jim vorausgesagt hatte. Aber das große Glück, Kinder zu haben – das Glück, das Jim versagt blieb.

Jim und er hatten sich in zwanzig Jahren kein Leid angetan. Sie hatten Streit immer gütlich aus der Welt geschafft.

Gab es das in der Liebe nicht? Jules nahm sich vor, Ausschau zu halten nach einem Paar, das sich gegenseitig achtete wie Jim und er.

Jim hatte ihm Lucie und Kathe genommen. Nein, Jules hatte sie Jim gegeben, um sie nicht zu verlieren, und weil es schön war, sie zu verschenken.

Jim hatte in ihnen seine Sicherheit gefunden, und sie hatten sich von Jim mit einer Ruhe genährt, die Jules Zeit genug ließ, sie zu betrachten.

Kathe und Jim hatten den Kult mit sich sehr weit getrieben; der Kult nutzte sich ab, als er alltäglich wurde.

Hatten sie den Kampf um des Kampfes willen geliebt? Nein. Aber sie hatten damit Jules bis zum Ekel betäubt.

Er empfand eine große Erleichterung.

Der Leichenwagen erreichte das Krematorium.

Jules ging auch mit in die innere Halle hinein.

Jims Sarg wirkte unnatürlich groß, der von Kathe sah daneben wie ein Reliquienschrein aus. Die Särge wurden in den glühenden Rachen des Ofens geschoben, und als sie die Flammen erreichten, loderte das Feuer auf.

Nach einer Stunde wurde der Rost aus dem Feuer geholt. Kathes weißgebranntes Skelett ließ noch ihre Gestalt ahnen. Sie kam Jules wie ein triumphierender Märtyrer vor. Das Skelett fiel zusammen und wurde zu Staub. Ein Stück Schädel widerstand der Zerstörung; da vollendete ein silbernes Hämmerchen das Werk.

Dann kam die Reihe an den langen Jim, den zweiten Märtyrer. Auch sein Schädel wollte nicht zerfallen.

Die Asche wurde in Urnen gefüllt, die Urnen in Wandkammern getan und versiegelt.

Wäre Jules allein gewesen, so hätte er die Asche Jims mit der Asche Kathes vermischt.

Kathe hatte sich gewünscht, daß man ihre Asche vom Gipfel eines Berges in alle Winde streue.

Das war aber nicht erlaubt.

Das intime Tagebuch Kathes ist aufgefunden worden und wird vielleicht eines Tages veröffentlicht.

JULES UND JIM
von *Henri-Pierre Roché*
erscheint als elfter Band der
BRIGITTE Buch-Edition *Die Liebesromane*
Herausgegeben von der BRIGITTE-Redaktion

Genehmigte Lizenzausgabe für die Verlagsgruppe BRIGITTE,
Gruner + Jahr AG & Co KG, Hamburg

Ausstattung und Gestaltung von
Groothuis, Lohfert, Consorten | glcons.de, Hamburg
Illustrationen: Sybille Dörfler
Herstellung: Heiko Belitz, G+J Druckzentrale/Herstellung, Hamburg
Satz: AlsterWerk MedienService GmbH, Hamburg
Druck und Bindung: GGP Media GmbH, Pößneck
Printed in Germany.

ISBN 978-3-570-90728-3

Brigitte Buch-Edition *Die Liebesromane*

Lesen Sie weiter!
Folgende Bücher sind in der Edition erschienen:

1 | ZUSAMMEN IST MAN WENIGER ALLEIN
Anna Gavalda

2 | BALZAC UND DIE KLEINE CHINESISCHE SCHNEIDERIN
Dai Sijie

3 | BETTY BLUE – 37,2° AM MORGEN
Philippe Djian

4 | DIE FRAU DES ZEITREISENDEN
Audrey Niffenegger

5 | ZIMMER MIT AUSSICHT
Edward Morgan Forster

6 | DIE ERSTAUNLICHE GESCHICHTE DES MAX TIVOLI
Andrew Sean Greer

7 | VALERIAS LETZTES GEFECHT
Marc Fitten

8 | DAS ORANGENMÄDCHEN
Jostein Gaarder

9 | CORELLIS MANDOLINE
Louis de Bernières

10 | BITTERSÜSSE SCHOKOLADE
Laura Esquivel

11 | JULES UND JIM
Henri-Pierre Roché

12 | SALZ UND SEIN PREIS
Patricia Highsmith

13 | DAS EROTISCHE POTENTIAL MEINER FRAU
David Foenkinos

14 | DIE GESCHICHTE DER LIEBE
Nicole Krauss

15 | ALI UND NINO
Kurban Said

16 | ALBERTA EMPFÄNGT EINEN LIEBHABER
Birgit Vanderbeke

17 | DER SCHAUM DER TAGE
Boris Vian

18 | MANN UND FRAU
Zeruya Shalev

19 | REBECCA
Daphne du Maurier

20 | TANTE JULIA UND DER KUNSTSCHREIBER
Mario Vargas Llosa